Contes et Récits de la Louisiane créole

Tome II

LES ÉDITIONS TINTAMARRE — LES CAHIERS DU TINTAMARRE

RÉDACTEUR EN CHEF

D. A. Kress, Centenary College of Louisiana

COMITÉ DE RÉDACTION ET DE DIRECTION

Clint Bruce, Brown University
Richard Guidry, Louisiana Department of Education
Carol Lazzaro-Weis, University of Missouri, Columbia
Chris Michaelides, University of Louisiana, Monroe
May Rush Gwin Waggoner, University of Louisiana, Lafayette

Contes et récits de la Louisiane créole

Tome II

Texte établi par

Mary Ham

Les Cahiers du Tintamarre
Shreveport 2008

Contes et récits de la Louisiane créole, Tome II
Texte établi par Mary Ham

ISBN : 978-0-9793230-8-9

Library of Congress Control Number : 2006922410

Conception de la couverture : Mary Ham

Imprimé aux États-Unis.

Éditions Tintamarre
Centenary College of Louisiana
2911 Centenary Blvd.
Shreveport, LA 71134
www.centenary.edu/editions

La vente de la Louisiane donna à la nation américaine des milliers de citoyens futurs dont l'héritage trouvait ses racines en France, au Canada francophone, en Allemagne, en Espagne, en Afrique et aux Caraïbes. Américanisés par le hasard, ces colons, esclaves et réfugiés n'ont pas abandonné leur culture en mettant pied sur le sol louisianais. Au contraire, ils nous ont laissé, dans leurs journaux, leurs livres, leurs manuscrits et leurs chansons, un registre riche et varié de leur vie au nouveau monde. C'est cette expérience – exprimée au moyen de ces langues aujourd'hui minoritaires – que Les Cahiers du Tintamarre explorent, et ce faire dans les mots des gens qui l'ont vécue ou qui la vivent encore.

Les textes que nous offrons dans cette série ne sont ni des éditions critiques ni de simples réimpressions des premières éditions de ces œuvres. En créant la partie française de cette collection, nous avons hésité entre deux choix : le respect absolu et incontestable du texte historique ou l'établissement d'une édition moderne conçue pour le lecteur francophone de nos jours. Bien que cette deuxième approche s'avère périlleuse, voire folle, c'est celle que nous osons. Nous avons respecté la ponctuation ainsi que l'orthographe – sauf pour les majuscules réclamant des accents et les fautes évidentes. La question du guillemetage se révélait plus épineuse, là où il n'y avait souvent que des guillemets anglais dans des textes qui se voulaient – français ! En effet, nous avons essayé de leur rendre toute leur francité en remplaçant les guillemets anglais par leurs analogues français et en en insérant au besoin. Notre guide dans la préparation de cette édition a été le Lexique des règles typographiques en usage à l'Imprimerie nationale ; notre but a été d'en faciliter la lecture en nous servant de la typographie moderne ; notre travail a été soutenu par la croyance qu'il est bien temps que la Louisiane prenne sa place dans la francophonie et la polyphonie moderne et internationale.

Table des matières

Contes et Récits de la Louisiane créole

Tome II

Fantômes

Louis-Placide Canonge

Il se nommait Arthur ; son âge était dix-sept ans ! dix-sept ans et des déceptions !

Créole à la tête ardente, aux désirs passionnés, jeune encore il avait quitté son pays natal pour aller chercher sur des rives étrangères ce qu'il désirait de toutes ses forces, une éducation qui put le mettre à même de prendre un rang dans une société dont les préjugés allaient maintenant filtrer dans ses veines comme un poison subtil !

Enfant que n'as-tu gardé ta première ignorance ! présomptueux, pourquoi sacrifier à toutes tes affections de famille le plaisir de connaître les hommes d'une autre terre ?

Paris était la ville que son instinct lui désigna pour aller y couler les jours de son enfance ! Paris, cette mère perfide qui sèvre ses enfants avant l'âge, de tous les plaisirs et qui les étouffe dans ses bras impitoyables en les poursuivant jusque sur la tombe d'un rire sardonique !

Enfant de dix ans, il arrive dans cette capitale, lui qui ne connaissait de la nature que ses forêts vierges, ses sites sauvages ! et qui croyait qu'être né Créole, c'était déjà du bonheur ! À peine arrivé dans la grande cité, où désormais il devait habiter, les portes d'un collège vinrent se fermer sur lui ! Oh ! pourquoi ces années n'ont-elles pas duré plus longtemps, pourquoi trop tôt le laissait-on goûter aux plaisirs qu'il n'avait jamais imaginés ?

Il passe sept ans enfermé ; puis la liberté lui fut donnée ! Mais quand il se vit seul, sans parents, sans soutien, au milieu de ce Paris, de

11

cet immense gouffre, où l'avenir de tant de jeunes gens va sans cesse s'engloutir... il eut peur... il trembla, le pauvre enfant...

Il se prit à regretter son collège (qu'il maudissait naguère), il regretta ces amis d'un jour, avec lesquels il avait cru devoir passer sa vie ! Oui, la peur s'empara de lui !

Puis, peu à peu, de triste, de rêveur qu'il était, il devint gai, il était heureux, il le croyait du moins ! Lié avec ce que la capitale offrait de jeunes gens distingués, il goûtait tous les plaisirs ! femmes, bals, orgies, rien n'y manquait !

Lui, si simple autrefois dans ses goûts, ne pouvait maintenant plus comprendre comment il avait pu concevoir un seul instant le désir de retourner vers les lieux de sa naissance !

Paris, c'était son bonheur ! Paris, c'était son rêve, son rêve de jeune homme ! Paris c'était le centre de ses illusions !

Paris, oh que c'est beau pour celui qui sait modérer ses désirs, pour celui qui sait déjà ce que c'est que jouir, mais Paris pour celui dont les passions sont encore jeunes, ardentes, Paris pour un jeune homme sans réflexion, Paris enfin pour un Créole, oh c'est la mort !

Un an s'était passé dans les plaisirs ; toutes les jouissances possibles, il les avait goûtées, et saturé déjà de ce qu'il appelait son bonheur, la tristesse vint ternir ses traits ! Il n'avait pourtant que dix-huit ans alors !

Une idée le poursuivait maintenant : c'est que loin de sa famille qu'il chérissait au suprême degré, il manquerait toujours quelque chose à son bonheur, il sentait que s'il demeurait plus longtemps dans ce Paris qui jadis il n'eût pas quitté pour une couronne, sa vie allait couler triste, et honteuse peut-être...

Le remords le torturait !

Il songeait que ce qu'il avait éprouvé pour ces femmes de joie dont il subissait les sales et coûteuses caresses, n'était pas ce sentiment sublime, cet avant-goût du bonheur céleste, l'amour ! Il sentait qu'il lui fallait une de ces femmes, comme lui, aux impressions vives, passionnées ! il ne devait, pensait-il, ne la trouver qu'aux bords de son pays ! C'était encore un de ses rêves, pauvre jeune homme !

Chaque jour qu'il passait maintenant à Paris lui pesait comme un crime !

L'ennui, l'incertitude, le dégoût le poursuivaient... En vain cherchait-il à s'étourdir, en vain se voulait-il persuader, qu'il ne pouvait être heureux qu'à Paris, tout était vain !

Il entendait sans cesse une voix (celle de la destinée) qui lui criait impérieuse :

— Va, pars, sous le beau ciel de ton pays tu joindras ce fantôme après qui tu cours comme un fou, le bonheur !

Il partit enfin ; sans beaucoup de regrets, il fit ses adieux à la grande ville !

Il partit ! Chaque jour de son voyage lui semblait un siècle ! impatient, son imagination se portait déjà dans le sein de sa famille, de sa mère qu'il avait quittée tout enfant, et qu'il revoyait homme aujourd'hui ! Il se rappelait avec ivresse son beau pays, comme lui jeune, mais que la civilisation raffinée n'avait pas encore terni ! Il se rappelait sa ville, grande naguère pour lui, et qu'il revoyait maintenant comme un village ! Enfin le navire jeta l'ancre. Il arriva dans la maison paternelle, où toutes les caresses lui furent données : nouvel enfant prodigue, il fut fêté comme lui.

Alors encore il goûta quelques moments de vrai bonheur. Ses traits étaient riants ! Il maudissait Paris et il promettait de demeurer à jamais dans cette patrie que depuis si longtemps il appelait de tous ses vœux et qu'il n'aurait jamais dû quitter !

Puis quand il eut bien goûté toutes les douceurs des sentiments de famille, quand il eut retrouvé ses anciens et ses vrais amis, il se prit alors à réfléchir. Était-ce là le bonheur tel qu'il l'avait rêvé !

Il se demandait s'il ne manquait pas quelque chose à son cœur ! et ses traits devinrent encore sombres ! C'est qu'il voulait trouver une femme belle, amoureuse, qui pût l'inonder de son amour, dont la destinée fut unie à la sienne, une femme qui voulut partager et ses joies et ses peines, à lui jeune homme, qui, de la vie, ne connaissait encore que les pleurs. Il songeait que s'il avait quitté Paris, c'est qu'il n'y pouvait rencontrer l'être pour lequel il se sentait fait, et qu'il croyait fait pour lui. Car il croyait à sa destinée, car il avait pour principe que tout arrive par une nécessité qu'insurmontable !

Plusieurs mois s'étaient passés. Il avait su pénétrer dans plusieurs familles, et rien encore ! personne qui pût lui répondre, personne qui pût le comprendre ! Il pensa alors que sa vie ne serait plus qu'un long supplice, et des idées de suicide s'emparèrent de lui ! Des idées de suicide à dix-huit ans ! oh Paris ! Paris ! cet amour après lequel il courait en vain étouffait en lui tous les autres sentiments. Ses parents étaient froissés par sa tristesse ! à peine revenu, et déjà froid, insouciant avec tout le monde, on doutait de son cœur ! était-ce de sa faute à lui, oh non !

Or, un jour que poursuivi par ses sombres idées, il les voulait repousser loin de lui, il sortit, pâle, les yeux hagards, les traits décomposés... Il errait depuis longtemps dans les rues, ne donnant son attention à rien qu'à ses rêveries, quand comme par instinct ses yeux quittèrent la terre sur laquelle ils étaient sans cesse fixés, et se relevèrent pour aller se reposer sur un balcon, où ils rencontrèrent les deux beaux yeux noirs d'une jeune fille contemplant l'expression de ce malheureux dont elle remarquait les traits ridés quoique respirant la jeunesse ! Mais quand leurs yeux se rencontrèrent, timide, elle baissa les siens ! puis, les releva lentement, et rencontra pour la seconde fois les regards du jeune homme ! mais non plus avec cet air sombre, ces yeux égarés ! non, sa figure était riante et radieuse ! le plaisir se peignait sur tous ses traits ; il s'était arrêté, et comme, malgré lui, ne pouvait détourner sa vue de cet ange dont les yeux, comme un rayon divin, avaient réchauffé son cœur glacé quelques instants auparavant !

Son ange partit en lui souriant, et il resta seul contemplant encore ce balcon vide maintenant de la jeune fille. Il y resta quelque temps, puis partit en courant comme un insensé ! Il rentra chez lui, et comme s'oubliant, se précipita dans les bras de sa mère, en lui disant :

— Oh ! que ton fils est heureux. Je l'ai trouvée !

Ses yeux étaient alors étincelants, et sa mère en le considérant, eut un instant de frayeur ! elle le crut fou ! Il l'était en effet, non de folie, mais d'amour ! d'amour pour celle qu'il n'avait fait qu'entrevoir !

Ce qui lui mettait la joie dans l'âme, c'est qu'il avait compris le regard de cette jeune fille ! c'est que dans ce langage muet ils s'étaient dit beaucoup. L'œil d'une Créole étincelle toujours des émotions de son cœur.

Il sentait qu'il allait entrer dans une vie nouvelle, il oublia le passé, pour se jeter dans l'avenir qu'il entrevoyait de bonheur et d'amour. Il croyait (insensé) qu'il avait trouvé celle à qui ses jours devaient être unis à jamais ! il pensait qu'il allait être aimé pour toujours. Il voyait cette jeune fille (comme envoyée de Dieu) qui venait lui faire oublier dans les délices ses souffrances passées !

Pauvre insensé, sommeille, sommeille encore, jeune homme ! savoure bien toutes les douceurs du rêve, car le réveil doit être terrible !

* * *

Sophie — c'était le nom de la jeune fille — était, comme Arthur, créole ; comme lui ardente, et comme lui rêveuse. Son âge était le même. Elle rêvait comme lui d'amour ! et cependant, sa vie coulait paisible et joyeuse. Parfois ses réflexions s'emparaient d'elle, et alors elle recherchait la solitude, elle voulait demeurer seule, seule avec sa mélancolie. Elle voulait aimer, mais elle ne rencontrait personne qui pût sympathiser avec elle. Dieu, dans son cœur de jeune fille, avait semé l'amour, il lui fallait un soleil qui pût le faire germer. Sophie était une de ces femmes timides, mais qui pourtant savent se faire respecter au besoin par l'insolent qui voudrait abuser de familiarités qu'on aurait d'abord autorisées.

C'était dans un de ces moments de vagues rêveries, que Sophie avait été se placer sur son balcon, quand pour la première fois, elle aperçut notre héros infortuné ! Elle avait lu son désespoir sur tous ses traits, et la pitié avait d'abord glissé dans son cœur ! Puis ce sentiment de pitié avait fait place à un sentiment plus profond, à mesure qu'elle contemplait Arthur ! Au lieu de le plaindre, elle l'aimait maintenant. C'est si doux l'amour ! Qu'est notre vie sans lui ?

Elle n'avait pu jouir de sa présence que quelques instants, et pourtant ces quelques courts moments avaient suffi pour faire de profondes impressions dans son cœur ! Elle l'aimait déjà, et déjà revoir Arthur était sa seule pensée, et le posséder plus tard le but unique de tous ses efforts ! Déjà de l'amour ! Oh ! jeune fille, prends garde ! Elle ignorait, innocente et naïve qu'elle était, tous les dangers de l'amour !

Elle se laissait aller au penchant de son cœur. Elle y pensait le jour, elle y rêvait la nuit à son Arthur, vers lequel sa pensée l'entraînait sans cesse. Elle fut heureuse quelques jours ! Cette douce idée, qu'elle allait le revoir, qu'il reviendrait, la caressait sans cesse ! Sans cesse elle y pensait. Et pourtant, chaque jour elle se mettait à son balcon, et chaque jour finissait aussi triste, aussi sombre que le précédent. Le doute venait alors la torturer, pauvre enfant !

Elle se prit à réfléchir que peut-être, elle avait mal interprété le regard de son Arthur ! que peut-être ce jeune homme qu'elle n'avait fait qu'entrevoir, dont elle ignorait même le nom, n'avait jeté sur elle que des yeux indifférents ? Elle se prit à réfléchir, que sans doute ce qu'elle ressentit au fond de son cœur, Arthur lui, ne le sentait nullement ! Elle s'imaginait que maintenant il ne pensait plus à la jeune fille au balcon, sur laquelle il avait fixé ses regards ! Et ses pleurs la suffoquaient !

Jeune fille, elle entrait dans la vie, et le poison de l'amour allait décolorer son visage ! déjà elle allait fuir tous les plaisirs, car rien désormais, sans Arthur, n'aurait d'attrait pour elle. Ce que c'est pourtant que l'amour ! Nous renonçons à tout pour un sentiment qui souvent n'est que le ver rongeur, que le supplice de notre vie ici-bas !

Sophie souffrait et cependant, elle était obligée de dévoiler ses douleurs ! car ainsi va le monde, nous hommes égoïstes, nous pouvons aimer, nous pouvons promener notre tristesse (chez nous elle est presque à l'ordre du jour) mais une pauvre jeune fille, il faut qu'elle refoule jusqu'au fond de son cœur les sentiments qui l'affectent ! il faut qu'elle garde ses souffrances pour elle seule.

Il faut souvent, par convenances, qu'elle réponde d'un regard dédaigneux à celui pour lequel elle donnerait sa vie et plus encore peut-être...

Sophie souffrait vivement, car chez la femme un des sentiments les plus vifs, les plus profonds, est l'amour-propre, et le sien était humilié et froissé de ce qu'Arthur, cet être dont elle était devenue pour ainsi dire l'esclave, ne se donnait même pas la peine de repasser devant elle.

Elle n'eût pas tant souffert si elle eut pu voir dans l'intérieur d'une chambre, un jeune homme couché, malade et souffrant au moral et au physique, ce jeune homme, c'était Arthur ! que nous laisserons maintenant pour aller le retrouver plus tard rétabli, et guéri, du moins des souffrances physiques.

Un jour qu'appuyée sur son balcon, elle voulait tâcher d'oublier cet être dont le souvenir la poursuivait sans cesse comme un remords, elle aperçut à quelque distance un jeune homme qui regardait comme quelqu'un qui cherche. Elle reconnut son Arthur, et n'en douta plus quand celui-ci l'aperçut et s'arrêta pour la regarder encore. L'émotion de Sophie fut telle qu'elle craignit de la faire trop paraître et rentrant, ferma violemment la fenêtre.

Ce que souffrit Arthur, il faut l'avoir souffert pour pouvoir l'apprécier.

Insensé ; il croyait que blessé de son regard, elle avait voulu le lui faire comprendre en se retirant aussitôt !

Enfant, il eut comme elle cette pensée que sans doute il avait été l'objet de l'attention de cette jeune fille, mais que comme une personne indifférente, on l'avait aussitôt oublié ! Et cependant il sentait qu'il ne pouvait plus renoncer à elle.

Il rentra chez lui poursuivi par ses réflexions...

Quelques jours après, il se décida à repasser devant le balcon ! Sophie y était encore !... Arthur, pour cette fois, n'osa plus relever les yeux ! et il passait immédiatement sous ce balcon quand il vit tomber à ses pieds un gant, celui de la jeune fille ! alors, il leva ses regards vers elle ! elle était honteuse, et semblait dire, oh ! n'allez pas croire que je l'ai fait par intention ! Arthur ramassa le gant ! il était au comble du ravissement ! il semblait qu'en cette occasion la providence l'eût servi ; en effet, il avait sur lui un billet adressé à Sophie, sur ce billet étaient ces seuls mots :

Je vous aime,
ARTHUR...

Il l'enveloppa soigneusement dans le gant, qu'il rejeta, et se mit à courir sans oser regarder derrière lui, craignant de voir sur les traits de son ange une expression de sévérité, craignant enfin qu'elle ne fût offensée de son message, enfant !

Sophie reçut son gant et s'aperçut qu'il contenait quelque chose ! elle regarda, et y trouva le petit papier qu'elle déploya avec vivacité ! oh ! qui pourrait décrire le plaisir qui vint se peindre sur ses traits quand elle eut lu ces quelques mots : « Je vous aime ! » enfin elle était comprise ! ses sentiments avaient un écho dans le cœur d'Arthur, enfin elle connaissait le nom de cet être qui maintenant était l'objet de ses rêves, et la nuit et le jour.

« Oh merci, mon Arthur, merci », s'écria-t-elle !

Pour lui, son seul désir fut maintenant de se faire introduire chez la jeune fille !

Enfin il trouva quelqu'un qui connaissait cette jeune personne ; c'était un de ses amis, et promesse lui fut faite d'être présenté sous peu !

En effet, huit ou dix jours après cette dernière aventure, on annonçait dans les salons de Madame P... (la mère de cette jeune fille) le jeune Arthur.

Comment dépeindre l'émotion des deux amants, d'Arthur et de Sophie, de ces deux êtres qui quoique ne s'étant vus qu'à peine, se connaissaient déjà beaucoup, et ne vivaient que l'un pour l'autre.

Assis l'un près de l'autre, ils étaient silencieux ; Arthur qui se sentait le courage de tout faire pour sa Sophie, Arthur ce jeune homme si passionné, Arthur était là, tremblant devant elle, comme un coupable devant Dieu. Enfin il surmonta sa timidité, et se mit à parler avec elle ; peu à peu la conversation s'anima, et enfin Arthur en vint jusqu'à oser demander à Sophie : « l'avez-vous lue ? » Elle comprit aussitôt et baissa les yeux avec un air de timidité, mêlé de bonté, qui fit comprendre à Arthur qu'il ne l'avait pas fâchée. Il se leva, et partit la joie dans l'âme, se promettant de la revoir fréquemment.

Il était heureux maintenant, ce que c'est pourtant que l'amour !

Un seul regard nous rend plus heureux que tout au monde, un regard suffit pour nous enchaîner, et nous ne réfléchissons pas que souvent l'amour tue, ou du moins rend notre vie malheureuse ! supplice mille fois pire que la mort ! Cependant les visites se multiplièrent et chaque visite augmentait leur amour ; tous les jours Arthur était plus familier, et enfin il obtient de Sophie la permission de lui écrire ! Oh jours de bonheur ! Poursuis, jeune homme, poursuis ! goûte bien l'amour, jouis bien de ce que tu possèdes, chacun de tes jours maintenant, abrège ta vie de dix ans !

Arthur écrivit, et cette fois il reçut une réponse !

> Arthur, vous m'aimez, vous me l'assurez, je le crois, je ne
> sais cependant ce qui vous charme et vous captive en moi, je
> vous remercie de me vouer votre amour ; il me rend fière, il
> me rend heureuse ! Durera-t-il aussi longtemps que le mien ?
> Je le souhaite, et je jure de vous aimer toujours, et de n'être
> qu'à vous, pensez à moi. Adieu, Arthur... SOPHIE.

Ô vous qui savez ce que c'est que l'amour, vous sentirez facilement ce que produisait sur ce jeune homme cette lettre qui lui assurait l'amour de sa Sophie, de cet être dont il craignait de ne pas être aimé comme il le désirait.

Il la lut, prit une plume et écrivit :

« Tout et toujours à toi ; avec toi, c'est la vie, sans toi, c'est la mort. »

Il remit lui-même ce papier à sa Sophie. Et ce jour ils furent seuls quelques instants. Arthur osa déposer sur sa main un baiser, baiser brûlant d'amour ! et ils se firent le serment d'être toujours l'un à l'autre. Ils le jurèrent devant Dieu !

Insensés ! vous parlez de l'avenir ! Oh parlez du passé ; parlez du présent, mais non de l'avenir ! car l'avenir est un mystère effroyable, et savez-vous, enfants que vous êtes, savez-vous quel sera le vôtre ? Savez-vous si c'est au bonheur ou au tourment de votre vie que vous travaillez maintenant ? Insensés !

Enfin après de fréquentes visites, Arthur écrivit une dernière lettre à Sophie pour lui demander si elle consentait à ce qu'il devint son époux, et sans peine on devinera la réponse.

Quelque temps après, il se rendit donc chez Mme P..., et cette fois il se rencontra dans le salon avec un homme de 30 à 35 ans. C'était un cousin de la famille, un de ces hommes froids, insouciants, qui ne comprennent pas l'amour et ses rêveries ! un de ces hommes enfin qui ne prennent une femme que comme un meuble indispensable ! Ce sont peut-être les plus heureux ceux-là ! Et cet homme qu'Arthur ne faisait que de connaître, cet homme dont il venait de pressait la main était son plus mortel ennemi, car il allait être l'époux de Sophie, oui de Sophie, amoureuse, folle... pourtant d'Arthur.

Il arrivait d'un long voyage et depuis six ans il était absent, son mariage avec Sophie était un mariage de convenances, arrêté depuis la naissance de celle-ci. Et Sophie n'en savait rien, ou plutôt elle ne l'avait appris que depuis quelques heures. Aussi quand Arthur entra, remarqua-t-il la pâleur de son amante et lui-même fut pétrifié quand Mme P... lui fit part du mariage prochain de sa fille ! Oh ! mère dénaturée ! tu connaîtras plus tard toute l'étendue du crime que tu viens de commettre !

Ce fut un coup de foudre pour le malheureux Arthur ! il sortit, craignant que son désespoir n'éclatât ! il rentra chez lui, prit une boite, l'ouvrit, en retira un pistolet, dont il arma la détente !...

Il allait en finir avec l'existence, quand une pensée lui vint qui fut pour lui ce qu'est l'éclair au voyageur égaré dans la nuit ; sa pauvre mère, son pauvre père, qu'il allait laisser languir dans le malheur, il réfléchit que mettre fin à ses jours était un acte d'égoïsme et de lâcheté...

Il laissa tomber l'arme fatale ! prit une plume et écrivit !

> Sophie, vous m'aviez juré de me conserver votre amour ! vous avez manqué à vos promesses ; elles étaient faites devant Dieu pourtant ! votre cœur et votre main − je viens de l'apprendre − appartiennent à un autre ! Soyez heureuse ! Jamais on ne vous aimera comme Arthur vous aima ! Je vais subir ma vie ! je le dois à ma famille. Comptez toujours sur Arthur comme sur un ami dévoué.

Sophie reçut cette lettre, et l'ayant à peine achevée, elle tomba froide inanimée ! Pauvre jeune fille !

* * *

Au premier moment, la pauvre enfant fut atterrée, puis, quand elle eut repris ses sens, quand elle put réfléchir sainement, elle versa d'abondantes larmes. Le malheur déjà si grand d'unir ses jours à quelqu'un qu'elle ne pourrait, qu'elle ne devait pas aimer, ne suffisait-il donc pas pour l'accabler ? Quand tout le monde l'abandonnait, fallait-il donc que son Arthur la délaissait, et méconnut ainsi sa conduite ? Oh ! ces idées lui firent bien mal ! Elle eut presque du mépris pour Arthur qui avait été aussi cruel. Elle voulut ne plus l'aimer, elle voulut l'oublier, l'oublier ! pauvre insensée ! Elle voulut repousser le souvenir de celui qu'elle ne croyait plus digne de son amour, et pourtant elle sentait que malgré sa faute elle l'aima maintenant plus que jamais, maintenant qu'elle en avait été séparée pour jamais.

Pauvre jeune fille ! Elle ignorait qu'en se laissant aller à cet amour sans espoir, elle suçait le poison de sa vie ! Oh ! ce que c'est pourtant que le monde ! sacrifier à des conventions tout l'avenir d'une jeune personne, pour ne pas manquer à une parole. Pour éviter une faute, on commet un crime, un crime qu'on excuse par ce grand mot de convenances !

Pour Arthur, il s'en voulait maintenant de ce qu'il avait fait ! Il se reprochait cette lettre. Il se demandait s'il avait le droit de torturer ainsi celle qui lui avait donné des moments de vrai bonheur ! Était-ce de sa faute à elle, pauvre jeune fille, si des parents injustes lui faisaient une loi de payer d'amour un homme que désormais elle ne pouvait que haïr.

Oh ! Arthur sentait bien maintenant que sa conduite était celle d'un égoïste ! Et ses réflexions le tuaient. Il voulait réparer sa faute et résolut de surmonter tout et d'aller revoir celle qu'il ne devait plus regarder que comme un ami. Il s'y rendait donc ! à peine était-il entré que Sophie poussa un cri ; la joie, la surprise, tous ces sentiments l'assiégeaient à la fois ! son amour, qui lui brisait la poitrine, avait besoin d'un cœur pour s'épancher, et la vue de son amant la soulageait. Dans ce seul cri, tout ce qu'elle éprouvait, Arthur le comprit et alors encore il passa quelques doux moments.

Quelques jours s'étaient passés et Arthur se préparait à aller revoir Sophie, quand il entendait frapper violemment à sa porte : il ouvrit aussitôt, et fut surpris en voyant entrer chez lui un homme qu'il ne connaissait pas, ou du moins qu'il ne fréquentait nullement ! Cet homme était ce cousin dont j'ai parlé plus haut ! Depuis quelque temps le soupçon sur Sophie et sur Arthur le gagnait ! Il mit tout en œuvre pour l'éclaircir, et parvint enfin à s'emparer d'une de ces lettres tremblantes d'amour qu'en d'autres temps Arthur envoyait à son amie.

Sa visite d'aujourd'hui était dans le but de demander une explication, et dans un cas de refus, une réparation ! Arthur, dans sa vivacité naturelle, s'importa dès le premier moment et proposa toute satisfaction possible ! Il était heureux ! Oui, heureux d'avoir affaire avec un homme ! Enfin quelqu'un allait peut-être le débarrasser du poids de son existence, ou du moins si la mort ne voulait point encore l'enlever, il allait enfin se trouvait face à face avec son ennemi le plus odieux ! Avec celui qui lui enlevait avec la main de sa Sophie, le bonheur de sa vie !

Puis quand il eut bien exhalé sa colère, il pensa...

* * *

Avait-il le droit de se battre publiquement ? avait-il le droit, par un éclat, de publier ce qui s'était passé entre Sophie et lui ? Non, ce qu'il allait faire, était un acte d'égoïsme et de lâcheté ! Il pensa qu'en se battant, c'était ne montrer que le courage matériel ! et il était plus beau pour lui d'avoir assez de force d'âme pour s'humilier devant cet homme, et par conséquent sauver l'honneur de sa Sophie.

Il passa donc par toutes les conditions qui lui furent imposées ! et signa un écrit dans lequel il déclarait rompre avec Sophie ! Oui, il eut la force de le signer !

C'est un beau dévouement, jeune homme, que de savoir surmonter ses ressentiments et sa fierté, et de s'abaisser pour relever celle qu'on chérit, et dont le bonheur est votre unique soin ! Le monde t'applaudira jeune homme !

Quand Sophie apprit cela, elle ressentit un sentiment d'admiration pour son Arthur ! mais bientôt après, un désespoir amer s'empara d'elle ! Pauvre enfant ! son mariage était fixé à trois jours de là ! elle entrevoyait tout son avenir passé dans les larmes et l'abnégation d'elle-même ; elle, heureuse jadis, allait être maintenant flétrie par le contact d'un être pour lequel elle ne pouvait avoir que du mépris, et devant lequel son Arthur si fier avait été forcé de courber la tête, ainsi qu'un esclave devant le maître.

Une pensée terrible lui vint alors dans son esprit...

* * *

Et la pauvre jeune fille jura de nouveau qu'elle ne serait jamais à d'autre qu'à son Arthur ! agir autrement lui semblait un sacrilège. Deux jours se passèrent et Arthur reçut une lettre dans laquelle Sophie lui annonçait que le lendemain, elle allait subir un mariage qui empoisonnait ses jours...

* * *

C'était par une belle matinée de printemps, les cloches de l'église de*** sonnaient et annonçaient un mariage.

L'allégresse était sur tous les visages. De grands préparatifs se faisaient dans une maison nouvelle montée pour recevoir les jeunes mariés, la foule se pressait chez Madame P... Mais quelle est cette figure sombre et morne dont la tristesse fait un triste contraste avec la joie des invités ? Quelle est cette jeune fille qui peut à peine étouffer ses sanglots ?...

Ce jour-là, Arthur était sorti de grand matin, et était rentré chez lui plus défait et plus sombre que jamais ! Le mariage était fixé pour le milieu du jour, les heures passaient et les réflexions ne le quittaient pas. Dans une heure, il perdait Sophie à jamais : il ne pouvait supporter la vie avec cette idée. Il prit une plume, écrivit à son père, à sa mère pour leur demander pardon du crime qu'il allait commettre, jeta pour Sophie quelques lignes sur le papier, leva les yeux au ciel, prit une fiole dont il but tout le contenu !...

Il tomba...

Puis sentant que ses derniers moments approchaient, il voulut réunir toutes ses forces pour aller au pied des autels revoir une dernière fois celle à qui ses jours étaient voués.

Midi venait de sonner et l'église de*** était encombrée ! Les voitures arrivaient à tout instant, enfin on annonçait la principale ; elle s'ouvrit et on en vit sortir un homme d'un âge mûr et une jeune fille dont l'air quoique riant, laissait voir à ceux qui la considéraient avec attention un fond de tristesse, mais de tristesse mortelle ! Les portes de l'église s'ouvrirent devant eux.

Après l'exhortation de coutume, après avoir parlé des devoirs de la femme envers son mari, le prêtre conduisit les fiancés au pied de l'autel, et là, Sophie ne put contenir ses pleurs !

Et ces pleurs de sang, on les prenait pour des larmes d'attendrissement.

Puis, quand le moment de répondre à ce *oui* fatal qui nous enchaîne souvent au malheur, elle hésita quelque peu, mais cependant elle le prononça ! Prends garde, jeune fille, tu blasphèmes, tu blasphèmes devant Dieu.

La cérémonie s'achevait, l'église était plongée dans le calme, et les mariés se disposaient à se retirer, quand au milieu de l'assemblée, l'on entendit des gémissements, derniers soupirs d'une âme qui revole à ses premières demeures.

C'était Arthur, qui content de l'avoir revue avant de laisser cette terre, venait mourir dans le même lieu où Sophie, elle, s'unissait à un autre.

La foule à ce bruit se pressa. Sophie accourut, reçut le dernier soupir de son amant, et alors encore jura à Dieu de n'appartenir qu'à lui... Sa figure se décomposa un instant... Puis reprit son calme, du moins en apparence... Elle partit...

Le serment qu'elle avait fait à Dieu, à son Arthur mourant, l'infortunée y fut fidèle...

Le lendemain dans la même église, à la même heure, à peu près les mêmes individus venaient encore assister à un mariage. Mais à ce mariage ils n'apportaient plus une figure riante et sereine... Les fiancés étaient Sophie et Arthur unis maintenant par la main de la mort, pour l'Éternité ! Ce que c'est pourtant que la destinée !
– Pauvres enfants !

Le Juif errant

Cyprien Dufour

C'était précisément la veille de la Noël dernière. Il faisait un temps affreux, un vrai temps de Noël ; la nuit était noire, le vent faisait gronder le fleuve et allait mugir sourdement dans les cyprières, la pluie bondissait sur les toits. Par cette horrible soirée, un joyeux cercle d'amis ; fidèle à ses souvenirs, poursuivait sa veillée traditionnelle dans une gentille maisonnette à quatre ou cinq milles de la Nouvelle-Orléans.

Comme si chacun se fût donné le mot, toutes les petites causeries venaient de cesser ensemble. Il se fit un silence morne dans toute la salle. Quel est celui qui n'a pas éprouvé cette frayeur secrète qui s'empare subitement du cœur de l'homme, lorsqu'au-dedans tout est silencieux, et qu'au-dehors les ténèbres sont épaisses, la pluie fouette les vitres, la rafale siffle à l'angle de la maison et vient s'engouffrer brusquement dans l'embrasure des croisées ? Il semble alors que c 'est quelqu'un qui frappe à la porte ; on n'ose pas se lever de sa place, ni même crier : « Qui est là ? » On a cru voir quelque chose de mystérieux dans cette manière de frapper ; on retient son haleine ; et, pour se donner une contenance, on regarde pétiller la flamme au fond de la grande cheminée. Les jeunes filles se rapprochent involontairement et se pressent les unes contre les autres ; elles se tournent par intervalles pour s'assurer qu'il n'y a personne derrière elles, pour voir si quelque souffle étrange ne balance pas le rideau, si quelque visage inconnu ne les regarde pas à travers un carreau de

25

vitre ; puis, par une inconcevable bizarrerie, elles se mettent souvent à demander des histoires de revenant.

C'est ce qui arriva pendant la veillée dont nous parlons. Le caprice et la peur sont de tous pays, et certes nos jeunes Créoles connaissaient fort bien l'un et l'autre. Quoique déjà toutes tremblantes, elles rompirent le silence pour demander à un vieil ami une histoire de revenant.

— Mes enfants, leur dit le vieux conteur, on ne peut plus faire de contes dans ce siècle-ci. Vous autres jeunes gens, vous voulez savoir le mot de toute énigme, vous voulez tout approfondir, à tout ce qu'on vous dit vous répondez par votre éternelle interrogation : « Pourquoi ? » Sur ma parole, votre insatiable curiosité doit tuer vite toutes les illusions de votre jeunesse. Vous me demandez une histoire de revenant ; eh bien ! je parie qu'avant la fin de mon histoire, vous voudrez que je vous dise ce que c'est que mon revenant.

— Non, non, dit une piquante brune que nous nommerons Eudoxie ; nous savons qu'il n'y a pas de revenant, mais n'importe.

— Nous verrons, reprit le vieux conteur. Je vous laisse le soin à vous-même, mademoiselle, de prouver dans le cours de la soirée que je ne me trompe pas. En attendant, je vais commencer le conte.

Et toute les jeunes filles se groupèrent autour de lui pour ne laisser échapper aucune de ses paroles.

Le vieux conteur poursuivit d'une voix grave :

— Le crépuscule était fort avancé, les ombres du soir enveloppaient déjà la belle ville de Florence, quand un bruit sourd et rapide se fit entendre à la porte de Cornélius Agrippa, et presqu'aussitôt un étranger entra dans le cabinet du philosophe. Celui-ci, tout entier à ses études de magie, leva la tête, le regarda fixement, et se remit à son travail.

L'étranger qui était là debout près de lui, était un homme d'une haute stature et d'un port plein de dignité. Il y avait cependant, chez lui, un certain air indéfinissable de mystère qui inspirait une sorte de crainte. Il était difficile de deviner son âge ; sa figure était un mélange extraordinaire de jeunesse et de vieillesse. Pas un creux à ses joues, pas une ride à son front ; ses yeux étaient aussi vifs que les yeux d'un jeune homme. Mais sa noble tête était inclinée, apparemment sous le poids des ans ; son épaisse chevelure était blanche à éblouir ; sa voix, quoiqu'insinuante, était faible et vacillante, il portait le costume d'un gentilhomme florentin, il avait à la main un bâton de palmier, sur lequel étaient gravés quelques caractères orientaux. Son visage était pâle à faire mal, ses traits étaient d'une beauté remarquable et portaient l'empreinte d'une profonde tristesse, en même temps qu'ils révélaient une grande sagesse.

— Pardonne-moi, Cornélius, dit-il en s'approchant du philosophe ; tu dois savoir que ton nom a traversé toutes les mers et a frappé toutes les oreilles : j'ai voulu, avant de quitter la belle ville de Florence, voir de près celui que l'on dit être son ornement et son oracle.

— Vous êtes le bienvenu, répondit Cornélius, mais je crains fort que votre curiosité ne vous ait mis en peines pour bien peu de chose. Je suis tout simplement un homme qui, au lieu d'amasser des honneurs et des richesses comme les sages de ce monde, a passé de longues, bien longues années à étudier la nature et à lui arracher ses secrets.

— Que parles-tu de longues années ? interrompit l'étranger, et un sourire dédaigneux à la fois et mélancolique passa rapidement sur ses traits. Que veux-tu dire par de longues années ? toi, qui as à peine franchi les trois-quarts d'un siècle depuis que tu as quitté ton bureau, et dont la tombe est déjà creusée, dont la tombe est là, béante, prête à te recevoir dans son sein protecteur ! J'ai été voir les tombes aujourd'hui, les tombes que j'aime, les tombes muettes et solennelles. Je les ai vues souriant aux derniers rayons du soleil couchant. Dans mes rêves d'enfance, il m'arriva souvent d'envier au soleil sa carrière si longue, si brillante, si glorieuse ; mais ce soir, j'ai cru qu'il valait mieux dormir dans une de ces tombes que de vivre éternellement comme lui. Ce soir, je l'ai vu s'enfoncer derrière les collines, comme pour se reposer ; mais demain il faudra qu'il se lève là-bas, à l'autre extrémité du monde, pour recommencer la même course. Il n'y a pas de repos, il n'y a pas de sommeil, il n'y a pas de tombe pour lui, et la rosée dont tu vois la terre humectée tous les matins, est une de ces larmes qu'il laisse tomber sur sa triste destinée.

Cornélius était resté pétrifié à ces paroles ; muet, saisi d'étonnement, il regardait encore l'étranger, quand celui-ci reprit :

— Mais pardon, pardon ! je t'importune, je te parle de choses étrangères à l'objet de ma visite. J'ai entendu d'étranges versions sur un miroir magique que ton art mystérieux a tiré du néant, et qui représente aux yeux de l'homme les absents ou les morts qu'il veut revoir. Il n'est personne ici-bas sur laquelle mes yeux puissent s'arrêter avec complaisance ; mes yeux ne reconnaissent plus rien dans ce monde. La tombe s'est fermée sur tout ce que j'aimais ; le temps a tout emporté, tout, jusqu'à la douce fleur qui, un matin secoua son parfum et sa rosée sur mon pauvre front. On dit que le monde est une vallée de pleurs ; mais hélas ! de toutes ces larmes amères que l'homme répand, il n'en est pas une seule qui soit tombée pour moi, pas une seule qui se soit échappée d'une paupière humaine à mon souvenir ; non, non, je te le dis, pas une seule ! car si une seule eût mouillé mon nom, je l'aurais sentie là, vois-tu ; elle aurait aussi mouillé mon cœur, elle y aurait vite pénétré, elle serait descendue là pour me dire : « Je suis pour toi. » Mais une larme, ce n'est pas ce que je désire le plus maintenant, je veux, avant tout, voir la figure que j'ai tant aimée, cette figure que Jéhovah semblait avoir façonnée en se mirant lui-même. Cela me fera plus de bien que tout ce que le monde pourrait me donner, excepté la tombe... Ah ! oui, excepté la tombe !

— Et qui voudriez-vous voir ? demanda le philosophe.

— Ma fille, ma douce Miriam.

Aussitôt, Cornélius se mit à l'œuvre. Il ferma toutes les ouvertures de la chambre qui, en un clin d'œil, s'emplit de ténèbres effrayantes, il plaça l'étranger sur sa main droite, puis il entonna lentement, et à voix basse, quelques versets inconnus, auxquels l'étranger crut entendre, par intervalles, donner une réponse, mais le son en était si vague, si faible, et semblait venir de si loin, qu'il l'attribua facilement à une hallucination passagère.

Pendant que Cornélius poursuivait son chant, la chambre s'illuminait peu à peu, sans que l'étranger pût savoir d'où procédait cette lumière surnaturelle. À la fin, un grand miroir apparut tout à coup au fond de la chambre ; il semblait être encadré d'une sorte de nuage qui passait et repassait assez rapidement.

— Elle est morte jeune fille ou mariée ? cria Cornélius sans se détourner.

— Elle est morte pure comme une enfant, blanche comme la blanche neige qui vient des cieux.

— Combien y a-t-il d'années de cela ?

À cette question, l'étranger fronça le sourcil, sa physionomie devint sombre, et il répondit assez brusquement :

— Plus, beaucoup plus que je ne pourrais vous en compter.

— Il faut pourtant que j'en sache le nombre, répondit Cornélius. Je dois lever cette baguette une fois pour chaque dix années qui se sont écoulées depuis sa mort ; et quand j'arriverai à la dernière fois, vous la verrez apparaître là-bas dans le miroir.

— Commence donc à lever ta baguette, va, continue toujours, et prends garde que tu ne te fatigues trop vite.

Cornélius Agrippa considéra plus attentivement l'homme qui lui tenait ce langage étrange, et le regarda longtemps en silence. Mais ce qui mit le comble à sa consternation, c'est que vainement il fit mouvoir sa baguette enchantée : tout restait indécis, muet ; rien ne se laissait voir.

— Quel est cet homme ? cria-t-il d'une voix à demi suffoquée par la passion. Qui es-tu ? Dis-moi ce que tu es ! Ta présence me trouble. Selon toutes les règles de mon art, cette baguette a déjà marqué quatre cents ans, et pourtant rien n'a encore paru sur la surface du miroir. Es-tu venu chez moi pour me railler ? La personne dont tu me parles a-t-elle jamais existé ?

— Va toujours, va toujours ! répondit froidement l'étranger.

Le philosophe ne put résister à la parole impérative de l'inconnu, et, malgré lui, il leva encore sa baguette. Son bras commençait déjà à lui tomber de lassitude, quand il entendit derrière lui la voix profonde de l'étranger, qui lui criait impitoyablement : « Va toujours ! Va toujours ! » À la fin, le nuage disparut, la surface du miroir devint resplendissante, une jeune Orientale, richement vêtue, sortit d'un fond du paysage, et un cri de joie s'échappa aussitôt du sein de l'étranger.

— C'est elle ! C'est elle ! dit-il dans un mouvement frénétique. Ma fille, encore ce sourire ! une seule fois ce sourire ! dont le souvenir ne s'est pas effacé après mille ans de séparation. Vieillard, ne me retiens plus ; il faut que je l'étreigne dans mes bras.

Et, disant cela, il se dégagea des mains du philosophe, et s'élança témérairement vers le miroir. L'image s'évanouit à son approche, le nuage revint envelopper le miroir, et l'étranger tomba sans connaissance sur le carreau.

— Et puis après ? dit Eudoxie.

— Après ? Qu'entendez-vous par là, je vous prie ? Le conte n'est-il pas fini ?

— Je ne sais pourquoi il me semble qu'il y manque quelque chose encore ; je voudrais connaître mieux cet étranger.

— Que voulez-vous que je vous dise ? cette histoire est très complète dans son genre. Vous m'avez demandé une histoire de revenant ; maintenant, si j'allais déchirer le mystère qui entoure mes personnages, je n'aurai pas tenu à ma promesse.

— Mon cher monsieur, dit un médecin, on voit bien que vous vous tâtez le pouls pour trouver une fin à votre conte. La mauvaise raison que vous donnez pour ne pas aller plus loin est un symptôme certain de ce que je devine.

— J'estime que la logique du docteur est très saine, dit à son tour un avocat. Il ne faut pas chercher à se sauver d'une explication par une subtilité ; c'est une mauvaise défaite, monsieur. Il est bon de savoir la fin de tout, même de votre conte bleu, qui, par parenthèse, a traîné quelque peu en longueur. Raisonnons, s'il vous plaît.

— Non, non, monsieur, ne raisonnons pas, je vous en prie ; la logique n'est pas de mise ici. J'aime mieux encore finir mon histoire que d'encourir vos conclusions.

— À la bonne heure ! fit tout le cercle.

— Quand l'étranger revint de son évanouissement, reprit le vieux conteur, il se trouva entre les bras du philosophe, qui lui arrosait les tempes et le regardait avec frayeur. Il se dressa immédiatement avec fierté, pressa cordialement les mains de Cornélius, et lui glissa une bourse en le priant d'agréer ses remerciements.

— Non, non, dit Cornélius, je ne veux pas de ton or. D'ailleurs, je doute qu'un chrétien puisse l'accepter de tes mains. Quoiqu'il en soit, je m'estimerais suffisamment récompensé, si tu me disais qui tu es.

— Regarde-là ! dit l'étranger en montrant de l'index un grand tableau d'histoire qui était suspendu dans un coin reculé de la chambre.

— Je vois là une belle œuvre d'art, où est représenté le sauveur du monde portant sa croix.

— Mais regarde encore ! reprit l'étranger avec un timbre de voix à faire tressaillir.

Cornélius porta alors les yeux sur le côté gauche du tableau que l'étranger fixait d'une manière singulière, et y vit avec étonnement une figure qui semblait être un portrait vivant.

— Cette figure, si je ne me trompe, dit-il avec une sorte d'horreur, représente le malheureux qui osa frapper le Fils de l'homme, et qui, pour expier ce crime, fut condamné à marcher par toute la terre jusqu'à la seconde venue du christ.

— C'est moi ! c'est moi ! s'écria l'étranger en s'élançant hors de la maison.

— Ah ! qu'était-ce donc cela ? dit vivement Eudoxie.

— Cela, dit le vieux conteur avec un sourire quelque peu malin, ce n'était pas un revenant, c'était le Juif errant.

— Eh bien, tant pis !

La Reconnaissance d'un sauvage

JACQUES ARAGO

Écoute encore un récit, c'est du drame et de l'histoire à la fois, ceci est amusant comme un conte de Boursault, ceci est instructif comme un chapitre de Montesquieu.

Un sauvage, une jeune fille, un chien, sont les trois personnages du drame ; le plus généreux des trois fut la victime... Je gage que tu plains déjà le chien. – Écoute ;

C'était par une admirable tempête neigeuse ; le brick semblait naviguer sur une mer de glace et au sein d'une atmosphère de craie balayée par un ouragan. Nous laissâmes tomber tous nos ancres à une encablure de Terre-Neuve ; mais dès que la tourmente se fut calmée, un négociant nommé Lescot, mon domestique et moi, nous descendîmes dans le grand canot mis à la mer, et gagnâmes le môle.

Bougon était également avec nous. – Bougon, c'est-à-dire un cœur d'or, des yeux chauds d'intelligence, une taille herculéenne, une force crotoniate, un dévouement de martyre... Bougon était un des plus magnifiques chiens de Terre-Neuve qu'on eût jamais vus ; et plusieurs Anglais en avaient offert vainement des sommes considérables à son maître.

J'étais sur le môle, à côté de mon domestique ; M. Lescot veut s'élancer, le pied lui manque, il chancelle, plane sur l'abîme, avance les mains, se cramponne au canot, et laisse tomber à l'eau une sacoche remplie de quadruples.

33

Bougon et lui ont échangé un regard, et au même instant le chien est au fond de la mer.

Lescot nous avait rejoints et fumait tranquillement son cigare.

« Votre argent court de grands risques, lui dis-je avec intérêt.

— Pas le moins du monde, me répondit-il ; Bougon est là, il le cherche en ce moment, et vous allez le voir reparaître avec la sacoche à la gueule ; Bougon est une fortune. »

L'animal reparut en effet, mais sans la sacoche ; il jeta sur son maître un coup d'œil consolateur comme une espérance, souffla quelques instants et replongea de nouveau. Le négociant fumait toujours, mais j'étais loin de partager sa confiance, car je savais le fond rocailleux, et il était possible que la sacoche eût glissé entre quelque fissure qui aurait inutilement épuisé les forces du généreux quadrupède.

Celui-ci remonta de nouveau, et cette fois je remarquai infiniment moins de calme dans sa prunelle fatiguée.

« Pauvre ami ! dit le négociant d'une voix rassurée, que de mal, que de peines, que d'énergie ! Tenez, tenez, poursuivait-il, il change de direction, il a trouvé mon argent, il va me le rapporter. »

Pour la troisième fois, Bougon défiait la houle écumante et les caprices d'un fond tourmenté.

Enfin le flot se frise, s'agite, tourbillonne ; voici Bougon, ô merveille ! la sacoche est dans sa gueule... Ô malheur ! elle est vide !... Le vigoureux animal a lutté contre les anfractuosités du fond, il a dénoué le sac, les quadruples se sont dispersées dans l'abîme... plus d'espérance, le négociant est ruiné ! Furieux, Lescot appelle Bougon à terre ; celui-ci le rejoint et dépose la sacoche à ses pieds, avec un léger grognement qui ressemblait à une plainte. Le maître demande un grelin aux matelots, il le passe au cou de Bougon et une grosse pierre est nouée à l'autre bout. Cela fait, Lescot pousse l'animal à la mer et le précipite. Il veut y entraîner la pierre qui doit noyer le pauvre quadrupède, mais un canotier s'élance à son tour, coupe le filin d'un coup de couteau et menace le négociant de ses deux poings vigoureux et de l'aviron dont il venait de s'emparer.

Bougon, délivré miraculeusement, prend le large au lieu de regagner la terre et rejoint le brick où il est accueilli par l'équipage comme on accueillerait un ami qu'on aurait cru perdu.

Nous partîmes le surlendemain et nous fîmes voile vers la Nouvelle-Orléans. Pendant la traversée, Bougon, dont nous racontâmes le stérile dévouement, se vit l'objet de l'admiration des matelots, et vous ne sauriez croire avec quelle tendresse le canotier sauveur le couvrait de ses caresses et de ses baisers.

Arrivés à la cité des rats et de la fièvre jaune, Bougon, le matelot et moi, nous nous enfonçâmes dans l'intérieur et suivîmes pendant quelque temps le cours du fleuve au bord duquel le matin, et surtout le soir, les crocodiles montraient leur rostre squameux et leurs écailles verdâtres...

* * *

Nous voici, au confluent du Mississipi et de la Rivière Rouge. Le sol est riche, la végétation opulente, mais nous savons que des peuplades farouches le sillonnent incessamment, et nous en appelons, Bob et moi, à une prudence que tu appelleras de la pusillanimité, toi qui ne connais ni le pays ni les Païkicé (tranches-têtes), et que je nommerai, moi, la sagesse et la sûreté du voyageur.

Une caravane, composée de cinq Anglais et de trois Américains, fit entendre près de nous ses pas rapides et ses éclats de voix ; au lieu de la fuir nous allâmes droit à elle, nous fraternisâmes et fîmes bientôt, sur une pelouse charmante, un de ces repas de piétons au milieu des déserts, dont on garderait le souvenir dans une vie séculaire.

Nous apprîmes par M. Scott, l'un des voyageurs, que non loin de l'endroit où nous avions fait halte vivait auprès de sa fille un chef indien d'une taille gigantesque, d'une force athlétique, fuyant toute civilisation, et veillant sur son enfant comme l'Arabe sur l'outre bienfaisante à l'aide de laquelle il étanche sa soif dans les sables du Sahara, sous les brûlantes haleines du siroco niveleur.

Une heure après, j'entrai dans la case d'Olougou ; Olougou-By, sa fille, était auprès de lui et reposait sa tête sur une natte enroulée. À notre approche, Olougou se leva de toute sa hauteur et nous adressa quelques paroles brèves et gutturales dont l'éclat nous disait le sens ;

c'était une menace. Nous avançâmes néanmoins, et, tendant la main au sauvage indien, je cherchai à lui faire comprendre que nous voulions être ses amis. L'œil fixé sur nous, Bougon nous interrogeait et nous demandait la permission de commencer l'attaque ; mais nous lui ordonnâmes de se coucher à nos pieds ; il obéit, et Bob et moi seuls nous nous approchâmes d'Olougou.

Celui-ci, rassuré sur nos intentions, vint à nous à son tour, et nous nous trouvâmes bientôt assis les uns à côté des autres.

Je n'ai jamais vu de beauté plus étrange que celle d'Olougou-By, jamais de regard plus fascinateur, jamais de tête plus poétiquement placée sur des épaules arrondies, jamais cheveux d'ébène avec un reflet plus azuré. Son teint était ocre-cuivré, mais on devinait que le soleil avait brûlé ce front dont l'ampleur et la forme disaient les instincts généreux et une énergique pensée ; ses mains, d'un potelé ravissant et d'une extrême délicatesse, étaient attachées à des bras sans muscles, mouvementés avec une admirable harmonie, sa poitrine se dessinait en délicieux contours sous une étoffe bariolée de diverses couleurs qui la voilait sans la fatiguer.

La taille d'Olougou-By était assez svelte, mais on voyait aisément qu'elle prendrait du volume avec les années ; son parler avait de si singulières modulations, qu'on eût dit une musique, et je vous aurais bien défié, vous et vous, de résister à la puissance de son sourire, dont la coquetterie se trahissait par une double rangée de perles d'une blancheur mate qui vous faisait doucement rêver. À coup sûr, Olougou-By savait qu'elle était belle. Quant à son père, ses formes étaient charnues, mais peu alourdies ; son regard lançait des flammes, sa parole résonnait vibrante comme si elle fût sortie d'une poitrine de bronze, et vous voyiez une pensée fatale brûler son front, au bas duquel deux larges sourcils noirs se baissaient et se rapprochaient avec une incroyable vélocité ; ses cuisses, ses jambes et ses pieds étaient nus, mais il portait sur ses épaules un immense pagne qui protégeait ses bras et ses flancs, pareils à ceux de l'Hercule Farnèse.

Il parlait assez passablement l'anglais, et il ne nous fut pas difficile de nous entendre. Au reste, Olougou était causeur, et nous nous aperçûmes qu'il racontait la défaite de la bourgade errante dont il avait été le chef, avec une sorte d'orgueil, car il semblait sûr

LA RECONNAISSANCE D'UN SAUVAGE 37

d'une éclatante vengeance. Retiré seul dans l'enclos isolé où nous le trouvâmes, il avait envoyé çà et là ceux des siens épargnés par les flèches ennemies, et il ne devait pas tarder à attaquer les vainqueurs dont il ne parlait qu'avec mépris... Quelle passion est logique ?

Le soir venu, Olougou nous dit que jamais Européens ou Américains civilisés n'avaient passé la nuit dans sa case, mais que cependant il ne nous refuserait pas l'hospitalité à nous, en qui sa fille et lui avaient une entière confiance. Notre joie fut grande à ce témoignage d'estime, car il réveilla en nous le sentiment de notre position, et je ne sais pas trop où Bob et moi nous aurions pu passer une nuit sans péril.

Le soleil venait de se coucher derrière un énorme massif de rochers tailladés par le soufflet de la rafale ; les yeux d'Olougou-By se fermaient doucement sous les fatigues de la journée et peut-être aussi sous des rêves consolateurs ; je m'étais aperçu que Bob les occupaient incessamment.

Olougou nous proposa une promenade que nous acceptâmes avec plaisir. Mais craignant pour Bougon les enivrements des forêts qu'il connaissait à peine, nous le laissâmes à l'entrée de la cabane, attaché par le cou à un poteau fixé en terre pour les besoins des deux sauvages.

Nous n'avions pas fait encore deux cents pas dans un sentier touffu, qu'un bruit sourd, semblable à un long gémissement, nous frappa les oreilles et le cœur. Le corps penché, le cou tendu, nous écoutions... L'aboiement de Bougon traverse l'espace, mais un aboiement inusité, pareil à une plainte, ou à une colère. Sans nous être dit un seul mot, nous nous élançons vers la cabane, et nous sommes témoins, dans notre course, d'un drame dont notre arrivée seule devait hâter le dénouement.

Trois hommes étaient là, trois Anglais ; l'un d'eux bâillonnait Olougou-By et l'entraînait avec violence, le second aidait son camarade de toute la vigueur de ses poignets, tandis que le troisième tenait Bougon en respect, sous la menace d'un énorme gourdin. Mais l'instinct de l'animal lui dit qu'il y avait là un crime à punir, un dévouement à montrer, et il pesait de toute la puissance de ses jarrets sur la corde qui le tenait enchaîné. Le lien fut rompu avant notre arrivée ; Bougon s'élance sur le ravisseur d'Olougou-By, lui saute à la gorge, le renverse à terre presque mourant ; sans prendre haleine, il se détourne, bondit et se cramponne de ses crocs aigus à la cuisse du deuxième coquin, qu'il tient comme dans un étau de fer, tandis qu'Olougou-By, délivrée, vole à lui et l'aide dans sa lutte.

Nous arrivons alors ; Olougou entre dans la cabane, saisit son arc ; la flèche part, et le troisième Anglais s'arrête dans sa fuite, chancelle et tombe.

La hache d'Olougou acheva les deux blessés.

Il fallait voir, après la lutte et la victoire, Bougon et Olougou-By, celle-ci à genoux, l'autre à demi couché, se caresser du regard, se parler, se comprendre, se bénir ; vous eussiez dit deux amis, deux frères échappés miraculeusement au même péril, arrachés l'un par l'autre à une mort horrible.

Une demi-heure après, tout fut calme dans la cabane, tout, excepté les pensées qui bouillonnaient turbulentes dans les têtes et dans les cœurs.

Le premier éveillé, je sortis et pris le chemin que nous avions commencé à parcourir la veille... À gauche, au milieu d'une clairière, j'aperçus une fumée rougeâtre montant en spirale et lancée çà et là par la brise dès qu'elle avait dépassé la cime chevelue des arbres. Je me dirigeai vers ce lieu avec prudence, et bientôt je ne fus séparé que de quinze pas de la scène.

« Malheureux ! que faites-vous là ? m'écriai-je avec indignation à Olougou dont les mains rouges déchiquetaient un quadrupède à moitié carbonisé.

— Je mange, me répondit le sauvage d'une voix froide et calme.

— Mais c'est Bougon que vous avez tué ! poursuivis-je la colère sur le front.

— Oui, c'est lui, répliqua Olougou en se redressant et en continuant son abominable festin, un animal si généreux ne devait avoir pour tombeau que la poitrine d'un homme de cœur ! »

Une partie de pêche au lac Cathahoula

Charles Jobey

Par une belle nuit du mois d'août, sur les deux heures du matin, au moment où la fraîcheur de la brise et la rosée chassent les moustiques importuns et les mouches phosphorescentes, la place du Théâtre de Saint-Martinville se trouvait encombrée par une certaine quantité de chevaux, de voitures et bon nombre de personnes se disposant à quitter la ville.

Les hommes, presque tous à cheval, la tête couverte de chapeaux de Panama aux larges bords, portaient, pour la plupart en bandoulière, un long fusil américain, dont le canon brillait au clair de la lune.

Les femmes, vêtues de peignoirs flottants, portaient, à la manière créole, de vastes coiffures assez semblables aux calèches adoptées en France pour sortir du bal, mais dont l'ampleur cachait une partie de leur taille et de leur visage, de façon qu'il était difficile de s'assurer si elles étaient jeunes ou vieilles, belles ou laides. Au reste, ces dames, impatientes d'un plaisir nouveau pour elles, s'occupaient peu de coquetterie pour le moment, mais bien de gourmander à haute voix les hommes qui se trouvaient près d'elles, sur leur lenteur à donner le signal du départ.

Ceux-ci, moins pressés et plus prudents, hésitaient à s'aventurer au milieu de la nuit dans un pays qu'ils connaissaient à peine, sans avoir avec eux un guide sûr ; et c'était ce guide, le mulâtre Jean-Louis, qu'ils attendaient pour se mettre en route.

Jean-Louis, le mulâtre, était esclave d'un vieux Créole qui le louait autrefois à tout venant, comme un âne ou un cheval, moyennant quinze piastres par mois. Ennuyé d'appartenir à tout le monde, un jour Jean-Louis vint trouver son maître et se fit fort de lui donner vingt-cinq piastres par mois au lieu de quinze, s'il voulait consentir à le laisser libre de les gagner à sa fantaisie. Le vieux Créole, préférant l'argent à l'autorité immédiate sans profit, accepta le marché proposé par son esclave. Jean-Louis, aussitôt qu'il fut libre de ses actions, se fit pêcheur ; et chaque matin il venait vendre à la ville les plus beaux poissons qu'il pêchait la nuit dans le lac Cathahoula.

L'industrie qu'il s'était créée lui fut réellement profitable, car, au bout de deux ans qu'il l'exerçait, Jean-Louis avait construit un joli cabanage sur les bords du lac, juste à l'endroit du passage des bestiaux que l'on conduisait à travers bois aux rives du Mississipi, et de là aux boucheries de la Nouvelle-Orléans.

Il avait dans son cellier une barrique de whiskey, une de genièvre, une de brandy, une de tafia, quatre barriques en tout, de façon à pouvoir désaltérer selon leurs goûts les conducteurs de bestiaux.

Jean-Louis avait aussi deux belles pirogues, longues, fines et légères, servant à sa pêche journalière et à l'agrément des personnes qui venaient le visiter pour manger chez lui un court-bouillon au piment, un cuissot de chevreuil ou un jambon de sanglier, le tout pêché, tué et apprêté dans la perfection par Jean-Louis lui-même.

Il avait encore deux jolis petits chevaux créoles aux jarrets d'acier, à l'œil de feu, qui le conduisaient plus vite et avec moins de fatigue au marché de Saint-Martinville. Enfin, Jean-Louis, l'esclave, avait à ses ordres un domestique blanc, vieux matelot français, échoué dans ce pays, après bon nombre d'aventures sur terre et sur mer, dans lesquelles finalement il avait perdu les oreilles et le nez, coupés par des pirates malais un jour qu'ils avaient visité le navire à bord duquel il naviguait.

Jean-Louis avait recueilli le matelot mutilé, lui donnait la nourriture, les vêtements, le tabac dont il avait besoin, plus un quart d'eau-de-vie par jour, comme à bord d'un navire, et même quelque menue monnaie, que Lucien, c'était le nom du matelot, économisait avec un soin tout particulier, mais pas pour longtemps.

En échange des bons procédés du mulâtre, le vieux matelot pansait les deux chevaux, tenait les lignes, les filets, les pirogues, les fusils de Jean-Louis en bon état de service, cultivait un champ de maïs, de patates douces, et un petit jardin dans lequel il n'y avait que quatre sortes de légumes : de l'oignon, de l'ail, du piment, bases de la cuisine créole, et du gombo fèvi, dont on est si friand dans les colonies.

La meilleure intelligence régnait entre ces deux hommes de conditions si différentes, vu les préjugés des pays à esclaves. Tout autre que le mulâtre n'aurait pu s'arranger du service du vieux matelot, qui n'avait qu'un seul défaut à la vérité, mais il était capital : Lucien était ivrogne de naissance ! Chaque mois il prenait son petit sac d'économies, s'en allait à la ville, sous prétexte de prendre l'air, et ne reparaissait au cabanage qu'après avoir mangé ou plutôt bu jusqu'à son dernier picaillon. Chaque fois que Jean-Louis lui adressait des reproches sur sa conduite, Lucien lui répondait invariablement :

— Je sais que je suis un misérable matelot, biturier, failli chien ; je sais que le vin est plus fort que moi, cependant je ne peux m'empêcher de me crocher avec lui chaque fois que je le rencontre.

Il n'y avait rien à répondre à cela ; il fallait chasser Lucien ou l'accepter avec son défaut, c'est ce que faisait Jean-Louis.

Il y a des personnes qui prétendent que les nègres ont tout au plus l'intelligence du singe ; ces personnes-là ne connaissent les nègres que par ouï-dire, ou bien elles sont payées pour en dire du mal. Quant à nous, nous pensons qu'un nègre comme Jean-Louis vaut dix blancs comme Lucien.

Mais revenons à la relation de la grande partie de pêche au lac Cathahoula, et à tout ce monde qui nous attend sur la place du Théâtre, à Saint-Martinville.

Jean-Louis le mulâtre parut enfin monté sur Belle-Étoile, l'un des petits chevaux dont nous avons parlé ; il s'excusa d'avoir fait attendre si longtemps les voyageurs, attribuant son long retard à la difficulté qu'il avait eue de se procurer des écrevisses, dont on se sert ici comme d'appât pour amorcer les lignes. Au fond, il pouvait bien y avoir là-dessous quelque rendez-vous d'amour trop prolongé, car le mulâtre passait dans le pays pour un gaillard à bonnes fortunes. On ne le chicana pas sur les motifs de son retard, sa présence était trop nécessaire, trop désirée, pour ne pas être agréable ; en un instant chacun reprit sa belle humeur, et, après quelques conseils utiles à ceux dont il devait guider la marche, Jean-Louis, prenant la tête de la caravane, donna le signal de se mettre en route.

La paroisse Saint-Martinville, que traversaient nos matineux voyageurs, est située à quatre-vingt-dix lieues ou trois cent soixante kilomètres de la Nouvelle-Orléans, dans le district des Attakapas, État de la Louisiane. C'est là que les artistes du théâtre viennent se réfugier chaque année, à l'époque de la fièvre jaune ; la précaution qu'ils prennent est souvent inutile, car la terrible maladie se promène capricieusement sur toute l'étendue du territoire louisianais, et, aussitôt qu'elle a fait son apparition quelque part, l'homme étranger au pays doit s'habituer à regarder chaque jour comme son dernier soleil.

Pour occuper leurs loisirs, chasser les soucis et les terreurs inutiles, les artistes français avaient imaginé de jouer la comédie à Saint-Martinville. Jean-Louis était l'un des habitués les plus assidus de leur théâtre, car, comme tous ceux de sa race, ce mulâtre aimait les émotions de la scène. Il avait fait connaissance avec une partie des comédiens, pour lesquels il était d'une grande complaisance, et auxquels il donna l'envie d'aller le visiter sur les bords du Cathahoula. C'était en exécution de la promesse qu'on lui avait faite plusieurs fois que tout le personnel de la troupe, ou à peu près, se trouvait réuni sur la place du Théâtre, et partait à deux heures du matin, sous la conduite du mulâtre. Il y avait d'abord les trois directeurs : MM. Welsch, Bailly et votre serviteur, simple musicien, mais pêcheur et chasseur enragé.

M. Welsch, autrefois le beau Welsch, créateur du bailli de la *Pie voleuse*, chanteur distingué, musicien parfait, avait encore un mérite bien autrement recommandable à mes yeux : c'est que, comme Horace sur ses vieux jours, il étudiait sérieusement les mystères de l'art culinaire, et il avait pénétré ceux de la cuisine créole ; aussi pour moi, son élève indigne, Welsch était un homme sacré.

M. Bailly était lillois vrai type de franchise et de brusquerie flamandes. Son physique remarquablement beau, sa haute taille, ses formes athlétiques, faisaient l'admiration de toutes les femmes de couleur du pays.

Alphonse Perrin, qui débuta très jeune au théâtre du Gymnase, où il est revenu, après avoir passé dix ans à la Nouvelle-Orléans.

Heymann, ténor léger, du poids de quatre-vingts kilogrammes.

Paul Cœuriot, grand et beau jeune homme, qui eut la malheureuse idée de venir perdre à la Louisiane tout un avenir d'artiste, et celle plus malheureuse encore de retourner en Amérique, pour aller mourir à New-York d'une pleurésie, résultat de sa passion pour la chasse.

Paul Cœuriot était venu de France avec une charmante jeune fille, fraîche, rose, naïve, qui, sans la moindre éducation, était dévorée de l'ambition de se faire un nom au théâtre. – A-t-elle réussi dans son désir le plus cher ? Madame Person, ex-artiste de l'ex-Théâtre-Historique, peut seule répondre à cette question.

M. Dunand, Parisien pur sang, comique queue rouge, – transporté sans étonnement des planches d'un théâtre de Paris sur celles du pont d'un trois mâts faisant voile pour l'Amérique, – qui a traversé l'Océan, remonté le Mississipi, joué la comédie à la Nouvelle-Orléans, puis à Saint-Martinville, au milieu des forêts vierges, des champs de coton et de cannes à sucre – sans rien voir, rien entendre, rien éprouver, nous a semblé un type des plus parfaits du Parisien en voyage. – Que voulez-vous ? M. Dunand ne peut rien voir ni rien admirer après Paris ! – Deux mille lieues de mer, quarante jours de traversée, toujours entre ciel et l'eau. – Peuh ! Un fleuve comme le Mississipi, où il n'y a pas de pont. – Peuh ! M. Dunand a bien autre chose à faire que de s'arrêter à de pareilles fadaises ; d'ailleurs, sa vie est concentrée dans le cercle qu'il s'est tracé, il ne peut le franchir à moins d'être obligé de se mépriser et il ne veut pas en arriver là. – M. Dunand s'occupe le jour et rêve la nuit de rôles, de costumes, de décors, d'accessoires, de trucs, de répétitions, de traditions. – Il ignore qu'il y a un autre soleil que le lustre, d'autres fleurs, d'autres arbres, que ceux des coulisses et des toiles de fond. – Toutes ces choses occupent et embellissent son existence. – La seule distraction qu'il se permette est de n'être jamais d'accord avec son épouse, qu'il appelle néanmoins ma Minette.

Mme Dunand joue les duègnes, elle aime les chiens, les chats, les perroquets, le melon et le café au lait. Elle prend tant de soin de sa personne d'abord, et de ses bêtes ensuite, qu'elle n'a pas le temps d'apprendre ses rôles, dont elle ne sait jamais le premier mot, mais elle prend admirablement du souffleur. À la ville, la langue de Mme Dunand va toute seule comme un tournebroche ; mais sur trois paroles qu'elle prononce, il y en a trois de désagréables pour les absents.

Félix Miolan et Joseph Vallière, tous deux premiers prix de violon et de hautbois du Conservatoire.

Dantonnet, premier violoncelle, est de plus un grand éleveur de crocodiles ; il en a toujours une douzaine dans sa chambre à coucher. L'hiver, quand ils ont trop froid Dantonnet met les plus frileux dans son lit ; les plus jeunes sont toujours dans sa poitrine, entre sa chemise et son gilet de flanelle, même quand il vient au théâtre faire son service.

Dantonnet prend tous les serpents à la main, excepté le serpent à sonnettes et le congo. Les peaux de ces reptiles, de mille variétés et de couleurs différentes, lui servent à recouvrir extérieurement de petites églises gothiques, exécutées très délicatement par lui d'après les dessins les meilleurs et les plus exactes. À force de patience et de goût, Dantonnet parvient à rendre la couleur, la lumière et les ombres de toutes les parties d'un édifice religieux ; clochers, toitures, colonnettes, piliers, ogive, arceaux vitraux, etc., tout est reproduit avec un merveilleux talent. M. Dantonnet peut être classé parmi les bons mosaïstes ; plusieurs de ses ouvrages, qui sont autant de petits chefs-d'œuvre, ont été exposés et vendus à Paris dans le magasin Giroux.

En voilà assez sur la biographie de ces messieurs et de ces dames ; les noms qui échappent à ma plume se retrouveront sans doute, si j'en ai besoin, sur la route du Cathahoula, où il est temps d'aller rejoindre notre monde, si le lecteur le permet.

Paul Cœuriot et moi, comme les deux plus jeunes, les mieux montés et les meilleurs fusils d'entre nous, formions la tête de la colonne, à quelques pas de Jean-Louis : puis M. Dantonnet, son épouse et son fils, M. Heymann et Mlle Maria dans la même voiture. M. Welsch se trouvait au milieu du convoi, en surveillance au fourgon des bagages, chargé de quelques minces matelas de crin végétal pour les dames, de moustiquaires de hamac pour chacun, de plusieurs miches de pain frais, de viandes froides, de deux dames-jeannes ou bombonnes de Marseille, énormes bouteilles recouvertes en osier, contenant chacune dans leur sein vingt-cinq litres d'excellent vin, rayons liquides du soleil, comme dit le poète, recueillis sur côte bordelaise. Il y avait aussi quelques bouteilles de faux aï mousseux, vin sans probité, sans générosité, sans constance, qui conserve cependant le privilège de plaire aux dames. Il y avait enfin dans ce fourgon précieux, protégé par M. Welsch, le sucre, le café, le thé, le vrai rhum des colonies et tous les cordiaux nécessaires à notre consommation pendant notre partie de pêche. Nos provisions en liquides étaient, comme on le voit, très satisfaisantes ; quant aux comestibles, nous avions tout juste ce qu'il nous fallait pour ne pas mourir de faim ; cela pourtant ne nous inquiétait guère. Ne devions-nous pas vivre du fruit de nos exploits sur les bords du lac Cathahoula ?

MM. Bailly, Vallière et quelques autres bien équipés et bien montés, formaient notre arrière-garde.

Les commencements de notre marche furent assez difficiles à cause de la grande quantité de bestiaux qui viennent chaque nuit des savanes environnantes, se coucher au milieu des rues de la ville, pour se mettre hors de la portée des insectes de toutes sortes qui les tourmentent et les dévorent aussitôt après le coucher du soleil. Il fallut donc nous frayer un passage à travers ces animaux, qui parurent assez peu satisfaits du dérangement que nous leur causions ; si bien que pendant un grand quart d'heure, il n'y avait autour de nous que cornes menaçantes et longs mugissements, auxquels se mêlaient les aboiements des chiens, les juriments des hommes et les cris des dames effrayées : c'était un vacarme à ne plus s'entendre. Nous avancions néanmoins peu à peu ; nous parvînmes enfin à gagner le pont de Saint-Martinville, suspendu à plus de cinquante pieds au-dessus du Bayou Têche : nous traversâmes ce pont au grand trot de nos chevaux, chassant devant nous, dans un tourbillon de poussière, ceux des animaux qui n'avaient pas voulu consentir à nous livrer passage. Notre victoire sur eux était complète : nous nous étions comportés en véritables gauchos des savanes, et nous restions maîtres du champ de bataille, c'est-à-dire de la route qu'il nous fallait suivre. Il est vrai que pour arriver à ce résultat, nous avions failli faire verser nos voitures, éventrer nos chevaux à coups de cornes et réveillé toute la ville, dont les habitants crurent un moment à la révolte générale des nègres.

Nous arrivâmes bientôt à la belle habitation de M. Dazincourt, un vrai nom français, celui-là, et de plus picard. Cette propriété a environ une lieue carrée ; elle est coupée en deux par une route droite, bordée dans toute sa longueur d'une haie d'aubépine et plantée à droite et gauche de pacaniers et de plaqueminiers, de tulipiers, de chênes verts et de platanes, dont les branches s'étendent horizontalement sur le chemin et forment une immense voûte de verdure impénétrable aux rayons de soleil ; cet endroit est la promenade favorite des habitants de Saint-Martinville ; on trouve à son extrémité une fontaine ferrugineuse, où beaucoup de personnes se rendent chaque jour pour boire une eau salutaire à toutes les organisations délicates et aux estomacs débilités.

À peine avions-nous fait deux cents pas sous ce tunnel de feuillage, que Jean-Louis nous cria de laisser tomber la bride sur le col de nos chevaux et de nous en fier à leur instinct pour suivre notre route, car l'obscurité étant complète, nous ne pouvions songer à les conduire nous-même. Bientôt les réclamations vinrent de tous côtés, le désordre se mit dans les rangs ; les dames, saisies de frayeur, déclarèrent qu'elles ne voulaient pas aller plus loin, et force fut à la caravane de s'arrêter.

Le mulâtre avait heureusement tout prévu : il alluma aussitôt un morceau de bois résineux, dont la vive lumière ranima le courage des dames, et du consentement de tout le monde, nous reprîmes notre course rapide derrière Jean-Louis et son flambeau, dont le vent agitait la chevelure ardente. Plus nous allions et plus nous avions hâte d'arriver à l'extrémité de cette route couverte, sous laquelle nous rencontrions une masse de moustiques et de maringouins, qui s'acharnaient après notre peau européenne, se gonflaient de notre sang et de celui de nos chevaux. Les oiseaux de nuit fuyaient à notre approche, nous fouettaient le visage de leurs grandes ailes et se jetaient éperdus sur le flambeau de Jean-Louis, qu'ils faillirent éteindre plusieurs fois. Nous allions toujours, cependant ; nous étions sobres de paroles et prodigues de coups de fouet et d'éperon à nos chevaux, si bien que notre promenade ressemblait beaucoup à une fuite précipitée. Enfin, après vingt minutes de cette course rapide, nous avions franchi l'espace qui nous séparait de la fontaine ferrugineuse et nous avions revu notre beau ciel étoilé.

Tout le monde mit avec joie pied à terre, et chacun se dirigea avec empressement vers la source qui sortait des racines d'un magnolia gigantesque. Les larges feuilles de l'arbre nous servirent à puiser une eau limpide, avec laquelle nous nous rafraîchîmes la bouche et le visage ; il n'y eut que M. et Mme Dunand qui refusèrent de boire de cette eau délicieuse.

En ce moment un bruit de chevaux nous fit instinctivement tourner la tête vers le chemin que nous devions suivre ; nous aperçûmes alors à quelque distance deux cavaliers marchant très vite et qui semblaient être à la poursuite d'un gros animal brun qui courait devant eux.

— C'est un ours ! c'est un ours ! dit quelqu'un parmi nous ; et aussitôt plusieurs fusils s'armèrent avec un bruit sec, mais bien des gens sans fusil, et même avec fusil, s'écartèrent rapidement et formèrent groupe du côté des dames, qui poussaient des cris d'effroi, en essayant un peu de se trouver mal.

— Doucement, messieurs, doucement, dis-je aux plus pressés, car depuis un instant je me doutais que l'ours qui venait vers nous était de ma connaissance ; doucement, n'allez pas faire quelque sottise et tuer le chien de mon ami Zénon Judice. Ici, Canard, ici !

À cet appel bien connu, Canard, car c'était lui, se mit à aboyer joyeusement et à sauter après les jambes de mon cheval.

— C'est bon, mon garçon, c'est bon : mais tu as bien fait d'entrer en conversation, vois-tu, car ces gaillards-là allaient te faire un mauvais parti.

Pendant ce temps, le maître de Canard arriva près de nous, suivi de son nègre Harris.

Zénon Judice sortait de son habitation et venait se joindre à nous, ainsi que nous en étions convenus la veille.

Zénon Judice est un descendant de ces braves Français qui allèrent s'établir autrefois au Canada. Héritier des qualités et des vertus paternelles, il est, comme tous les Créoles, d'une bravoure chevaleresque et à toute épreuve : j'en sais quelque chose, moi à qui il a sauvé la vie au péril de la sienne. Personne n'est plus agile, plus adroit que lui dans tous les exercices du corps ; nul ne sait mieux monter à cheval, manier une épée ; un pistolet, un fusil, supporter la faim, la soif et la fatigue : personne aussi n'a le caractère plus doux, le cœur plus dévoué et n'exerce mieux l'hospitalité antique et patriarcale que Zénon Judice. Quand on a eu quelques rapports avec un pareil homme, on s'en souvient toute sa vie avec bonheur.

Harris, son nègre, lui appartenait en venant au monde, et était né le même jour que lui, et suivant la coutume créole, tout ce qui naît sur une habitation, bêtes et gens, en même temps que le fils du maître, appartient à cet enfant.

Harris donc a d'abord été un amusement, un jouet pour son petit maître, puis, en grandissant, ils se sont si bien attachés l'un à l'autre, que Zénon ne pourrait se passer d'Harris et que celui-ci ne voudrait pas quitter son maître, même au prix de sa liberté.

Outre les soins et les services qu'il lui rend comme domestique de confiance, Harris dresse les chevaux de l'habitation, ce qui n'est pas une petite affaire. Il faut voir Harris monter à cheval avec trois ou quatre autres et s'en aller dans les grandes savanes où se trouvent les chevaux paultres (chevaux sauvages et non encore montés) marqués aux initiales de son maître.

Quand Harris a fait son choix, l'animal est cerné par les esclaves, et le premier auprès duquel il passe à portée, lui lance autour du cou une corde à nœud coulant. Le cheval, brusquement arrêté dans sa course s'abat, comme s'il avait été frappé par la foudre ; Harris profite de ce moment de stupeur pour s'élancer sur lui à poil nu et sans bride ; il entortille sa main gauche dans son épaisse crinière et il le relève frémissant de rage, sous la pression de ses *racacchias* (éperons mexicains) dont les pointes acérées ont trois centimètres de longueur. C'est alors que commence une lutte terrible entre le cheval sauvage, mugissant comme un tourbillon dans les hautes herbes de la savane, et le nègre qui lui coupe les flancs avec un énorme fouet terminé par une mince lanière de cuir durci au soleil. Le cheval bondit à chaque coup de plusieurs pieds, saute les haies, les fossés, les barrières, et cherche par tous les moyens possibles à se débarrasser de son ennemi. Quelquefois ils roulent ensemble sur le sol ; mais le nègre, les yeux étincelants, les narines ouvertes, acharné après sa proie comme le tigre, ne lâche jamais prise, et le cheval, en se relevant, retrouve toujours sur son dos son adversaire.

Il est évident que, comme les hommes, les animaux ont aussi l'instinct de la conservation : car après une demi-heure, quelquefois une heure de cette lutte désespérée, le cheval s'arrête épuisé de fatigue et tremblant de tous ses membres. Il est vaincu. Le nègre profite alors de sa soumission momentanée pour lui faire subir tout de suite le joug du vainqueur : et, sans donner le moindre repos, il lui met une bride, une martingale, et une forte selle à la française ; puis, remontant sur le cheval interdit, il le conduit à son maître tout couvert d'écume sanglante.

Après trois leçons pareilles chaque jour, pendant une semaine seulement, le paultre le plus sauvage peut être monté par une femme ou un enfant. Quinze jours plus tard, Harris l'appelle par son nom en lui montrant un épi de maïs, et le cheval accourt comme un chien soumis.

Il ne faut pourtant pas trop se fier à cette docilité apparente, le naturel sauvage de ces animaux ne les abandonne jamais complètement : presque tous sont ombrageux, capricieux, fougueux, et la moindre négligence de leur maître peut avoir des suites funestes.

Harris venait un jour de monter un paultre auquel il avait déjà donné une douzaine de ses rudes leçons. Harris était enchanté de son élève, il le faisait admirer à son maître, et prétendait que le premier venu pouvait monter et conduire ce cheval aussi facilement que lui-même. Harris, s'adressant alors à son propre enfant, petit nègre de dix ou douze ans, qui se trouvait à ses côtés, lui dit :

— Mon nègue, iéné corde-lù, mèné chouale luyé à son l'écurie et prèné garde laissé li éahappé : tendé ça moé dit vous ?

Au moment où l'enfant enroule la corde autour de son poignet, le cheval s'effraye, fait un écart, renverse l'enfant sur le sol, l'entraîne dans un galop rapide, franchit une barrière, troncs de sapins superposés contre lesquels vient frapper le corps du petit nègre : chacun se précipite : hélas ! il est trop tard, on arrive seulement pour relever un cadavre ! Quant au cheval, il s'était rompu le col de l'autre côté de la barrière. Harris, en apercevant au bout de la longe du cheval le bras sanglant de son enfant, s'écria :

— Moé té conné petit monde-là, téni bon so chouale, n'a pas quitté li ! Je savais bien que ce petit garçon tiendrait bien son cheval, il ne l'a pas lâché.

Une phrase pareille est horrible dans la bouche d'un père ; mais Harris n'est pas un père, c'est un esclave, et, comme esclave, la simplicité de ses paroles atteint au sublime du servilisme. Il est impossible, en effet, de porter plus loin l'abnégation et le dévouement envers un maître. Que la honte de cette monstruosité retombe sur les chrétiens du XIXe siècle, qui ont l'infamie de maintenir l'esclavage !

Revenons à nos comédiens, que nous avons laissés à l'entrée du grand bois qui conduit au lac Cathahoula.

Le jour se faisait de plus en plus, chacun désirait pourtant qu'il se fît davantage, pour jouir plus vite de l'aspect imposant d'une forêt vierge au lever du soleil. Le silence de notre marche n'était troublé de temps en temps que par la plainte ou l'imprécation de celui d'entre nous qu'une branche venait frapper au visage, ou qui s'accrochait dans les lianes pendant sur notre passage, ou bien encore par le cri de quelque chat sauvage que nous surprenions à l'improviste ; nous l'entendions agiter les branches de l'arbre sur lequel il grimpait épouvanté, nous apercevions ses yeux brillants darder sur nous à travers le feuillage, mais cet ennemi était trop peu redoutable pour que nous prissions la peine de nous en occuper autrement.

Depuis notre entrée dans le grand bois, Zénon Judice prenait à peine part à la conversation, il paraissait en proie à une inquiétude vague et s'arrêtait souvent comme pour écouter si d'autre bruit que celui de notre marche troublait le silence de la forêt ; tout à coup, ne voyant plus son chien à ses côtés ; Zénon nous dit brusquement, en jetant loin de lui un reste de cigarette :

— Dites-moi donc, messieurs, qu'avez-vous dans vos fusils ?

— Mais de la poudre et du plomb, répondit Paul Cœuriot.

— Oui, oui, je le suppose bien, mais du plomb de quel numéro ?

— Du gros quatre.

— C'est cela, j'en étais sûr ! Ah ! messieurs les Français, vous ne serez jamais que des chasseurs de perdreaux ! Faites-moi le plaisir de glisser dans chacun de vos canons quelques postes, quelques chevrotines, ou même une balle, si vous en avez. Je vous conseille aussi de garder votre arme sur votre selle ; il vous sera plus facile de vous en servir.

— Que diable crains-tu donc, lui dis-je, pour nous faire prendre de pareilles précautions ?

— Tout à l'heure, cher, je te dirai cela ; mais en attendant, faites tous les deux ce que je vous ai dit, et le plus vite possible. Je vais prévenir le mulâtre et le nègre.

À ces mots, il fit entendre un certain cri de rappel particulier aux chasseurs du pays ; un instant après, Jean-Louis et Harris étaient à nos côtés.

— Mulâtre, qu'est-ce que tu as dans ton fusil ? dit-il à Jean-Louis.

— Deux balles, mon maître.

— Bien. Et toi, nègre ?

— Mo té gagné deux balles aussi, mo maîte.

— Bon, à la bonne heure, vous n'êtes pas des chasseurs français, vous autres : à présent, écoutez-moi bien. J'ai vendu, il y a huit jours, un jeune taureau très méchant à des bouchers qui descendaient en ville : n'ayant pu se faire suivre de l'animal en traversant ce bois, ils l'ont maltraité, rendu furieux, et depuis il se jette sur tous ceux qui passent par ici. Jean-Louis l'a rencontré il y a deux jours, il n'a pu l'éviter qu'en fuyant à toute course de cheval. Harris, j'ai envoyé mon vacher, pour le ramener à l'habitation, mais le taureau a éventré son cheval et l'a blessé lui-même à la jambe ; mon nègre a pu cependant grimper dans un arbre, sans quoi il était perdu. Le taureau est encore dans les environs, j'en suis sûr ; tout à l'heure Canard va nous le mettre sur les bras, et si nous ne le tuons pas pour l'empêcher d'aller plus loin, il fera quelque malheur au milieu de tout ce monde qui vient derrière nous.

— Si nous allions les prévenir ? dit Paul Cœuriot.

— Gardez-vous-en bien, monsieur ; à quoi bon jeter l'effroi parmi ces femmes et ces hommes si peu habitués à la vie nomade et accidentée de notre pays ? Ces gens-là nous seraient plus nuisibles qu'utiles. Non, il vaut mieux qu'ils ne connaissent le danger que quand il sera passé ; d'ailleurs cinq hommes et dix coups de fusil doivent venir à bout d'un taureau, quelque furieux qu'il soit. Seulement, il faut s'entendre et ne pas se gêner les uns les autres. Monsieur Cœuriot, vous êtes bon tireur ? allez en avant avec Jean-Louis et Harris ; aussitôt que vous entendrez Canard, cela ne tardera pas, j'en suis sûr, espacez-vous convenablement, marchez sur la voix du chien, et, dès que vous apercevrez le taureau, attendez-le de pied ferme, visez à la tête, tirez votre premier coup à quinze pas et le second à dix ; si vous ne l'abattez pas, repliez-vous tout de suite sur nous, ou plutôt, suivez le mulâtre et le nègre, ils vous montreront comment on se gare d'un taureau, comment on évite les coups de cornes ; suivez tous leurs mouvements, faites comme eux, monsieur, faites comme eux. Allons, monsieur Cœuriot, partez vite, partez vite.

À peine Paul et les deux esclaves avaient-ils disparu dans le tournant de la route, que nous entendîmes un grand bruit sur notre gauche, et un instant après, à environ trente pas de nous, nous vîmes le grand taureau blanc de Zénon sortir d'une touffe de lataniers.

— Attention, cher, il va s'élancer sur nous !

Au bruit que nous fîmes en armant nos fusils, les chevaux s'arrêtèrent simultanément, par habitude, comme s'ils avaient été cloués sur la place. Le taureau nous avait déjà aperçus ; il grattait la terre du pied, déchirait les lataniers avec ses cornes ; et, prenant enfin son parti, il s'avança droit sur le Créole en poussant des rugissements de fureur.

J'étais en avant de quelques pas, je le tenais néanmoins au bout de mon fusil, et au moment où il me passa par le travers, Zénon me dit :

— Tire à l'épaule !

Mon coup partit, pour ainsi dire, au commandement, et porta au bon endroit, dix centimètres au-dessus de la naissance des côtes ; l'animal fléchit sous lui, mais se relevant presque aussitôt, il se précipita de nouveau dans la même direction. Ma position sur le terrain me forçait désormais de rester simple spectateur de ce qui allait se passer. Je vis Zénon Judice lever lentement son fusil, attendre intrépidement le taureau à cinq ou six pas de la tête de son cheval ; puis, au moment où il relevait les cornes pour l'éventrer, il lui envoya toute sa charge au milieu du front. Le coup fit balle ; cette fois l'animal tomba pour ne plus se relever.

— Buvons un coup de whiskey, cher, me dit Zénon en rechargeant froidement son fusil ; puis il tendit sa gourde en noix de coco.

En ce moment, toutes les personnes qui étaient devant et derrière nous, nous avaient rejoints ; chacun se pressait autour du taureau mort, tandis que M. Dunand s'apitoyait sur le triste sort de la pauvre bête.

— Ah ! pour le coup, messieurs, c'est trop fort, dit-il ; avez-vous donc résolu de massacrer les bestiaux des cultivateurs de cette contrée ?

— Monsieur, lui dit Zénon, il n'y a rien d'extraordinaire que j'ai tué un taureau qui m'appartient, et qui pouvait être la cause de graves accidents parmi nous.

— Alors, c'est bien différent. Comment, monsieur, nous avons donc couru quelque danger ? mais il fallait nous avertir, monsieur, nous vous aurions aidé à tuer ce monstre.

— Nous y avons bien songé, monsieur Dunand ; malheureusement le taureau n'a pas voulu nous laisser le temps de vous prévenir.

— Sac à papier ! c'est dommage, monsieur ; nous vous aurions montré que les Parisiens sont braves, et qu'ils ne reculent jamais devant le danger.

— Ppa ! Ppa ! s'écria le jeune gamin se tenant debout sur la voiture, je vois la bête. C'est un ours, n'est-ce pas ?

— Non, c'est encore un taureau !

À cette nouvelle, la partie purement curieuse de nos gens opéra une retraite intelligente, le terrain devint libre comme par enchantement ; il ne resta plus sur ce point, encombré tout à l'heure, qu'une douzaine d'hommes résolus. En ce moment la forêt paraissait tout en feu. Le soleil se levait radieux comme pour éclairer la scène qui allait avoir lieu.

Le taureau annoncé par le jeune Dunand arriva en trottinant avec canard à ses trousses et lui mordant les jarrets. Bien loin d'avoir les dispositions belliqueuses de son camarade, celui-ci paraissait plus effrayé qu'effrayant.

— C'est le taureau de M. Dazincourt, dit Harris en langue créole ; il est parti marron depuis quelque temps ; mais si mon maître le permet, je connais le moyen de le renvoyer à l'habitation d'où il sort. Vous allez voir.

Sur un signe de Zénon, Harris descendit de cheval et s'en fut bravement à la rencontre du délinquant. Pris en flagrant délit, l'animal s'arrêta court et parut hésiter à continuer son chemin ; il s'y détermina pourtant, et le nègre, aux mouvements desquels nous étions tous attentifs, fit semblant de lui disputer le passage en étendant les bras à droite et à gauche, suivant la direction que prenait le taureau. Impatient de ce jeu, il prit à la fin le parti de passer de vive force ; c'était ce que voulait le nègre. Au moment où le taureau baissa la tête en lui montrant ses cornes menaçantes, Harris, prompte comme l'éclair, en saisit une de chaque main, puis, appuyant fortement sur la gauche et soulevant brusquement la droite, il lui causa une telle commotion dans la colonne vertébrale que nous vîmes le taureau tomber comme une masse à ses pieds. Tandis que nous étions nous-mêmes frappés de surprise et d'admiration à ce coup inattendu, le taureau s'était relevé et s'élançait de nouveau, les cornes en avant, contre son noir adversaire ; celui-ci recula de quelques pas comme pour l'engager davantage à prendre sa revanche ; cette fois encore le taureau fut terrassé, mais il toucha la terre avec tant de violence qu'il fit un tour sur lui-même et se retrouva presque sur les pieds. Après s'être tout à fait relevé, il prit honteusement la fuite dans la direction que nous venions de parcourir.

— Il s'en retourne à l'habitation, dit Harris ; je réponds qu'il ne s'arrêtera plus avant d'y être arrivé.

— C'est bien, c'est bien, dit Zénon Judice ; pendant que nous faisions à son nègre des compliments sur son courage, sa force et son adresse ; c'est bien, mon drôle, tu n'es pas le seul, du reste, qui soit capable de lutter de cette manière avec un taureau ; il y en a bien d'autres que toi dans le pays. Au surplus, je n'aime pas à voir mes nègres s'attaquer souvent à de semblables jeux, dans lesquels il entre plus d'adresse que de force réelle ; mais celui qui manquerait son coup en pareille circonstance serait éventré et mis en lambeaux par l'animal furieux. On a vu cela.

— Ne serait-il pas très à propos, dit M. Dunand, de couper les meilleurs morceaux de l'animal qu'il a tué ? nous en ferions d'excellents biftecks pour notre déjeuner.

— Je ne vous engage pas : la chair de cet animal, furieux depuis deux jours, ne peut être saine, et dans quelques heures elle sera tout à fait gâtée. Les carancrocs, ou vautours noirs, ont senti cela, eux ; voyez la quantité considérable planant sur nos têtes, perchés déjà sur les arbres environnants ! Ils attendent notre éloignement pour se mettre à table ; leur voracité extraordinaire sert à l'assainissement du pays, et dans certains États de l'Union leur existence est tellement utile, qu'il y a une amende de quinze à vingt dollars pour le chasseur qui tue un de ces oiseaux. Allons, messieurs, en route, il nous reste encore du chemin à faire ; je vais prendre les devants avec mon ami et mon nègre, car je tiens beaucoup à offrir un plat de gibier à M. Dunand pour le dédommager de sa part de biftecks qu'il abandonne aux carancrocs.

Zénon me fit alors un signe que je compris et nous partîmes tous deux au galop, précédés de Canard et suivis de Harris, le dompteur de bêtes. Jean-Louis et Paul Cœuriot restèrent seuls pour conduire nos gens.

Après avoir suivi quelques minutes seulement la route tracée, nous obliquâmes à droite pour nous rendre par le raccourci à la butte des Pacaniers, distante de deux milles environ de l'endroit où nous nous trouvions. Malgré les obstacles qui se rencontraient à chaque instant, nos chevaux marchaient grand train. Le Créole et le nègre, accoutumés à parcourir cette forêt, franchissaient les arbres abattus, évitaient les branches et les lianes, sans avoir l'air d'y faire attention, tandis que, malgré ma bonne volonté et quelque peu d'habitude, je m'arrêtais de temps en temps pour tourner les difficultés et aussi pour admirer cette nature luxuriante et splendide, d'un aspect toujours si nouveau, si varié, si étrange aux yeux d'un Européen. Dans mes distractions continuelles, j'avais failli plusieurs fois être pendu dans les lianes en fleur ou jeté à bas de mon cheval, et je retardais d'ailleurs notre marche, que Zénon semblait vouloir rendre plus rapide. Je pris donc le parti de laisser passer le nègre devant moi, au grand mécontentement de Piment, mon cheval, qui, ardent et plein de feu, comme le fruit dont il portait le nom, regrettait, j'en suis persuadé, d'avoir mis inutilement la vigueur de ses jambes nerveuses au service d'un mauvais cavalier. Il y avait un quart d'heure à peu près que je suivais plus à mon aise la route que frayaient mes deux compagnons, lorsque la voix de Canard vint nous avertir de la rencontre qu'il faisait de quelque gibier digne de notre attention. Zénon et son nègre, ayant aussitôt précipité la course de leurs montures, disparurent tout à fait à mes yeux et me laissèrent seul au milieu du grand bois du Cathahoula.

Je n'en conçus nulle inquiétude cependant et me dirigeai aussi vite que possible dans la direction où j'entendais la voix du chien. À mesure que j'avançais, le bois s'éclaircissait visiblement, et l'ondulation du terrain devenait de plus en plus sensible ; je débouchai enfin sur un immense plateau où croissaient de grands arbres dont la forme, le feuillage et le fruit ressemblent assez à ceux de nos noyers de France ; j'étais évidemment arrivé sur la butte des Pacaniers, où mes compagnons m'avaient devancé de quelques instants. Nul autre arbre ni arbuste ne croissant aux alentours, j'aperçus facilement au loin le nègre poursuivant à toute course de cheval une troupe de sangliers, et Canard activant à grand bruit la fuite des traînards. Je considérais cette chasse depuis quelques instants, tout en cherchant à me rendre compte de ce qui pouvait empêcher un aussi bon tireur que Harris de faire usage de son fusil, lorsque je découvris mon ami Zénon, caché en partie, lui et son cheval, derrière le tronc d'un pacanier. J'avançai de quelques pas, et, imitant la précaution du Créole, je me mis aussi à couvert derrière un arbre qui se trouvait à peu près sur la même ligne que celui qui l'abritait. Le nègre, pendant ce temps, était parvenu à diriger les sangliers dans notre direction. Quoique je fusse habitué à ce genre de chasse que j'avais faite plusieurs fois avec Zénon, j'avouerai que mon cœur battit et que mon émotion fut grande lorsque je vis la quantité de gibier qui s'avançait vers nous, de manière à nous passer tout au plus à vingt-cinq pas par le travers. J'armai cependant mon fusil et fis bonne contenance, ne perdant pas de vue le Créole, que je me promettais d'imiter en tout point. La tête de la troupe avait dépassé l'endroit où Zénon se tenait à l'affût : je commençais à m'inquiéter de son inaction et je finissais par supposer qu'il voulait me réserver l'honneur du premier coup de fusil, lorsque je fus désabusé en le voyant pousser brusquement son cheval en avant, puis épauler son fusil, ajuster un des fuyards éparpillés et lui envoyer son coup de fusil à quinze pas. L'animal fit un bond sur lui-même et retomba lourdement sur le sol.

— Ne tire pas, cher, me dit-il ; j'ai choisi le bon ; nous en avons assez d'un ; il est inutile de perdre une charge de poudre et de gaspiller le gibier que Dieu nous envoie ; nous le retrouverons bien plus tard.

Je suivis son conseil et je regardai les sangliers passer devant moi comme un ouragan. Je me dirigeai ensuite vers l'endroit où se trouvaient les deux chasseurs. Zénon avait déjà saigné le sanglier ; Canard, assis magistralement sur son derrière, regardait faire la besogne avec cet air d'intérêt et de satisfaction qu'on doit naturellement éprouver à contempler la dépouille d'un ennemi vaincu. Harris coupait des feuilles sèches de lataniers pour flamber la bête. Après cette opération, qu'il fit avec dextérité, le nègre fixa le sanglier en travers sur son cheval, au moyen de deux lianes flexibles, et nous reprîmes en toute hâte le chemin du lac.

— Tu vois, cher, dit Zénon, que nous tiendrons la parole que nous avons donnée à ces messieurs ; ce jeune marcassin d'un an sera le plat de résistance du gibier que nous allons leur offrir sur les bords du lac ; ils n'auront jamais rien mangé d'aussi délicieux, d'autant que Harris se charge de l'assaisonnement et de la cuisson de cette pièce.

— Harris est donc cuisinier-rôtisseur ? Je ne lui connaissais pas aussi ce talent-là ?

— Oh ! c'est un cuisinier peu ordinaire ; toute sa science se borne à la préparation de deux plats. Le marcassin cuit dans son jus est un de ceux où il excelle. Si tu es satisfait de son mérite, nous reviendrons ici avant huit jours, choisir un autre sanglier.

Depuis quelques instants, Zénon marchait devant moi, tout en causant, s'amusait à frapper du bout de la lanière de son fouet les ornières où l'eau avait séjourné, et il me semblait voir dans cette eau remuer quelque reptile.

— À qui diable en as-tu donc avec ton fouet ? lui dis-je ; tu manques de m'éborgner à chaque minute.

— Oh ! ce n'est rien, vois-tu, je m'amuse seulement à couper les reins de quelques serpents congo.

— Des serpents congo ! fis-je en me dressant sur mes étriers. Fais-moi donc le plaisir de laisser un peu ces animaux-là tranquilles ; si tu manquais ton coup, ils s'élanceraient sur nous, car on prétend que ces gaillards-là exécutent facilement des sauts de quinze et vingt pieds.

— N'aie pas peur, cher. D'abord, je ne manque jamais mon coup ; tiens, regarde !

En disant cela, il coupa en deux, du bout de son fouet, un gros serpent noir et court, dont la large tête sortait à moitié d'une ornière, dans l'eau de laquelle je voyais sursauter les deux tronçons du congo.

— Très bien ! bravo ! mon cher ; mais, pour Dieu, c'est assez, j'aime beaucoup mieux ne pas te voir exercer ton adresse sur ces vilaines bêtes.

— Ne crains rien, te dis-je, ils ont senti notre cochon, cela suffit pour leur donner plutôt l'envie de se sauver que de s'attaquer à nous ; on ne peut se figurer le dégoût qu'ils éprouvent pour l'odeur de cet animal ; par suite de la remarque qu'on en a faite, chaque planteur du pays élève des porcs sur son habitation, afin de se préserver du mauvais voisinage de toutes sortes de reptiles.

— Je ne me fie pas trop à ton préservatif, mon cher.

— Tu peux au contraire t'y fier hardiment, rappelle-toi donc que tu n'as jamais trouvé chez moi, autour de mon habitation, dans mes champs de coton, de cannes, dans mes savanes même, un seul serpent gros ou petit. Je m'explique la présence de ceux que nous rencontrons ici par la trop récente arrivée des cochons marrons dans ces parages ; mais dans huit jours il n'y aura plus un seul serpent ; ils auront tout dévoré ou mis en fuite.

— Ma foi, je le souhaite de grand cœur, je t'assure que j'estime beaucoup ces cochons amateurs de serpents.

— Nous sommes tellement persuadés que les cochons mangent les reptiles, que nous ne tuerions jamais un porc pour notre consommation particulière, à moins de l'avoir séquestré pendant une quinzaine de jours dans une étable, de façon à ce qu'il soit purifié et qu'il ait fait sa digestion d'animaux venimeux. Il y a même des habitants qui ne mangeraient pas de la chair du sanglier que nous avons tué tout à l'heure, ils la donneraient à leurs nègres ; j'avoue que je n'éprouve pas un dégoût semblable, j'en mangerai fort bien ma part.

Au moment où Zénon disait ces derniers mots, nous arrivions sur les bords du Cathahoula, presque en même temps que la caravane de nos amis les comédiens.

Vis-à-vis le cabanage de Jean-Louis, le lac n'a guère plus de cent mètres de largeur, aussi a-t-on choisi cet endroit pour établir sur l'une et l'autre rive deux petits ports servant à la traversée des bestiaux. – À droite et à gauche de ces deux ports, le lac va s'élargissant, la berge en est escarpée, inaccessible.

La végétation est si belle, si vigoureuse en ce lieu, qu'elle dérobe à l'œil toute autre perspective du Cathahoula que celle qu'on a devant soi. – C'est un fouillis de bambous, mollement balancés sur leurs tiges flexibles, secouant dans l'air la poussière odorante de leurs aigrettes d'épis ; puis une forêt de tulipiers, de platanes, dont la sève brise l'écorce ; des chênes verts, aux feuilles rondes et vernissées ; des magnolias, pyramides de verdure couvertes, de la base au sommet, de fleurs de neige et de fruits de corail, projetant sur le lac leurs bras gigantesques et formant sur les eaux, le long de chaque rive, une voûte impénétrable à la lumière. – Des lianes folles, des grenadilles, des vignes vierges, chevelures de ces géants des bois, lancées par les vents, ont jeté d'un rivage à l'autre des guirlandes de feuillage et de fleurs ; – les écureuils volants, à la fourrure précieuse, se servent de ces pont aériens pour traverser le lac ; – les perruches viennent s'y suspendre en grappes d'émeraudes ; les cardinaux à la robe écarlate, les colibris, saphirs aux ailes d'or, à têtes de rubis, viennent y planer sans cesse, pour voir l'azur des eaux refléter leurs brillantes couleurs.

Au milieu de toutes ces merveilles de lumière, d'ombres et de couleurs, l'homme d'Europe est forcé de se recueillir, – sa pensée se purifie, son imagination s'élève, et le civilisé remercie Dieu de lui avoir permis de venir contempler les tableaux splendides de sa puissance infinie. – L'esclave des cités corrompues, redevient un homme primitif, un enfant de la nature.

— Ô nature ! ô ma mère, lui dit-il dans son transport, que vous êtes jeune, belle, vigoureuse !

— Oui, mon enfant, je suis vigoureuse, parce que nul être de ton espèce ne m'empêche de recevoir chaque jour les caresses de l'air et les baisers du soleil ; mais toi, mon pauvre enfant, mon pauvre civilisé, comme te voilà pâle et chétif, avec ta tête penchée, tes yeux éteints et ta rare chevelure ! Comme ta poitrine est étroite, creuse et sifflante ! Comme tes membres sont frêles, tremblants et délicats ! Ô mon enfant, mon enfant, comme ils ont torturé ton corps, les misérables !

— Oui, ma mère, je suis faible ; je souffre, je suis l'un de vos fils, indigne et dégénéré.

— Viens vers moi, viens sur mon sein, mon pauvre civilisé, viens, que je réchauffe ton corps froid et endolori.

La nature l'étreint alors, le couvre de baisers de feu, l'inonde de chaudes vapeurs, de parfums étrangers !

— Que vous êtes forte, ma mère, dit le chétif enfant en se débattant : vos baisers me font tressaillir, mon sang s'allume, mon cerveau se brise, mes yeux se voilent, mes oreilles tintent ! Oh ! laissez-moi, laissez-moi, par pitié, ma mère !

— Ne crains rien, mon enfant, je t'aime, – je t'aime à ce point que mes baisers vont te transformer, te donner une vie nouvelle et délicieuse.

— Ma mère, par pitié laissez-moi, – vos baisers me tueront... Je sens mes os craquer, mes nerfs se tordre ; mes reins sont douloureux, mes genoux fléchissent, ma tête est faible et mon cœur sans mouvement. Secourez-moi, ma mère, car il me semble que je vais mourir.

— Ne crains rien, te dis-je ; – couche-toi sur mon sein, mon cher civilisé. – Tiens, mon bien-aimé, à ces belles pommes d'or, toutes parfumées ; à ces belles grenades, dont l'intérieur est composé de stalactites pourprées, à ces jaunes et succulentes bananes, à ces ananas, dont la saveur te rappellera le goût des meilleurs fruits du pays où tu es né, goûte à ces pastèques au cœur sanglant, à ses limons acidulés ; – prends, mon enfant, prends et mange ces fruits savoureux et glacés, rafraîchis ta bouche en feu, ta gorge desséchée, ta poitrine haletante ! Dors maintenant, mon bien-aimé, dors, l'heure du sommeil est venue, le soleil s'éteint dans les eaux du lac ; dors, la nuit vient d'allumer pour toi ses brillants météores, ses planètes étincelantes ! Dors, pour réparer tes forces, afin de pouvoir te lever demain, vaillant et dispos.

Elle dit ; puis elle le couvre d'un manteau de rosée, parfumée de senteurs enivrantes !

Le lendemain, la nature, comme elle le lui avait promis, transformait son enfant. L'âme du pauvre civilisé quittait son enveloppe mortelle et s'en allait habiter d'autres mondes !

C'est ainsi que la nature régénère et purifie les abâtardis, les véreux de la vieille Europe.

Au signal ordinaire de Jean-Louis, le vieux Lucien, son domestique, démarra les pirogues et traversa le lac. – Les selles, les brides, les harnais, furent embarqués d'abord et mis en sûreté au cabanage. Puis, après avoir aidé son matelot à passer nos bagages, nos effets de campement et nous-mêmes, le mulâtre remonta sur Belle-Étoile, entra dans le lac, en entraînant à sa suite les autres chevaux, qui prirent la file sans y être contraints ni même excités, mais seulement par l'habitude qu'ils ont de traverser les cours d'eau à la nage. Ce spectacle de vingt chevaux nageant au milieu du Cathahoula excita la surprise de toute la troupe de comédiens restée sur la berge ; M. Dunand lui-même ne put cacher son admiration :

— Que cela est beau ! dit-il ; on croirait voir le prince Poniatowsky, s'élançant dans l'Elster ! c'est moins bien cependant, parce que Jean-Louis est mal habillé et qu'il n'est pas suivi de lanciers polonais.

— Vous avez parbleu raison, lui dit Bailly d'un air goguenard, il manque des lanciers.

— Oh ! les lanciers ! les lanciers ! poursuivit M. Dunand ; mais ici il n'y a rien, pas d'accessoires, rien vous dis-je, que des sauvages ! Sac à papier ! quelle idée mon épouse a-t-elle eue de vouloir m'emmener à cette partie de campagne !

— Qu'est-ce que c'est, monsieur Dunand, lui dit sa femme, il me semble que vous m'invectivez ? Finissons-en, je vous en prie, vous savez que je n'aime pas vos lamentations et vos jérémiades.

— Calme-toi, Rosa, ma minette, je ne disais rien, je t'assure.

— Mon Dieu, je le sais de reste, vous parlez toujours pour ne rien dire, – mais cela n'en est pas moins désagréable. Allons, venez nous aider à arranger nos bagages, tout est sens dessus dessous, on se croirait chez un marchand de bric-à-brac.

M. Dunand obéit à sa femme comme les chiens qu'on fouette, mais il faisait tout de travers et n'aidait à rien, à cause de ses distractions continuelles :

— Voyez donc, s'écria-t-il tout à coup, les yeux fixés sur le lac ; voyez donc cette nacelle là-bas au milieu de l'eau, on dirait que le nègre de M. Judice et le matelot français se battent ; qu'est-ce qu'ils ont donc à gesticuler ainsi ?

Ces paroles avaient éveillé l'attention de Zénon :

— Alerte ! Jean-Louis, alerte ! dit-il en saisissant son fusil, nos hommes sont en danger, vite, vite au secours !

Ils s'élancèrent tous deux en même temps dans la seconde pirogue et pagayèrent de toutes leurs forces, pour rejoindre le nègre et le matelot qui paraissaient se trouver dans une position critique ; nous les apercevions cramponnés au bordage de l'embarcation et sur le point de chavirer. – Du bras qu'il avait de libre, Harris frappait à coups de pagaye sur un objet que nous ne pouvions distinguer ; Lucien, armé d'un casse-tête ou hache à main, frappait aussi de son côté, et à chaque coup qu'il donnait, nous l'entendions s'écrier :

— Veux-tu larguer, brigand ! tu largueras, gredin ! tu largueras, voleur !

Cette invitation répétée, fut appuyée d'un si rude coup de casse-tête, que la pirogue reprit sa position naturelle, l'individu auquel ils avaient affaire avait largué, au moment même où Zénon et Jean-Louis, arrivaient sur le lieu du combat.

— C'est caïman ! mo maîte, mo tien bon li, criait Harris.

Zénon et Jean-Louis donnèrent aussitôt la remorque à l'autre pirogue et ils pagayèrent tous quatre avec ensemble vers le cabanage, – où nous étions dans l'anxiété et très désireux de connaître les détails de la scène émouvante qui venait d'avoir lieu. – Voici l'explication qu'on nous donna en arrivant :

Après avoir vidé et nettoyé proprement son marcassin, dont il avait jeté les intestins dans les eaux du lac, Harris, aidé de Lucien, l'avait chargé sur la pirogue, pour l'emporter au cabanage. – Il paraîtrait que les caïmans, dont le lac est rempli, n'avaient pas trouvé la part qu'on leur avait abandonnée du marcassin, suffisante pour eux ; l'un de ces animaux, plus hardi que les autres, avait suivi la pirogue, à laquelle il s'était, à la fin, accroché de ses deux pattes de devant, avec l'intention bien évidente de réclamer le marcassin tout entier, et peut-être un morceau de nègre et du blanc, par-dessus le marché. – Ces deux derniers n'ayant pas voulu consentir à la transaction proposée par le caïman, il s'en était suivi un combat, dans lequel celui-ci avait eu les pattes coupées sur le bordage de la pirogue ; puis, au moment où il retombait dans le Cathahoula, le nègre rancuneux, lui avait lancé une corde à nœud coulant autour du cou, de sorte que, en arrivant à terre, le caïman était aux trois quarts asphyxié. Sans égards pour sa position, nous le halâmes hors de l'eau, à grands renforts de bras, et nous l'attachâmes solidement au pied d'un arbre, pour pouvoir examiner cette capture plus à notre aise.

C'était un caïman de la petite espèce américaine, mesurant environ un mètre soixante-dix centimètres de la tête à la queue, son dos était de couleur livide, tout le corps était recouvert d'écailles épaisses, excepté la tête, qui n'avait que la peau collée à l'os frontal, – Il existait sur son dos, une espèce de crête longitudinale destinée à fortifier les écailles, déjà à l'épreuve de la balle et de toute arme tranchante ; puis, à cette crête principale, venaient s'embrancher une grande quantité de crêtes plus petites qui régnaient jusque sur ses flancs, et complétaient la formidable cuirasse qu'il oppose à ses ennemis. Sa queue, longue comme le reste du corps, allait en s'arrondissant à partir du dos, mais elle s'aplatissait vers son extrémité et ressemblait assez à un aviron, elle sert au caïman pour avancer et se diriger dans l'eau ; – son œil était rusé et menaçant, sa gueule énorme était armée de dents longues et pointues, s'emboîtant les unes dans les autres. – Somme toute, c'était un laid, mais terrible animal ; cependant M. Dantonnet, auquel Harris, le dompteur de bêtes, en fit cadeau, en fut tout à fait enchanté.

Nous avions examiné le caïman à distance respectueuse, puis ensuite, et pour éviter qu'il ne lui prît fantaisie de revenir de son attaque d'apoplexie, Harris lui porta un coup de harpon au défaut des os de la tête et des écailles du cou, il fut percé de part en part et cloué sur le sol ; – Jean-Louis, enfin, termina son agonie en lui séparant la tête du corps à coup de hache. – La race noire est cruelle envers ces animaux, qui s'attaquent aux nègres de préférence aux blancs ; sans doute qu'ils sont pour eux, une nourriture de haut goût.

Après cette exécution, et malgré la forte odeur de musc que répandait l'animal autour de lui, – M. Dunand, qui s'était tenu prudemment éloigné jusqu'alors, voulut voir à son tour le caïman de près. Pendant qu'il prenait à son aise une leçon d'histoire naturelle, son fils, le jeune polisson dont nous avons déjà eu l'occasion de parler, s'avisa de fourrer dans le tronc béant du supplicié l'extrémité d'une baguette de bambou qu'il tenait à la main ; à cette atteinte, un reste de vie se ranime chez le caïman, sa queue s'agite de gauche à droite et vient faucher en passant les jambes de M. Dunand, qui se trouva, comme par enchantement, assis jusqu'au milieu des reins dans un beau sable blanc, doux et fin comme de l'édredon. M. Dunand poussa un cri terrible, arraché par la surprise et la peur, car, de mal, il n'en avait heureusement aucun.

— Ohé ! monsieur Dunand, lui cria Oternod, un vrai gamin de Paris, n'avez-vous pas cassé le verre de votre montre ? aussi pourquoi sauter comme cela, un homme de votre âge !

— Comment voulez-vous qu'il saute ce brave homme, interrompit le vieux matelot, il a les deux jambes roides comme des barres d'anspec.

— Messieurs, répondit M. Dunand d'une voix dolente, vous devriez avoir plus de respect pour un homme dans ma position, ne voyez-vous pas que j'ai été assassiné ? Authur, mon propre fils, est mon meurtrier.

— Qu'est-ce donc ? d'où souffrez-vous ? dit Zénon en s'approchant à son tour.

— Vous êtes bien bon, mon cher monsieur Judice, je n'ai rien de cassé, je l'espère, mais j'éprouve une faiblesse générale ; l'émotion, le saisissement, le cœur me manque, je sens que je vais m'évanouir.

— Du courage ! monsieur, cela ne sera rien.

— Encore s'il y avait un médecin pour vérifier l'état dans lequel je suis ! peut-être aurais-je besoin de me faire saigner ? – Si seulement Rosa avait pensé à apporter son vulnéraire.

— Mo té la liquair, qui té capable guéri vous, mouché, dit le mulâtre.

— Oh ! merci, Jean-Louis, merci, mon sauveur, va m'en chercher de ta liqueur, que j'en boive de suite ; va, je te récompenserai généreusement de tes soins, je te promets une entrée au théâtre, pour la prochaine représentation.

Jean-Louis revint avec une bouteille qui contenait une belle liqueur rouge et plaisante à voir ; – Zénon lui prit la bouteille des mains, versa une certaine quantité de cordial dans un verre, qu'il présenta ensuite au malade, en lui disant :

— Buvez, monsieur Dunand, buvez sans crainte, sans goûter, ni vous arrêter surtout, ceci remettra vos sens et vous rendra vos forces.

M. Dunand avala d'un trait le contenu du verre ; – l'effet de la liqueur du mulâtre fut prodigieux et immédiat ; – M. Dunand se trouva sur ses jambes avec la rapidité d'un diablotin sortant d'une tabatière, – montrant sa bouche, sa gorge, son estomac, avec les grimaces et les contorsions les plus comiques qu'il soit possible d'imaginer. – Madame Dunand paraissait très inquiète du changement qui s'opérait chez son mari, si compassé, si grave, si ennuyeux ordinairement.

— Rassurez-vous, madame, lui dit Zénon, votre mari a bu seulement un peu d'eau-de-vie pimentée et sucrée, c'est un remède infaillible pour réchauffer l'estomac, rétablir la circulation du sang, et le remettre de l'émotion qu'il vient d'éprouver. Je vous engage à le conduire jusqu'au hamac de Jean-Louis, il y prendra quelques heures de repos, qui suffiront pour le guérir entièrement.

Grâce à son accident, nous allions être débarrassés de M. Dunand, de ses tracasseries, de ses questions et de ses réflexions continuelles, pour une partie de la journée. – Après avoir mangé une tranche de jambon ou de bœuf salé du Kentucky, chacun se disposa à partir pour la pêche ou la chasse, suivant sa fantaisie. – Il était huit heures du matin, le rendez-vous général fut fixé à midi précis, avec bonne ou mauvaise capture.

— N'oubliez pas la boussole des bois, dit Zénon Judice à ceux qui s'éloignaient, avec elle, il vous est impossible de vous perdre et même de vous égarer sérieusement. La boussole des bois est à la portée de tout le monde, tenez, regardez bien le tronc des arbres qui sont là devant vous, un seul côté est garni de mousse, c'est le côté du nord ; remarquez en même temps que le cabanage de Jean-Louis est dans l'est, à votre gauche ; – avec deux des quatre points cardinaux, vous pouvez revenir à l'endroit où nous sommes, le jour comme la nuit, même quand vous n'auriez pas encore pour vous guider, les bords du Cathahoula.

Après cette démonstration ingénieuse, le Créole prit son fusil et entra dans le bois, précédé de son fidèle Canard.

Il ne resta au cabanage que Jean-Louis, Harris, le vieux matelot, M. Welsch, M. Dunand, qui ronflait comme un phoque, et le petit Dantonnet, très occupé pour le moment à dépouiller son caïman.

Une partie des dames mettait de l'ordre dans notre campement, dressait les hamacs, les matelas, les moustiquaires ; d'autres regardaient lever les filets qu'on avait tendus pour la pêche des crabes, dont le Cathahoula foisonne.

Le mulâtre et Lucien, sous la direction de M. Welsch, mettaient les dames-jeannes et les bouteilles au frais, dans la fontaine même, qui coule auprès de l'habitation. L'eau de cette source limpide, presque glacée, est délicieuse à boire, à cause du parfum agréable qu'elle emprunte aux racines des arbres d'essences diverses, qu'elle rencontre dans sa marche souterraine.

Harris, dont la grande affaire était la cuisson de son marcassin, s'occupa de creuser dans le sable, un trou assez large et assez profond, pour contenir l'animal ; puis il fit dans ce trou un de ces feux, comme on peut seulement en faire quand on a à disposition une forêt entière à brûler. – Le feu fut alimenté pendant deux heures sans discontinuer, après quoi il retira les braises et les cendres, déposa dans le trou que je viens de dire son marcassin, le corps rempli de toutes sortes d'aromates ; tels que feuilles et racines de sassafras, feuilles de citronnelle, ail, oignon, citrons coupés par tranches, graines de magnolia, etc., etc. ; le tout convenablement saupoudré de sel, poivre et piments. – Les cendres, les braises, accumulées sur cette espèce de tombe brûlante, suffisaient pour opérer la cuisson de ce marcassin, qui devait être une des pièces délicieuses de notre dîner.

M. Welsch, de son côté, se multipliait et veillait à tout. – La table dont se servait ordinairement Jean-Louis, étant trop petite pour contenir les convives qu'il avait amenés de la ville, – Welsch, choisit à l'ombre des arbres qui entouraient le cabanage, un endroit convenable pour en établir une plus grande, composée de troncs de jeunes pins, qui se trouvaient là tout équarris. – Le tout fut assemblé, posé sur des pieux et des traverses assez solides, pour pouvoir supporter les mets, et au besoin, les convives eux-mêmes ; cette table homérique fut couverte de larges feuilles de lataniers, à défaut de nappe.

À cent pas de la table, Welsch avait établi ses fourneaux devant un feu ou plutôt un incendie de troncs d'arbres entiers ; – à côté, les marmites, les chaudières, les casseroles, attendaient vides et béantes, qu'on les mît en activité de service. La quantité prodigieuse de choses exécutées en si peu de temps prouvait que les besoins de la vie et l'impérieuse nécessité, développent chez l'homme des villes, lui-même, toutes sortes de facultés industrieuses.

Je rentrai le premier au cabanage, et je vis avec plaisir les grands changements opérés pendant mon absence. Je félicitai M. Welsch de la bonne direction qu'il avait donnée à ses travailleurs, et je me débarrassai, en même temps, d'un chapelet d'une vingtaine d'écureuils gris, que j'avais tués sur les arbres du voisinage.

La chasse à l'écureuil est très amusant, surtout lorsqu'on se trouve dans une contrée où il abonde, mais cette chasse est extrêmement fatigante ; il faut toujours avoir le nez en l'air, pour découvrir les écureuils sur les arbres, et suivre de branches en branches, les mouvements rapides de ces petits animaux ; leur agilité, leur subtilité et leur ruse sont extraordinaires, et quoiqu'ils n'aient pas d'ailes, ils méritent cependant le nom d'écureuils volants qu'on leur a donné. – Deux heures passées à la chasse de l'écureuil volant équivalent à deux heures passées à une exposition de peintures ; moins seulement la souffrance morale.

La chair de l'écureuil volant est très délicate et leur fourrure estimée, mais des maladroits, comme nous, gâtent leur peau en tirant les écureuils avec du plomb, tandis que la plupart des chasseurs du pays les tirent à la tête et à balle. Qu'on n'aille pas croire que ceci soit une exagération, l'histoire de la Louisiane constate un fait bien plus extraordinaire.

Pendant la guerre des Américains avec les Anglais, de 1812 à 1814, le général Jackson, qui commandait à la Nouvelle-Orléans, avait tous les jours à sa table un plat de grives, auxquelles il manquait seulement la tête, qui leur avait été enlevée, par les balles des chasseurs du Tennessee.

Ma chasse d'écureuils passa de suite entre les mains des cuisiniers, qui se mirent en devoir d'en préparer un excellent civet. Ce fut moi, comme chasseur, qui eus l'honneur de remplir le premier une des casseroles de M. Welsch. Lors de mon retour au cabanage, il y avait déjà une division de six marmites ou chaudières sérieusement engagées au feu, sous le commandement du cuisinier en chef. Une chaudière de riz, une de farine de maïs, une de patates douces, une de soupe à la tortue, une autre de gombo, plat national, dont on aura plus tard la description ; cette cinquième chaudière ne contenait encore que les premiers éléments du plat en question, soit quatre poulets auxquels Jean-Louis avait tordu le cou en arrivant au Cathahoula. La sixième marmite était remplie d'eau salée et pimentée, ébullition dans laquelle on plongeait à chaque instant les crabes tout vivants, à mesure que les dames les rapportaient de la pêcherie établie sur les bords du lac. Je suis bien aise de saisir cette occasion pour rendre aux dames qui nous accompagnaient toute la justice qui leur est due. Quoique étrangères par leur profession aux rudes travaux du ménage, elles firent preuve, dans la matinée, d'intelligence et surtout de beaucoup de bonne volonté ; je suis persuadé qu'elles travaillaient dans l'attrait. Si Saint-Simon ou Fourier eussent vécu et que cela eût été en leur pouvoir, ils les auraient replacées dans la condition d'où elles n'auraient jamais dû sortir, celles de bonnes ménagères.

L'heure du rendez-vous général s'avançait ; je la voyais arriver avec une certaine inquiétude, car il n'y avait pas la moindre apparence de poisson à la cuisine. Je n'avais certes pas l'intention de me donner la mort faute de marée, comme le grand Vatel ; mais je convenais à part moi qu'une partie de pêche sans poisson était, en termes de coulisses, un four complet. Je communiquai à cet égard mes craintes à M. Welsch.

— Ah ! diable ! fit-il ; en effet, cela devient inquiétant ; voyez donc un peu ce qu'il en est, mon cher.

— Jean-Louis, dis-je au mulâtre, fais-moi le plaisir d'aller trouver nos pêcheurs et rapporte ici tout le poisson qu'ils ont pris.

— Oui, mouché.

Et Jean-Louis partit immédiatement au petit pas de course indien. Je le vis revenir quelques minutes après avec la mine allongée et les mains vides.

— Monsieur, me dit-il, les pêcheurs n'ont rien pris du tout, pas le moindre poisson, ni gros ni petit ; mais ils ont cassé les lignes, les hameçons et usé tous les appâts ; ils sont là-bas, assis à l'ombre sous les arbres, à causer et à fumer. Quant à la pêche, ils prétendent que je me suis moqué d'eux, et qu'il n'y a pas de poisson dans le Cathahoula.

— Vite, vite, Jean-Louis, mon garçon, ne nous occupons plus de ces gens-là ; vois s'il te reste quelques lignes, des écrivisses, des vers, enfin n'importe ; embarquons de suite dans ta pirogue, et allons voir de l'autre côté du lac si nous ne serons pas plus adroits que ces pêcheurs parisiens.

— Oui, mouché.

J'avais affaire à un homme d'action ; en deux temps la pirogue fut équipée, et dix minutes après nous étions à pêcher tous les deux de l'autre bord du Cathahoula, où, en une heure, nous pêchâmes plus de trente livres de poisson, et nous rentrions triomphants au cabanage. Ce résultat, attendu du reste, me donna plus que jamais la conviction que ceux sur lesquels nous avions compté pour manger un court-bouillon au piment et une friture n'avaient jamais pêché ailleurs que sous les arches du Pont-Neuf, avec des asticots et des lignes fouettantes !

Notre pêche à nous deux se composait d'une douzaine de cassburgots magnifiques, dont la chair est blanche, ferme et de bon goût, de trois ou quatre poissons appelés *catfish* par les Américains, que nous appellerions poisson-chat, en traduisant littéralement. Le catfish a les nageoires armées d'épines petites et recourbées comme les piquants du chardon ; la blessure de ces dards est très douloureuse, à ce point que ceux qui en sont atteints se trouvent mal et restent plusieurs heures avec une fièvre, qui n'offre cependant aucun danger pour le malade. Les Créoles aiment assez le catfish ; ils prétendent qu'il est indispensable dans la composition d'un court-bouillon émérite, parce qu'il aide à lier et à épaissir la sauce. Notre friture se composait de grognards ou grogneurs, nom qui leur a été donné à cause du petit grognement, semblable au ronron d'un chat, qu'ils font entendre en sortant de l'eau ; je conçois qu'ils devraient même grogner davantage, s'ils se doutaient de l'usage auquel on les destine. La chair du grognard est délicieuse, sans arrêtes, et peut rivaliser avec celle de tous goujons du monde.

Outre la belle pêche que nous avions faite, nous rapportions quarante et quelques œufs de tortue, que le mulâtre avait trouvés dans le sable. La grande habitude que Jean-Louis avait de la pêche et de la chasse, son séjour dans les bois et sur les bords du lac, lui avaient donné un instinct d'observation dont il est impossible de se faire une idée ; il connaissait le cri, le passage, les pistes, les approches même de tout le gibier de la forêt, de tous les animaux et habitants du lac. Il avait aperçu à plus de soixante pas de l'endroit fraîchement remué où la tortue avait déposé les œufs que nous rapportions. Là où il voyait quelque chose, moi je ne voyais absolument rien ; ce n'est qu'en approchant tout à fait du rivage que je vis distinctement les traces nouvellement imprimées sur le sable. Le mulâtre ayant creusé ce sable avec le bout de sa pagaie, je fus tout surpris de lui voir mettre à découvert une grande quantité d'œufs ronds de la grosseur à peu près d'une pomme de reinette, dont la coque était molle et fléchissait sous le doigt.

— Il y a de quoi faire une belle omelette pour toute la société, dit Jean-Louis ; c'est bien dommage que je ne sois pas venu par ici hier au soir ; j'aurais chaviré la mère, qui doit peser au moins deux cents livres.

— Deux cents livres ! En es-tu sûr ?

— Oh ! oui, ce n'est pas une tortue caouanne, c'est une tortue franche, elle en est à sa première ponte ; elle reviendra ici même, dans quinze jours, faire la seconde. Cette tortue-là, voyez-vous, m'appartient comme si elle était dans ma pirogue ; je la vendrai à l'avance, et le capitaine du steamboat, qui partira pour la Nouvelle-Orléans dans quinze jours, l'emportera à son bord.

Je comprenais fort bien, par tous les détails que le mulâtre me donnait et par tout ce que je voyais faire, qu'un homme aussi industrieux, aussi intelligent, préférait donner vingt-cinq piastres par mois à son maître que d'être obligé de cueillir du coton ou de faire la roulaison des cannes à sucre dans les habitations ; il y avait pour lui de l'argent à gagner et pas un coup de fouet à recevoir ; c'était tout profit pour lui.

Quelques instants après mon retour au cabanage avec Jean-Louis, nos chasseurs arrivèrent aussi ; bientôt tout le monde fut assis sous les arbres, faisant cercle devant une grande quantité de gibier que l'on plume ou dépouille avec activité.

Ce sont d'abord plusieurs douzaines de grassets, petits oiseaux qui rappellent pour la délicatesse du goût les ortolans du midi de la France. Comme eux, ils sont tellement gras et rondelets, qu'ils se fendent souvent en tombant sous le coup de fusil. Les grassets se nourrissent exclusivement des belles graines rouges du magnolia, ce qui rend la chasse qu'on leur fait très facile, puisqu'il s'agit seulement de s'asseoir vis-à-vis de l'un de ces arbres sur lequel le grasset vient se poser à chaque instant. La seule fatigue que l'on éprouve est celle d'avoir le cou tendu et le nez en l'air, comme pour la chasse à l'écureuil volant, et la difficulté, celle de distinguer l'oiseau qu'on cherche du feuillage de l'arbre avec lequel son plumage se confond. Il suffit d'une demi charge de poudre et de menuise pour abattre un grasset ; autrement on courrait le risque d'abîmer cet oiseau délicat.

Nos chasseurs avaient aussi rapporté plusieurs canards branchus, les seuls de leur famille qui se posent volontiers sur les arbres, principalement sur les chênes verts, dont ils mangent les glands à leur maturité. Les canards branchus, gras et dodus, allèrent rejoindre, à mon grand regret, car ils méritaient mieux, les quatre poulets qui les attendaient dans la marmite du gombo.

Les deux véritables rois de la chasse furent Zénon Judice et Paul Cœuriot, qui avaient rencontré ensemble une troupe de dindons sauvages dont ils avaient abattu chacun un, et laissé les autres courir les bois, suivant en cela le système de Zénon, qui prétend qu'il ne faut jamais tuer plus de gibier qu'on n'en peut manger.

Le dindon sauvage est bien supérieur au dindon domestique d'Europe, tant pour la grosseur, puisqu'il s'en trouve dont le poids dépasse vingt et vingt-cinq livres, que pour la qualité de la chair. Leur plumage est d'un gris more, bordé d'un filet doré d'un très joli effet. Ces oiseaux vont presque toujours par bandes nombreuses ; quand le chien du chasseur est sur leurs traces, les dindons s'échappent en courant fort vite ; mais lorsqu'ils sont sur le point d'être atteints, ils prennent le parti de se percher tous sur le même arbre ou ceux environnants ; c'est alors qu'on peut tourner autour et les tuer l'un après les autres ; sans qu'un seul d'entre eux tente de s'envoler.

J'ai lu, comme tout le monde, l'histoire de l'admirable don Quichotte de la Manche ; je me rappelle fort bien les préparatifs culinaires des noces de Gamache. Je vois encore l'incomparable Sancho écumer les poules des marmites de l'amphitryon, mais j'avoue que la relation de Michel Cervantès ne m'a pas fait éprouver l'émotion que j'ai ressentie en flairant avec mon propre nez les bonnes odeurs qui s'échappaient de toutes ces grosses marmites bouillantes, mijotantes et paraissant avoir entre elles une conversation du plus haut intérêt. Non, jamais je n'ai éprouvé de plus grand plaisir gastronomique, qu'en voyant, de mes yeux, au-dessus du feu cyclopéen de M. Welsch, comme un brouillard de vapeurs juteuses et aromatisées ; sans parler de ces deux beaux dindons sauvages qui montraient au feu leurs formes rebondies, dont la peau craquait, fumait et se dorait à la satisfaction générale.

— Non, mille fois non, Michel Cervantès ! vos Noces de Gamache sont séduisantes même, si vous le voulez ; mais tout cela est le travail d'un homme pressé par la faim, d'un homme qui, voulant donner le change à son appétit, s'est préparé un dîner homérique qu'il n'a jamais mangé. Tandis que moi, je suis venu, j'ai vu, j'ai vécu !

M. Dunand, qui, si on se le rappelle, s'était endormi dans le hamac de Jean-Louis après son accident, fut agréablement surpris à son réveil ; sa femme, sa Rosa, l'ayant pris par la main, l'amena devant la grande table sur laquelle étaient dressées toutes sortes de bonnes choses dont il fit l'énumération d'un œil avide et d'une bouche sensuelle.

Au milieu de la table, le marcassin cuit dans son jus ; à droite et à gauche, les deux dindons sauvages ; puis, dans le même ordre, la soupe à la tortue, le gombo, le pain de riz, le pain de maïs, le court-bouillon au piment, le civet d'écureuils, le plat de grassets, l'omelette aux œufs de tortue, une salade de gombo févi, mélangée de chair de crabes, et deux assiettes de patates douces. M. Dunand vit encore sur une table à côté le dessert, composé de fromage de Hollande, de tête de maure, de pacanes fraîches, de pastèques, d'ananas, de figues bananes, d'oranges, de grenades, etc. ; le tout entouré d'un bataillon de bouteilles et de flacons de formes et de grandeurs différentes, près desquelles les deux grosses dames-jeannes de Marseille faisaient sentinelles.

M. Dunand se crut d'abord le jouet d'un rêve ou la victime de quelque féerie qu'on avait montée en son absence ; mais quand il s'aperçut qu'il n'y avait ni public, ni loges, ni musiciens à l'orchestre de ce théâtre à ciel ouvert ; quand il vit, au lieu d'un lustre, un vrai soleil qui inondait les eaux, les bois et tout l'alentour de flots de lumière ; quand il vit les oiseaux voleter de branche en branche, les feuilles et les fleurs se balancer mollement au-dessus de sa tête,... M. Dunand se rappela parfaitement qu'il avait quitté Saint-Martinville, traversé un bois, un lac, et affronté mille dangers dans le but de venir faire une partie de pêche au lac Cathahoula. Ce qui lui donna encore mieux la certitude qu'il était bien éveillé, c'est qu'il n'avait pas mangé depuis vingt-quatre heures ; qu'il avait un appétit d'enfer et que devant lui se trouvait une table abondamment servie, à laquelle il prenait place, au milieu des félicitations qu'on lui adressait de toutes parts sur son prompt rétablissement.

On attaqua d'abord le gombo, ce plat national des Louisianais, comme l'olla podrida est celui des Espagnols, la choucroute des Allemands, le rosbif celui des Anglais, le macaroni celui des Italiens. Le gombo est la base, la pierre fondamentale de tout dîner créole, dont la clef de voûte est l'ananas au rhum.

Le gombo est un composé de toutes sortes de viandes, oiseaux, gibier, poisson, etc., cuits à petit feu dans leur jus, le tout salé, poivré, pimenté et saupoudré à haute dose de feuilles de sassafras desséchées et pulvérisées, qui aromatisent et font filer la sauce du gombo comme de l'eau de graine de lin ou du macaroni. Outre la bonne odeur, dont les feuilles de sassafras parfument le gombo, elles ont encore le mérite d'exciter la transpiration, d'inciser, de résoudre les humeurs épaisses, visqueuses ; de faire circuler le sang, d'adoucir les douleurs, principalement celles de la goutte, de guérir la paralysie, les fièvres tremblantes, les fluxions froides, et d'être employées utilement dans une foule de maladies, qu'il serait trop long d'énumérer ici. Peu de Français aiment le gombo à leur arrivée à la Louisiane ; mais, après quelque temps de séjour, ils en deviennent aussi friands que les Créoles eux-mêmes.

Il est difficile à une maîtresse de maison qui sert un gombo de pouvoir choisir les morceaux, nageant au milieu d'un océan de sauce noirâtre qui les rend méconnaissables ; le seul parti qu'elle ait à prendre est celui de plonger sa cuiller au hasard dans ce tout homogène et d'en verser le contenu dans l'assiette de son convive. C'est au convive ensuite à distinguer avec intelligence la viande des os, les os du riz et le riz de la sauce, à travers ces fils nombreux et inextricables qui se croisent et s'enchevêtrent de l'assiette à la cuiller et à la bouche, c'est à ne plus s'y reconnaître ; aussi l'homme qui vient de manger un gombo sue-t-il à grosses gouttes, comme s'il venait de fendre du bois. Il s'agit pour lui de se maintenir dans cet état de transpiration salutaire en absorbant la plus grande quantité du dîner qui lui est offert. En fait de dîners abondants et de gracieuse hospitalité, les Créoles méritent certainement d'occuper le premier rang dans la catégorie des hospitaliers.

Notre dîner fut trouvé excellent par tous les convives, qui avaient du reste doublé leur appétit par les fatigues et les émotions de la nuit et de la journée ! Au moment où Jean-Louis nous servit le café, M. Dunand s'écriait avec l'oreille rouge, l'œil ardent et la parole abondante :

— Messieurs, je suis obligé de faire amende honorable ; je n'aurais jamais pensé qu'il fût possible de dîner aussi complètement à deux mille lieues de Paris.

Pour achever la fête, les dames voulurent se donner le plaisir de la musique, et demandèrent à Judice s'il ne pourrait pas faire chanter son nègre la chanson du Vié Boscugo.

— Rien n'est plus facile, mesdames ; vous connaissez toutes l'aventure du juge : c'est sur ce sujet que Harris va vous improviser des couplets en langage créole. Voyons, mon nègre, avale-moi ce coup de tafia, et montre un peu ce que tu sais faire à l'honorable compagnie.

Après avoir vidé son verre, Harris prit l'attitude d'un homme qui griffe de la guitare, et chanta les couplets suivants sans lacune ni hésitation, comme Eugène de Pradel :

Mouché Préval
Li donné grand bal
Li fé nègue payé,
Pou sauté ainpé.
    Dansé Calinda, etc.

Li donné soupé
Pou nègue régalé
So vié la misique
Té baye la colique.

Mouché Préval
Té capitaine bal,
So cocher Louis
Té maîte cérémoni.

Ala ain bourrique,
Tendé la misique,
Li vini valsé,
Com quand li cabré.

Yavé des négresse,
Bel com yé maîtresse
Yé té volé bel bel,
Dans l'ormoir mamzel.

Blanc et pi noir,
Yé dansé bomboula,
Vous pas jamais voir,
Ain pli grand gala.

A la gardien la geole,
Li trouvé ça bin drole,
Li dit : « Mo aussi,
Ma fé bal ici. »

Et pi le wacheman,
Yé tombé la dan
Yé fé branle-ba,
Dans lichiri la.

Yé méné yé tous,
Dans la calabous.
Lendemain matin,
Yé fouetté yé bin.

Yé té volé bel chaîne,
Yé té volé Romaine,
Yé té volé n'écrin,
Et pi souyé fin.

Ain mari godiche,
Vini mandé postiche,
Qui té servi so femme
Pou fé la bel dame.

Comment sapajou
To pran, mo kilotte.
Non, mon maîte, mo di vous
Mo jis pra vos botte.

Piti maîtresse
Li tapé crié,
To voir négresse
C'est mo robe to volé.

Chez mouché Préval,
Dans la ri n'opital
Yé fé nègue payé,
Pou sauté ainpé.

Pove mouché Préval,
Mo cré li bin mal,
Ya pli encore bal,
Dans la ri n'opital.

Li payé cent piasse
Li courri la chasse,
Li dit c'est fini
Ya pli bal sans permi.

La chanson de Harris fut accueillie par d'unanimes acclamations.

Envieux du succès du nègre, ou poussé par un autre motif, le vieux matelot français s'approcha de Zénon et lui adressa la parole à peu près ainsi :

— Capitaine, si vous voulez m'offrir un verre de c'affaire comme à votre mal blanchi, ça ne serait pas de refus, et je pourrais vous envoyer aussi bien que lui une chanson, mais là, du bon coin, que je dis.

— Je demande pas mieux, mon vieux Lucien, si la société y consent toutefois.

— Certainement, certainement, nous y consentons, s'écria-t-on de toutes parts.

— Eh bien alors, mon garçon, va de l'avant, commence ta chanson.

— Oui, oui, j'entends bien ; mais minute, et le coup de tafia, capitaine ? je ne pourrais jamais chanter sans cela d'abord. Les paroles me resteraient goudronnées dans l'estomac.

— Ah ! oui, c'est vrai, dit Zénon en lui versant un verre de rhum ; mais il me semble que tu n'as guère besoin de boire, mon vieux !

— Faites excuse, capitaine, gnia pas de soin, aujourd'hui je m'es ménagé ; il y a encore de la place dans la cambuse, allez.

— Monsieur Lucien, où donc avez-vous reçu la blessure que vous avez à la main ?

— Oh ! ça, madame, c'est une égratignure, c'est un souvenir du Cathahoula. Figurez-vous qu'un jour, il y a deux ans à peu près, Jean-Louis, mon bourgeois, couleur de pain d'épice, me dit dans son baragouin du diable : « Lucien, allez, s'il vous plaît, choisir un pin dans le bois pour faire un mât à notre pirogue. » Bon, que je lui dis, je m'en y vais. Comme de fait, je prends le casse-tête affûté de neuf et me voilà parti. Pour alors, j'arrive dans la pinière, je tourne, je vire, tribord, bâbord. Enfin, j'aperçois devant moi un pin qu'était long comme un aviron et droit comme un cierge. Bon, je me dis, voilà mon affaire, et je mets cap dessus. Il y avait au pied du petit pin un tas de feuilles et d'herbes sèches gros comme deux fois mon chapeau ; j'écarte le tas avec mon casse-tête pour pouvoir couper l'arbre tout à fait au pied. Pour lors, j'entends à côté de moi un bruit, comme qui dirait quelqu'un qui secouerait un panier de noix. Voilà qu'au même moment un particulier, qui faisait son quart là-dedans, se jette sur moi et croche mon pouce. Je le secoue, je lui flanque une gifle pour le faire larguer ; il largue, et mon gaillard file son nœud plus vite que ça et droit devant lui dans la pinière, toujours en secouant son panier de noix. C'était un serpent à sonnettes !

— Ah ! mon Dieu ! mais c'est affreux cette histoire-là ! Adolphe ! soutiens-moi, je sens que je vais me trouver mal !

— Petit moment, poursuivit Lucien, petit moment. Pour lors, je me dis : Lucien, mon matelot, tu vas passer un vilain quart d'heure. Voyons un peu, qu'est-ce que tu vas faire ? Il n'y a pas de bon Dieu ! t'as de vlin de sonnettes dans la pouce. Tiens, le voilà qui devient déjà tout bleu. Si le vlin remonte à la soute au pain, t'es perdu, mon homme, t'avales ta gaffe ! ça te va-t-il ? Non, n'est-ce pas ? Eh bien ! te couper le pouce, mon matelot, il n'y a pas milieu, vois-tu, il faut. Pour lors, je n'en fais ni une ni deux ; je pose ma main par terre, j'écarte bien mon pouce, et vlan ! un coup de casse-tête ! Je m'ai guéri comme cela pourtant. Tenez, voyez plutôt, il n'y paraît plus. Je n'ai que le pouce de moins !

— Quel sang-froid ! c'est atroce. Adolphe ! Adolphe ! je me trouve mal !

— Largue partout, amène le grand hunier ! cria Lucien d'une voix de tonnerre. Autrement dit, délacez son corset, et décaplez-lui son mouchoir de cou. Jetez-lui une potée d'eau à la figure, en vraque !

L'évanouissement de Mme Dunand nous priva de la chanson du vieux matelot. Harris fut le seul virtuose de la journée.

Assis sur le sable blanc, au milieu d'un fouillis d'arbres fondus dans l'ombre, nous formions le premier plan d'un immense tableau, dont le second était un lac de pourpre encadré de vert, écartelé d'or ! Sur nos têtes, un ciel bleu foncé ; à l'horizon, une masse de nuages splendides, dans lesquels la grande artiste fantaisiste, qu'on appelle la nature, découpait de sa main puissante mille silhouettes bizarres qu'éclairait un soleil de feu.

Ici, c'était un grand navire s'engloutissant, toutes voiles dehors, dans le cratère d'un volcan en flammes ; puis les débris du navire se rejoignaient peu à peu, prenaient des formes plus arrondies, dont les extrémités devenaient sveltes et gracieuses ; enfin, le tout se transformait en un beau cheval à tous crins, dont la queue balayait le ciel ; sur le cheval était un cavalier de haute stature, armé d'une longue lance avec laquelle il attaquait, sur une montagne, un ours blanc, adossé contre le tronc d'un arbre, un énorme sapin ; l'ours avançait résolument au-devant du fer qui le menaçait, l'étreignait dans ses larges pattes, et finissait par arracher l'arme des mains de son ennemi. Le cavalier et son cheval se changeaient en une cascade de bronze en fusion, qui se précipitait dans les eaux du Cathahoula.

Plus loin, apparaissait une cathédrale avec ses clochers pointus, et sa façade ornée d'une belle rosace aux vitraux écarlates ; à l'entrée de son portail gothique, un évêque crossé, mitré, bénissait pastoralement la multitude qu'on voyait agenouillée dans une vaste plaine.

Pour se faire une idée du magnifique panorama qui se déroulait devant nous, il faut déjà avoir égaré son œil et son imagination sur les beautés sublimes d'un coucher de soleil dans le Nouveau

Monde, qu'aucun pinceau ne peut rendre, qu'aucune plume ne peut décrire.

Toute cette compagnie sceptique et railleuse, tous ces artistes diseurs de riens, si joyeux tout à l'heure, étaient devenus muets d'admiration et n'osaient plus parler entre eux qu'à voix basse, comme s'ils avaient craint de troubler la nature enfantant ses merveilles.

Nous écoutions, silencieux, le frémissement du feuillage, les soupirs des fleurs, dont la brise nous apportait les baisers parfumés ; la note plaintive du moqueur, appelant au nid sa compagne égarée, le vol rapide d'une troupe d'oiseaux aquatiques, dont les ailes sifflantes rasaient la surface du lac ; la voix adoucie du chat-tigre, sortant des profondeurs de la forêt ; les plaintes sonores des caïmans, tourmentés d'ardeurs amoureuses, et enfin ces mille bruits qui s'élevaient de la terre comme un concert d'adieux, servant d'accompagnement à la marche triomphale du soleil s'en allant éclairer un autre monde.

Un seul d'entre nous osa d'abord mêler sa voix à cette grande symphonie de la nature. Vallière murmura sur son hautbois quelques notes plaintives, que l'écho de la rive opposée répéta avec une pureté et une sonorité surprenantes. Vallière connaissait les qualités de cet écho pour l'avoir essayé plusieurs fois en venant au Cathahoula. Il lui fit répéter ensuite, phrases par phrases et notes par notes, une charmante mélodie bretonne ; c'était comme la réponse d'une naïve enfant de l'Armorique à la demande pleine d'amour rustique que lui adressait son amoureux. Vallière avait bien choisi son heure pour faire éprouver à la plupart d'entre nous, qui l'entendions pourtant tous les jours, des émotions qui nous étaient encore inconnues. Ce n'est pas dans les salles de concert, dans les théâtres, à la lumière des lustres, ni devant des femmes parées et couvertes de diamants qu'il faut entendre le hautbois ; c'est à l'heure du crépuscule, au bord d'un lac, à l'ombre des bois, au milieu des paisibles retraites de la nature. Vallière termina par l'air du sommeil de la *Muette*, d'Aubert. Hélas ! ce fut le chant du cygne ; cet instrument qu'il venait de faire parler avec tant d'âme ne devait jamais plus résonner sous la pression de ses lèvres ; pendant qu'il berçait de ses accents mélodieux le sommeil de la pauvre Fenella, la mort le désignait pour l'endormir deux jours après dans la tombe.

Outre le plaisir que venait de nous causer Vallière, il avait suggéré à la plupart d'entre nous une idée toute naturelle.

— Chantons la prière de la *Muette*, s'écria-t-on de tous côtés ; chantons la prière de la *Muette* ; M. Welsch nous la conduira.

— Certainement, répondit Welsch, mais à une condition, c'est que tous ceux qui chantent faux, ou ne connaissent pas leur partie, vont se taire ; j'exige en outre que tous les exécutants fassent attention aux nuances beaucoup plus que si nous étions au théâtre.

— À quoi bon ? dit étourdiment Mlle ***, personne ne nous écoute.

— À quoi bon, dites-vous, mademoiselle ? reprit Welsch ; mais tout simplement parce que personne ici ne nous prie ou ne nous force de chanter, et qu'il vaut beaucoup mieux se taire que de venir troubler la sublime harmonie de ces solitudes par nos sons discordants.

— Pardonnez-moi, monsieur, vous avez raison et j'ai eu tort, je suis si étourdie !

— Eh bien, en ce cas, c'est convenu, *taceat*, pour tous ceux qui ne se sentent pas capables de faire de l'art pour l'art. Attention, tout le monde ! attaquons avec ensemble : une, deux, trois, quatre ; partez !

Et les voûtes de la forêt vierge retentirent, pour la première, et sans doute pour la dernière fois, de cette belle prière de la *Muette*, dont le chant si simple, si large, commence par un pianissimo qui ressemble au souffle de la brise, et se termine par un énergique point d'orgue que l'écho nous renvoya comme un tonnerre lointain. En nous retournant, lorsque la prière fut finie, nous aperçûmes derrière nous, à genoux sur le sable, le matelot, le nègre et le mulâtre qui priaient Dieu !

Ici se termine la relation de la pêche au Cathahoula. Le lendemain, au point du jour, les artistes se mirent en route pour Saint-Martinville où en arrivant, plusieurs d'entre eux furent attaqués de la fièvre jaune ; huit jours après, la terre recouvrait la dépouille mortelle de Joseph Vallière, Ulysse et Bailly.

Comment un malakoff peut sauver la vie

François Tujague

Nouvelle

Quelqu'un a écrit : « La coquetterie est innée chez la femme. » Cet écrivain voulait-il simplement constater une vérité, ou faire de cet instinct un crime au beau sexe ? Dans le premier cas, il avait raison ; dans le second... il faudrait distinguer.

La coquetterie est bonne de sa nature. Lorsque la femme relève d'un mot notre esprit qui s'affaisse sous le choc des déceptions, lorsqu'elle verse dans nos cœurs brisés ou déchus le baume des consolations, la noblesse du sentiment ou la flamme de l'inspiration, – n'est-ce point là qu'elle puise son influence ?...

Si, comme le prétendent certains esprits à paradoxe, Dieu, en la créant, dit à la femme : « Tu trouveras ta force dans ta faiblesse », il est clair que c'est « dans ta coquetterie » que Dieu voulait dire.

La coquetterie résume la femme : elle est, outre sa puissance, sa grâce, son avenir, sa fortune et son génie...

Douces et pures jeunes filles, l'art innocent, la gracieuse harmonie de vos chastes toilettes nous font rêver et nous jettent dans l'extase ! Quelle fée vous a désigné ce dessin de vos robes, cette couleur de vos rubans, cette coiffure, cette démarche, ce sourire, ce langage, qui mettent en relief et complètent si bien le charme de vos visages ?...

Et puis, ô jeunes filles devenues jeunes femmes, lorsque le mariage a passé sur votre amour, ainsi qu'un souffle impur sur une glace limpide ; lorsqu'un nuage gris a traversé cette aurore du bonheur où tout est roses, joies et paradis ; lorsque chez vos époux ingrats la froideur succède aux doux empressements, – de quelle arme, ô jeunes femmes, vous servez-vous pour la combattre ?...

Et puis encore, quand, plus tard, l'âge mûr a proclamé, de sa voix triste et solennelle, la déchéance de votre beauté ; quand les rides cruelles, ont pris, sur vos fronts, la place de l'incarnat diaphane, des fraîches auréoles de la jeunesse, – par quel art, oh ! dites-le-nous, mesdames, par quel art ranimez-vous l'illusion prête à s'évanouir ?...

La coquetterie est le palladium de votre bonheur ; elle est le philtre merveilleux qui vous rajeunit lorsque vous vieillissez, qui vous embellit lorsque vous n'êtes pas belles. Ne pourrait-elle pas aussi vous rendre meilleures quand vous êtes bonnes, et bonnes quand vous ne l'êtes pas ?

Sans la coquetterie, la beauté n'est rien, et la vertu, peu de chose, du moins comme agrément : telle est l'opinion du monde.

L'homme retire-t-il de ce puissant moyen de séduction un avantage quelconque ? Oui... Voilà un oui que bien des gens n'accepteront que sous brevet d'inventaire. Mais n'écoutons, pas, mesdames, ces misanthropes qui vont jusqu'à nier, – malgré Platon, – « que tout soit pour le mieux dans le meilleur des mondes possibles. » À les entendre, vous seriez loin d'être irréprochables ; mais, encore une fois, ne les écoutons pas.

Il est certain que sous l'inspiration bienfaitrice de la femme, l'esprit et l'énergie de l'homme atteignent au sublime. Oui, c'est de vous que nous vient, quand nous faiblissons, notre force morale : vous êtes nos promoteurs, nous suivons le mouvement que vous nous imprimez. C'est de vous encore que, grâce à la coquetterie, nous viennent nos plus pures, nos plus idéales jouissances. J'affirme ces vérités, et la voix de nos cœurs les prouve.

Hélas ! comment refuser nos hommages à un pouvoir qui fait notre bonheur, qui nous jette à vos pieds et nous remplit d'adoration !

Lorsque vous manquez de beauté, la coquetterie vous rend si aimables, lorsque vous avez de la beauté, elle vous rend si parfaites, que, dans notre aberration, nous nous surprenons parfois à vous croire des anges !

Mais la coquetterie, qui est un don précieux lorsqu'elle tend au bien, devient, en raison de sa puissance, lorsqu'elle aspire au mal, un glaive, un fléau, un instrument de mort, – tout ce que vous imaginerez de pernicieux.

Je me tairai sur les délits dont on l'accuse. Je ne lui demanderai pas compte de tous les péchés mignons qu'elle s'est permis à travers les âges, jusqu'à nos jours. Je suis trop son serviteur pour exiger d'elle un examen de conscience. À son tour, elle est trop équitable pour me refuser la permission d'écrire deux mots sur ses débuts dans le monde.

Il est notoriété historique que le premier acte de la coquetterie perdit l'homme.

Ce fait constitue, pour cette fée divine, un fâcheux précédent. De là vient que les calomnies dont on l'abreuve ne sont guère que des médisances, – c'est-à-dire, de vilaines vérités.

Ève, il est vrai, n'avait ni rubans, ni chapeau, ni robe, ni crinoline, elle ne pouvait séduire par ses atours. Mais elle était femme ; par conséquent, elle possédait encore, dans son esprit et dans son langage, assez de moyens de séduction pour triompher de l'homme.

Ève présenta la pomme, craintive, tremblante d'abord : elle s'ignorait encore. Adam refusa. Ève était naïve : elle allait échouer. – « Sois coquette, et tu réussiras », lui souffla l'ange déchu, sous la figure du serpent. Ève fut coquette, et Adam mordit à la pomme... et le monde fut perdu !

Depuis ce jour, certaines mauvaises langues ont prétendu que la coquetterie est une inspiration du diable.

Mais je m'aperçois que je fais fausse route. Je suis à quarante siècles de mon sujet, qui s'est passé il y a quelques mois, c'est-à-dire à peu près quatre mille ans après le fait que je viens de rapporter.

J'ai cité, en débutant, un auteur qui dit que la coquetterie est innée chez la femme. J'ajouterai que la coquetterie, représentée par un objet à la mode, peut lui sauver la vie. Il me reste à prouver ce que j'avance. Voici donc l'histoire.

Mon héroïne a huit ans et s'appelle Marie... Vous sentez bien que l'âge n'affaiblit point la preuve... au contraire.

Marie était gentille et précoce dans le goût de la parure. Elle fut atteinte d'un mal terrible, dont la guérison, très difficile, nécessitait l'emploi des propriétés du feu. Le remède était douloureux, plus douloureux que la maladie. La petite Marie s'y refusait avec horreur. L'opération était cependant pour elle une question de vie ou de mort. Comment faire ? Les moments étaient graves. Le père, la mère et la grand-mère se désolaient : ils aimaient tendrement la chère petite.

— Voyons, lui disaient-ils d'une voix pleine d'amour, n'as-tu pas confiance en nous ? Tu sais bien que nous ne voudrions pas te faire souffrir, si cela n'était pas nécessaire... Laisse-nous faire, c'est pour t'empêcher de mourir.

Mais l'enfant pleurait et ne voulait pas.

Vous croyez deviner ?... Un instant, de grâce !

Il y eut entre les parents une consultation de quelques minutes. Enfin, la mère s'approcha du lit :

— Me promets-tu, Marie, d'être plus docile si, à mon tour, je m'engage à t'acheter ce que tu demanderais ?

Marie ne répondit rien. Mais on vit dans son regard tristement joyeux l'expression d'un *oui maman*.

— Eh bien ! que veux-tu ? dit la mère.

L'enfant ébaucha de ses lèvres pâles un sourire d'ange.

— Une bague, soupira-t-elle.

On fit l'acquisition d'une bague, d'une jolie bague, ma foi ! avec une pierre qui brillait comme un diamant. On la fit luire aux yeux ravis de la jeune malade.

— Tu la vois, lui dit-on, elle est à toi si tu nous obéis.

L'opération eut lieu. Marie s'effraya, jeta des cris, versa des larmes, mais ne bougea pas. Elle fut récompensée.

Mais, hélas ! le mal était tenace, et l'opération devait se renouveler chaque jour, pendant plusieurs jours.

La pauvre martyre, un moment domptée par la possession du bijou, ne tarda pas à redevenir rebelle. On acheta pour les opérations suivantes, un bracelet, une chaîne d'or – tout ce qu'elle paraissait désirer. Chacune de ces belles choses n'exerça sur la volonté de la malade qu'un prestige éphémère. Tous ces ornements, Marie les avait obtenus par un simple souhait, au milieu de sa santé : il était naturel qu'elle les trouvât trop cher payés par quelques instants d'atroces souffrances.

Cependant le mal s'aggravait à vue d'œil. Les opérations, pour le combattre avec avantage, devaient être plus longues, plus douloureuses et plus fréquentes. La situation était suprême. Les parents étaient au désespoir.

Le père entreprit, avec des yeux humides, de vaincre l'obstination de sa fille mourante. Dirai-je les trésors de tendresses qu'il puisa dans son cœur ? Écrirai-je les douces paroles, les syllabes d'amour qui sortirent de ses lèvres ?... Non : on ne parle pas le langage d'un père... quand on ne l'est pas.

L'enfant fut vivement touchée, mais ne se rendit pas : les opérations étaient se cruelles ! Elle paraissait néanmoins couver un petit secret, un désir inconnu, peut-être, au fond de sa jeune tête. Elle saisit l'instant où son père était seul avec elle pour l'appeler, toute craintive, à ses côtés.

— Ah ! si tu voulais me donner ce que je pense, lui dit-elle en hésitant, je me laisserais bien brûler, va !...

— Hé que penses-tu, ma chère enfant ? demanda le père étonné.

— Je n'ose le dire ; maman a toujours défendu que j'en porte.

— Dis toujours. J'obtiendrai pour toi la permission de maman.

— En bien... Mais tu ne vas pas me gronder ?

— Non, je te l'assure.

— J'aimerais bien avoir un malakoff : c'est si joli !

Après cet aveu, qu'elle croyait une énormité, Marie ouvrit de grands yeux pour voir l'impression qu'elle avait faite sur son père. Mais celui-ci ne lui montra qu'un sourire où brillait un doux espoir pour l'un et pour l'autre. En d'autres circonstances, j'eusse vu dans ce sourire autre chose que de l'espoir pour le père... une pensée de profonde philosophie, par exemple.

— Sois tranquille, tu l'auras, ton malakoff, dit-il à sa fille.

— Je l'aurais !...

— Oui ; mais tu ne résisteras plus ?...

— Oh ! non, je me laisserai bien brûler, afin de guérir bien vite pour mettre mon malakoff.

On se pourvut d'un malakoff. La petite malade dormait d'un léger sommeil. On pendit le fameux jupon au ciel du lit. En ouvrant les yeux, Marie l'aperçut.

— Ah !... fit-elle en joignant ses petites mains amaigries.

Et elle ajouta d'une voix faible :

— Maman, tu me permettras de le porter ?

— Oui, guéris vite.

Les opérations, c'est-à-dire les applications du nitrate d'argent se continuèrent avec succès. L'enfant fit preuve d'un courage admirable. La vue du malakoff suspendu sur sa tête, la riante perspective de s'en parer, lui donnaient des forces lorsqu'elle se sentait abattue par la douleur.

Un instant, cependant, sa constance fut vaincue par la violence du martyre.

— Oh ! je souffre trop, laissez-moi mourir ! dit la pauvre enfant.

— Tu fais encore la méchante ! s'écria la grand-mère, avec une colère simulée. Eh bien ! tu ne l'auras plus !

Et saisissant le jupon, elle fit mine de vouloir le détruire.

— Oh ! non, grand-maman, non !... Vois, je ne résiste plus !

Cette opération était décisive : elle fut la dernière.

Aujourd'hui, Marie n'a plus huit ans, elle en a neuf. Les grâces angéliques, la gaieté rose, les couleurs printanières de son visage, prouvent qu'il ne lui reste de sa maladie qu'un souvenir inoffensif... Je me trompe : elle en a gardé une sorte de culte pour les malokoffs, qu'elle porte avec grâce, la petite coquette.

Je comprends sa religion ; un malakoff lui a sauvé la vie !

L'Anémique

ALFRED MERCIER

M. Louis Lucas était un savant, qui, pour se reposer des travaux de la semaine, réunissait chez lui, le samedi, des érudits, des hommes de lettres, des artistes, des avocats, des médecins, accompagnés de leurs femmes et de leurs filles. Chacun, à tour de rôle, était tenu de payer son petit tribut à la compagnie, soit par un récit, soit par la lecture d'une pièce de vers inédite, ou en exécutant un morceau de musique composé pour la circonstance, ou en faisant une nouvelle expérience de physique amusante.

Ces charmantes soirées se passaient au boulevard Montparnasse, dans un vaste hôtel qui a appartenu au maréchal de Turenne. Le soir où l'on entendit le récit que nous allons reproduire, les invités de M. Lucas étaient assis dans le jardin, sous le balcon où un des valets du général lui appliqua, par derrière, la fameuse claque destinée à un camarde de service. Ce fut le tour d'un vieux médecin, qui avait longtemps pratiqué aux États-Unis, de prendre la parole : comme il passait pour un bon narrateur, tous les assistants approchèrent leurs chaises, pour mieux l'entendre. Il s'exprima en ces termes :

« Sachez d'abord, mesdames et messieurs, que la plupart des remèdes employés par les commères et les charlatans, ont eu autrefois cours parmi les médecins ; ils ont été abandonnés, soit parce qu'on en a reconnu l'inefficacité, soit parce qu'on en a trouvé de meilleurs.

« L'histoire que j'ai à vous raconter, bien que parfaitement réelle, a un tel aspect d'invraisemblance que j'ai besoin d'y préparer vos esprits par quelques explications. Pour cela, je ne saurais mieux faire que de vous citer un alinéa emprunté d'un historien. Il est question de Louis XI devenu vieux et malade.

« — Enfin, sentant la mort approcher, dit mon historien, le roi renfermé au château de Plessis-les-Tours, inaccessible à ses sujets, entouré de gardes, dévoré d'inquiétude, fait venir de la Calabre un ermite nommé Francesco Martorillo, révéré depuis sous le nom de St-François de Paule. Il se jette à ses pieds ; il le supplie, en pleurant, d'intercéder auprès de Dieu, et de lui prolonger la vie ; comme si l'ordre éternel eût dû changer, à la voix d'un Calabrais, pour laisser, dans un corps usé, une âme faible et perverse plus longtemps que ne comportait la nature. Tandis qu'il demande ainsi la vie à un ermite étranger, il croit en ranimer les restes en s'abreuvant du sang qu'on tire à des enfants, dans la fausse espérance de corriger l'âcreté du sien. C'était un des excès de l'ignorante médecine de ces temps, médecine introduite par les Juifs, de faire boire du sang d'un enfant aux vieillards apoplectiques, aux lépreux, aux épileptiques.

« Cela posé, continua le conteur, je me sens plus à l'aise pour entamer mon récit. Je vous préviens qu'il est dans le genre terrible. S'il fait horreur à ces dames, je prie M. Lucas de m'arrêter à temps. C'est quelque chose d'analogue à ce qui se passait au château de Plessis-les-Tours en 1483 ; c'est un charlatan qui renouvelle, au dix-neuvième siècle, une vieillerie médicale à laquelle personne ne pensait plus.

« Un jour je fus appelé dans une des plus riches maisons de Savannah. On m'introduisit dans un salon somptueusement meublé, et décoré de peintures plus que médiocres, magnifiquement encadrées. Après quelques minutes d'attente, je vis s'approcher, à pas lents, un grand jeune homme d'une pâleur telle que je n'en avais jamais rencontré de pareille parmi les vivants.

« — Docteur, me dit-il en s'asseyant comme quelqu'un qui n'a plus la force de se tenir debout, si je vous ai fait appeler, c'est par acquit de conscience, et surtout pour faire plaisir à ma mère. Je n'ignore pas que ma maladie est au-dessus des ressources de votre profession. J'ai consulté les plus célèbres médecins des États-Unis et de l'Europe. Ils ont tous été d'accord sur le mal qui me dévore ; mais pas un n'a su trouver un remède pour me guérir. Je suis atteint d'anémie, je le sais ; cette maladie, je le sais aussi, n'est pas le plus souvent incurable ; mais il y a des cas, et c'est le mien, où le malheureux qui en est atteint, perd la faculté de renouveler son sang ; ce n'est plus qu'une espèce d'eau rosée qui coule dans mes veines. J'ai dissipé mes forces dans les plaisirs ; j'ai trop souvent consacré aux joies bruyantes de la table et aux âpres émotions du jeu, les nuits que j'aurais dû donner au sommeil. Ma sentence de mort est prononcée ; je m'y résigne. Maintenant, Docteur, prescrivez-moi ce que vous voudrez. Quoique je sache d'avance que vos efforts seront inutiles, je vous obéirai ; d'abord pour contenter ma mère, ensuite pour que l'on ne dise pas que j'ai hâté ma fin, en renonçant volontairement à une dernière chance de salut qui se présentait.

« Épuisé pour avoir prononcé ce peu de paroles, le jeune malade eut presque une défaillance. Je l'examinai attentivement, et traçai sur le papier les conseils qui me parurent applicables à son état. Après avoir lu ce que j'avais écrit, il sourit légèrement, me paya avec générosité, et me salua de la main. Je me retirai en disant intérieurement : Quelle pâleur ! en vérité entre lui et un mort la différence n'est pas grande.

« Ce jeune homme n'osait plus se montrer dans les rues, depuis trois mois. De temps en temps, une voiture fermée le déposait à l'entrée du cimetière de Buenaventura, où il promenait solitairement sa tristesse ; on eût dit qu'il recherchait la société des morts, comme si déjà il était un des leurs. Ce cimetière de Buenaventura ne ressemble en rien à ceux que vous connaissez : figurez-vous une forêt de chênes séculaires, jamais taillés, dans l'ombre desquels blanchissent çà et là des tombes isolées. Des branches de ces arbres pend silencieusement, en fuseaux allongés et grisâtres, cette mousse parasite à laquelle on donne le nom de barbe espagnole : elle étouffe lentement les rameaux auxquelles elle s'accroche, les dépouille de leur sève et de leurs feuilles, et se balance au vent, dans une oscillation monotone et muette. Elle symbolise le triomphe de la mort, et communique aux bois qu'elle envahit un aspect d'une mélancolie vraiment funèbre.

« Montgomery – tel était le nom de mon jeune anémique – traînait ses pas dans l'endroit le plus écarté de Buenaventura, lorsqu'en contournant une des sinuosités du sentier où il se croyait seul, il se trouva face à face avec une jeune dame : elle crut qu'elle rencontrait un mort qui venait de sortir de son tombeau ; elle jeta un grand cri, voulut fuir, et alla s'affaisser, privée de sentiment, au bord du chemin.

« Montgomery se trouva dans un cruel embrassa. "Je ne puis la laisser dans cet état se disait-il ; mais si je vais à son secours elle rouvrira les yeux pour me voir penché sur elle ; une peur encore plus grande la saisira, et elle pourrait en mourir." Pendant qu'il délibérait sur le parti à prendre, il vit un inconnu s'approcher à grand pas ; évidemment, c'était quelqu'un qui avait entendu le cri de détresse de la jeune dame. Confus et désespéré, il s'éloigna aussi vite que le lui permettait son extrême faiblesse. À partir de ce fâcheux incident, il ne sortit plus que le soir ; encore avait-il soin d'envelopper sa figure dans un large cachenez.

« Il y avait, à cette époque, dans un des faubourgs de la ville, un vieux charlatan, soi-disant italien, s'annonçant dans les journaux sous le nom de Bartolini, et se proclamant docteur de plusieurs Facultés qu'il ne désignait pas. Il faisait profession de guérir les maladies dites incurables. Il ne sortait jamais ; on allait le voir, ou on lui écrivait. Il n'envoyait jamais ses clients chez les pharmaciens ; il avait des moyens de guérir connus de lui seul, et ne livrait ses médicaments aux consultants ou aux messagers envoyés par eux, qu'après avoir touché ses honoraires. Il était servi par une vieille matrone, mélange d'indien et de négresse, dont le regard n'annonçait rien de bon. Il donnait ses consultations au second étage d'une tourelle, dans un salon où il avait réuni toutes sortes d'animaux empaillés, des monstruosités humaines et des squelettes d'adultes et d'enfants, sans compter quantité de bocaux contenant, dans de l'esprit de vin, des tumeurs cancéreuses et des vers solitaires, pièces justificatives de son habileté.

« Un soir Montgomery se présente chez ce guérisseur, et lui répète à peu près ce qu'il m'avait dit chez lui.

« — Les ignorants ! les maladroits ! répondit Bartolini en grinçant les dents et en ricanant avec mépris ; ils n'ont pas su vous guérir, ces ânes bâtés de science classique : eh bien, je vous guérirai, moi ! oui, jeune homme, je vous sauverai la vie. Je vous connais ; vous appartenez à la grande et riche famille des Montgomery. Madame votre mère a eu bien raison de vous adresser à moi ; il en était temps ! vous n'avez pas un jour à perdre. Revenez demain ; apportez-moi vingt-cinq mille piastres, et, dans deux mois, après guérison complète, vous me donnerez vingt-cinq autres mille piastres. Oui c'est le sang qui vous manque, comme vous le dites très bien. J'en introduirai, moi, dans vos veines, et ce sera un sang jeune et vivifiant. Comprenez-vous ? Surtout, n'en parlez à personne. Je devrais vous demander un million. Pensez-y donc ! la vie, la santé, la force, la gaîté, les plaisirs, je vous rends ces inestimables trésors pour une méchante somme de cinquante mille piastres.

« Le jeune Montgomery fut fasciné par ces paroles dites avec une assurance d'oracle, et l'espérance brilla dans ses yeux. Le lendemain, il fut exact au rendez-vous.

« — Vous voulez donc guérir ? dit Bartolini.

« — Oui, si cela est possible, répondit Montgomery.

« — Cela est certain, affirma le charlatan.

« Montgomery déposa les vingt-cinq mille dollars sur la table.

« — Suivez-moi, dit Bartolini.

« Et, le faisant monter dans une voiture, il le conduisit dans un bois où régnait un profond silence. Ils mirent pied à terre, et Bartolini dit, en montrant une cabane où l'on apercevait de la lumière :

« — C'est là ! voilà le port où votre salut vous attend.

« Ils entrèrent. La vieille les attendait.

« — Sarah, dit Bartolini, apportez l'enfant.

« La hideuse vieille apporta une petite fille aux joues florissantes, aux lèvres rouges comme du corail. À l'aspect de Montgomery, l'enfant effrayée se rejeta en arrière. Bartolini attacha les bras et les jambes de l'innocente victime, et dit à Sarah :

« — Tenez-la ferme, et penchez sa tête sur l'épaule gauche.

« Sarah obéit. Bartolini prit une lancette, puis un verre qu'il posa sur la table, à sa portée.

« — Qu'allez-vous donc faire ? demanda Montgomery en frissonnant.

« — Je vais ouvrir cette veine du cou, répondit Bartolini ; voyez comme elle est belle ! il en sortira un sang pur, bouillant, plein de vie ; je le recevrai dans ce verre, et, tandis qu'il est encore tout écumant, vous le boirez.

« — Je ne pourrai jamais, s'écria Montgomery.

« — Il le faut, répliqua Bartolini d'un ton imposant ; c'est la vie ou la mort.

« Et malgré les cris de l'enfant, il plongea sa lancette dans la veine qu'il avait indiquée. Le sang jaillit, et tomba en écumant dans le verre prêt à le recevoir.

« — Buvez, dit Bartolini en présentant à Montgomery le verre plein jusqu'à déborder ; buvez, si vous voulez vivre.

« Montgomery prit le verre d'une main tremblante, ferma les yeux, et but. Le vieux charlatan le remplit encore, le présenta au malade en disant :

« — Du courage ! dans quinze jours vous ne serez plus le même homme.

« Montgomery vida le verre avec moins de répugnance.

« — Sentez-vous cette chaleur ? ajouta Bartolini en posant la main sur la poitrine du malade ; votre cœur se ranime, il palpite avec force et semble me dire : Encore ! À demain donc, à la même heure. Vous connaissez maintenant le chemin, vous viendrez seul. Descendez de voiture à la lisière du bois et venez jusqu'ici à pied ; vous en aurez la force, je vous le promets. Mais silence absolu ! pas un mot, même à madame votre mère, sur la nature de mon traitement ; c'est mon secret. Silence ! dis-je ; sinon, je cesse de vous voir, et vous n'aurez plus que quelques jours à languir parmi les vivants.

« Cependant, l'inquiétude s'était répandue dans la ville : on parlait de très jeunes enfants qui avaient disparu, sans qu'on en trouvât les moindres traces. Toutes les mères étaient frappées d'épouvante. Un garçon d'une dizaine d'années assura qu'un soir, à l'heure du crépuscule, il avait vu une vieille femme attacher brusquement un mouchoir sur la bouche d'une petite fille de son voisinage, et fuir en la cachant sous son châle. Quoique ce jeune garçon fût connu pour être d'un esprit porté à l'exagération, il affirmait le fait avec tant d'énergie qu'on en fut vivement impressionné. Mais l'émotion du publie fut bien plus grande, quand on apprit que des écoliers qui avaient fait une escapade dans les bois, s'y étaient égarés, et qu'après une nuit d'absence ils étaient rentrés en ville, racontant, avec la consternation sur le visage, qu'ils avaient vu un fantôme, pâle comme la Mort, boire le sang d'un petit enfant. Ils assurèrent à leurs parents que si l'on voulait les accompagner, ils feraient voir la cabane où cette scène horrible s'était passée. Malgré, l'incrédulité des uns et les railleries des autres, une vingtaine d'hommes s'armèrent, et résolurent de découvrir ce qu'il pouvait y avoir de vrai dans l'étrange rapport fait par ces jeunes vagabonds. Le soleil descendait sous l'horizon, au moment où ils se mirent en campagne ; quand ils arrivèrent dans la forêt, il faisait déjà nuit. Ils allumèrent des flambeaux et poursuivirent leur route.

« Déjà Bartolini et la servante étaient dans la cabane. La vieille tenait sur ses genoux un charmant petit garçon, aux cheveux dorés, aux yeux d'un bleu de ciel.

« — Je veux retourner auprès de ma mère, dit l'enfant d'une voix inquiète et en étouffant un sanglot ; ramenez-moi auprès de ma mère.

« Comme on ne lui répondit pas, il fit des efforts pour se dégager des mains de la vieille. Alors, Bartolini enroula les membres et le corps de l'enfant dans des bandelettes de grosse toile, et, depuis les épaules jusqu'aux pieds, le réduisit à une immobilité de momie, malgré ses larmes et ses supplications.

« — Sarah, dit-il, ce polisson crie plus que les autres ; il me déchire le tympan ; bâillonnez-le.

« La vieille obéit ; une partie de la figure de l'enfant disparut sous les plis d'un mouchoir ; on n'entendit plus sortir de sa poitrine que de sourds gémissements.

« À peine l'enfant venait-il d'être réduit à l'impuissance, que Montgomery entra, plus pâle que jamais.

« — Je ne vais pas mieux, dit-il d'une voix sépulcrale et sévère, les yeux fixés sur Bartolini.

« — Pas mieux ? s'écria le charlatan ; vous n'êtes plus le même homme ; vos yeux sont pleins de vie, vos lèvres se colorent. Seulement, vous ne buvez pas assez ; allons, du courage ! secondez, par votre bonne volonté, les efforts manifestes que fait votre constitution pour reprendre le dessus. Vous êtes jeune, vous guérirez !

« Le sang de l'enfant jaillit sous la lancette ; Montgomery but avec avidité.

« Cependant au second verre, le malheureux petit garçon agita sa tête avec cette force que trouve tout être qui défend instinctivement sa vie ; si bien qu'il fit glisser le bâillon sur son menton. D'abord, il aspira l'air largement ; puis, levant vers Montgomery des yeux suppliants :

« — Mon bon oncle, dit-il, ayez pitié de moi, pour l'amour de ma mère, ne me tuez pas.

« Montgomery tressaillit, et s'adressant à Bartolini :

« — Malheureux, dit-il, qu'avez-vous fait ! c'est l'enfant de ma sœur !

« Il y eut un moment de profond silence dans la cabane. On n'entendait plus que les gémissements de plus en plus faibles de la petite victime, et les gouttes de son sang qui tombaient sur la terre.

« L'effroi, la honte, le remords paralysaient Montgomery.

« Le charlatan avisait au moyen de sortir d'embarras.

« Sarah, la tête tournée du côté de la porte, écoutait avec inquiétude.

« — Maître, dit-elle à Bartolini, entendez-vous au dehors ce bruit confus de pas et de voix ?

« Le charlatan écouta et frémit. D'une main tremblante, il entrouvrit la porte. À la lueur de plusieurs torches, il aperçut des hommes armés qui s'approchaient.

« — Il n'y a pas une seconde à perdre ! se dit-il mentalement.

« Mettant aussitôt à exécution la pensée sinistre qui venait de traverser son esprit, il s'arma du stylet qu'il portait toujours sous ses habits, et le plongea dans la poitrine de Montgomery.

« Le jeune homme s'affaissa sans même pousser un gémissement.

« Bartolini laissa le stylet dans la plaie, et écrivit rapidement, au crayon, ces mots sur une feuille de papier de son carnet :

> Qu'on n'accuse personne de ma mort : atteint d'une maladie incurable, j'ai mis fin moi-même à ma misérable existence.
> Signé : John R. MONTGOMERY.

« Il arracha le feuillet, le posa sur la table.

« — Maintenant, Sarah, dit-il, dépêchez-vous : étranglez l'enfant, sauvons-nous par la fenêtre de derrière.

« La vieille saisit le cou de l'enfant, et le serra entre ses doigts crochus, de toute sa force.

« Bartolini souffla sur le reste de bougie qui éclairait la cabane ; puis, suivi de sa complice, il disparut parmi les arbres. Ils étaient déjà à une bonne distance, quand les hommes armés entourèrent la cabane. Les plus braves de la bande franchirent hardiment le seuil. Mais ils ne purent retenir un cri de surprise et d'horreur, au spectacle éclairé par leurs torches de résine.

« L'enfant donnait encore quelques signes de vie ; on essaya de le ranimer : mais sa respiration convulsive n'était que le spasme de l'agonie, elle ne tarda pas à faire place à l'immobilité cadavérique.

« L'histoire de Montgomery occupa longtemps toutes les bouches ; partout il n'était question que de buveur de sang, comme le nommaient les gens de la classe ouvrière. Mais le mystère n'était pas entièrement dévoilé : les écoliers qui l'avaient dénoncé, avaient parlé aussi d'un homme âgé et d'une femme de couleur, qu'ils avaient vus aider Montgomery dans l'accomplissement du crime. Qu'étaient devenus ces deux complices ? on se le demanda pendant quelque temps ; mais aux États-Unis, par excellence le pays des affaires, quand le détective ne met pas promptement la main sur les auteurs d'un assassinat, on n'est pas long à les oublier. Il n'était plus question même de Montgomery, lorsqu'une vieille femme condamnée à la potence, pour avoir allumé un incendie où toute une famille avait péri, déclara que si la peine était commuée en réclusion perpétuelle, elle ferait d'importantes révélations au sujet du buveur de sang. Tous les journaux, avides comme toujours de nouvelles à sensation, intercédèrent en sa faveur. La commutation de peine fut obtenue.

« Quand Sarah (car la vieille incendiaire condamnée n'était autre qu'elle) parut devant le jury qui devait entendre sa déposition, je me trouvai parmi plusieurs médecins qu'une curiosité bien facile à comprendre avait attirés à la cour. C'est ainsi que je recueillis jusqu'aux moindres détails du récit que je viens de vous faire.

« Quant à Bartolini, on n'a jamais pu découvrir ses traces. S'il vit encore, il a maintenant soixante-quinze ans ; son nez est fortement déprimé, et le coin de sa bouche, à droite, est tiré en bas par une large cicatrice. Malgré les années qui se sont écoulées depuis que je ne l'ai vu, cette cicatrice donne à sa physionomie un cachet tellement caractéristique, que je le reconnaîtrais, sans hésiter, au milieu de la foule la plus nombreuse.

« Qui sait ? peut-être est-il à Paris, jouissant tranquillement d'une fortune ignoblement acquise. »

À peine le narrateur avait-il prononcé ces derniers mots, qu'une dame s'écria :

« Je suis sûre que je le reconnaîtrais, moi aussi, au portrait que vous en avez fait. Ah ! le monstre ; si jamais scélérat mérita la guillotine, c'est bien lui.

— Est-il possible, remarqua un académicien, que dans un siècle éclairé comme le nôtre, on rencontre des charlatans de la trempe de Bartolini, et des personnes assez stupides pour se faire traiter par eux ! »

Le narrateur reprit la parole pour répondre à la remarque de l'académicien.

« Il n'y a jamais de siècle éclairé, dit-il, pour les natures perverses comme Bartolini ; pas plus que pour les caractères faibles et superstitieux comme Montgomery. Même parmi les noms célèbres de la science, on a des exemples de crédulité transcendante ; on peut avoir du génie, et être naïf comme un simple paysan, quand il s'agit de chercher un remède à des maladies que les médecins ne peuvent pas guérir. J'en sais long sur ce curieux chapitre, ayant pratiqué mon art dans tous les rangs de la société, depuis les plus infimes jusqu'aux plus élevés, et chez différents peuples. »

Cœur d'artiste – Lucien et Eulalia

Pierre-Aristide Desdunes

I

Il me reste encore dans l'esprit, une figure haïtienne des plus intéressantes que j'avais très souvent l'occasion de voir, d'admirer lorsque j'étais à Port-au-Prince.

Depuis son enfance, Lucien Rémy s'était adonné à la musique avec une frénésie indescriptible. À neuf ans, cet âge où les autres commencent à peine leurs études, il savait interpréter avec un rare talent les œuvres des grands maîtres ; Meyerbeer, Rossini, Auber, lui étaient familiers, et lorsqu'assis sur son piano il jouait une de ces pages immortelles de *Robert le diable*, sa physionomie s'illuminait aussitôt, les yeux brillaient d'un feu inaccoutumé et il restait ainsi des heures entières dans l'admiration des chefs-d'œuvre qu'il faisait revivre.

Il avait vécu ainsi faisant de la musique son unique occupation. À vingt-cinq ans, il était déjà connu comme l'un des futurs maîtres, et ses compositions prenaient de jour en jour une réputation des plus accentuées.

Mais Lucien ne voulut plus se restreindre à la musique de salon. Il essaya ainsi d'aborder le théâtre et commença à travailler avec acharnement sur un scénario qu'un de ses amis, poète du jour, lui avait confié. C'était un drame touchant roulant sur ces jours lointains où Haïti, encore inconnue du monde, était gouvernée par les caciques. L'auteur, homme de mérite, avait su tirer un parti brillant des mœurs

97

simples et sévères des Indiens d'alors. C'était comme un résumé succinct, mais embelli par l'imagination du poète de l'histoire de ce peuple, jusqu'au jour où Christophe Colomb était venu lui apportant un peu de cette civilisation avancée de l'ancien continent. Les vers s'élançaient tantôt en notes légères, tantôt étaient pleins de passion et de chaleur comme le brûlant soleil des tropiques qui les avaient vus naître. Lucien travailla pendant trois mois. Il écrivit des partitions sublimes, et lorsqu'il eut achevé l'opéra, il appela le poète, son collaborateur, et seul avec lui commença à jouer son œuvre.

Le premier acte s'ouvrit par une mélodie calme et langoureuse. On eût cru entendre comme le frémissement du zéphyr à travers les roseaux et, de temps en temps, la voix rauque de quelque oiseau des tropiques.

Puis l'action se renouvelant, le piano sous les doigts du compositeur faisait entendre alors des sons terribles : la bataille, le sifflement des flèches qui s'entrecroisent, le cri de guerre des chefs, enfin le chant de la victoire poussé par les vainqueurs. Mais tout à coup la scène changeait encore, une mélodie, triste cette fois et lugubre comme un chant de mort, s'exhalait du piano : les regrets des fiancées pleurant leurs amants tués dans la bataille.

L'auteur du scénario écoutait avec une émotion croissante. C'était bien sa pensée que rendait le musicien, et lorsque aux dernières notes Lucien Rémy se retourna, il ne trouva aucune expression pour le remercier. Les deux auteurs restèrent quelques instants en silence, puis tous deux se laissèrent tomber dans les bras l'un de l'autre et pleurèrent des larmes d'attendrissement de joie.

Quatre mois après, l'opéra fut représenté. Ce fut un succès immense ; le public fut fasciné par cette musique nouvelle, et lorsque les dernières notes s'envolèrent dans les airs, la salle toute entière se leva, demandant avec instance le nom de l'illustre compositeur.

De ce jour, la renommée de Lucien Rémy était assise sur de solides bases.

II

Il était désormais convié à toutes les fêtes, car chacun se faisait un honneur de le posséder quelques instants chez soi. D'une courtoisie excessive, Lucien ne manquait jamais de répondre aux nombreuses invitations qui lui étaient faites. Parfois même au milieu d'un bal, la maîtresse de la maison venait le prier de tenir le piano quelques instants, tous les danseurs s'assoyaient alors avec empressement, et au milieu d'un silence profond, l'artiste paraissait entendre des rêveries sentimentales qu'il avait composées sur des motifs connus.

Un soir, dans une de ces fêtes brillantes qu'on se plaisait alors à donner en son honneur, Lucien fut présenté à une jeune fille charmante qui venait de Paris et dont la réputation de chanteuse n'était plus à faire. On ne manqua de l'inviter à se faire entendre et Lucien s'offrit pour l'accompagner. Après un brillant prélude que le musicien exécuta avec talent, elle commença, d'une voix pure et grave, cette méditation sublime de Lamartine, « Le Lac ».

Un frisson de joie parcourut aussitôt l'assemblée et les cavaliers qui servaient alors les rafraîchissements s'arrêtèrent, étonnés de cette voix qui semblait descendre du ciel. Lucien lui-même fut émerveillé du talent de la jeune fille, et lorsque Eulalia commença ce vers du plus grand des poètes, « Un soir, t'en souvient-t-il ? Nous voguions en silence », il leva la tête ; ses yeux alors rencontraient ceux de la chanteuse et une émotion facile à comprendre faillit le troubler.

Tout le morceau fut chanté dans un religieux silence. Lorsque enfin Eulalia eut achevé les derniers vers, on vint de toutes parts lui présenter les compliments les plus flatteurs. Lucien, lui, ne trouva pour féliciter la jeune fille que des paroles banales :

— Vous chantez bien, Mademoiselle, lui dit-il.

Mais le ton enthousiasmé avec lequel il prononça ces mots avait réjoui Eulalia plus que les compliments les mieux arrangés, et un sourire d'elle, qui remua jusqu'à l'âme de l'artiste, vint le remercier de ses paroles bienveillantes.

III

Lorsque Lucien rentra chez lui à la fin du bal, son cœur ne lui appartenait déjà plus. Un instant lui avait suffi pour aimer la jeune fille d'un amour aussi ardent que s'il datait de plusieurs années. C'est que le charme séduisant, qui se dégageait de toute la personne d'Eulalia, l'avait, pour ainsi dire, fasciné. Il l'avait entendue chanter, et sa voix comme un écho lointain bourdonnait encore dans son cœur.

Agité, troublé par le sentiment indéfinissable qui avait pris place dans son âme, Lucien ne peut se coucher. Il s'accouda à son balcon, et tout en suivant les zigzags de la fumée de son cigare, il évoqua le souvenir du tableau qui s'était déroulé devant lui quelques instants auparavant.

Il revit alors la salle toute resplendissante de la lumière, les toilettes brillantes des invitées, les danseurs qui se levaient avec frénésie au tourbillon de la valse. Puis régnait un silence profond, enfin la voix d'Eulalia qu'il accompagnait, pure, mélodieuse, faisant entendre, sur l'harmonieuse musique Niedermayer, les vers admirables de Lamartine.

Quel écho ces paroles touchantes n'avaient-elles pas eu dans son cœur ! Plus que jamais, il admira cette belle poésie et, dans le silence de la nuit, il se mit à fredonner les vers qu'il avait entendus et qui étaient restés gravés dans sa mémoire :

> Ô lac, rochers muets, grottes, forêt obscure
> Vous que le temps épargne ou qu'il peut rajeunir
> Gardez de cette nuit, gardez belle nature
> Au moins le souvenir !

Puis il alla se mettre au piano et refit la mélodie que peu d'instants auparavant, il avait jouée au-devant d'Eulalia dont il se figurait entendre la voix encore harmonieuse !...

IV

Depuis cette soirée, Lucien eut bien souvent l'occasion de revoir la belle chanteuse dans les salons qu'il fréquentait. Plus d'une fois même les parents d'Eulalia avaient invité l'artiste à passer quelques instants chez eux. Il s'en allait alors, l'ivresse dans le cœur et leur faisait entendre ses œuvres les plus choisies. Puis il accompagnait Eulalia qui interprétait quelques partitions de la *Dame Blanche* ou bien les notes de *Jeannette*, et il se retirait fort tard, emportant l'âme inondée de poésie et d'espérance.

Le musicien n'avait jamais connu l'amour, il avait vécu jusqu'à l'âge de vingt-cinq ans, n'ayant d'autres passions que son art, d'autres amours que son piano, les œuvres des grands maîtres et les compositions qu'il enfantait chaque jour. Mais soudain une étoile s'était levée sur sa vie. Eulalia lui était apparue dans toute l'auréole de sa beauté et de son talent, et son cœur, son faible cœur d'artiste, avait battu à se rompre. Furtivement, au moment où il s'y attendait le moins, l'amour était entré dans son âme, faisant de lui un autre homme. Ce n'était plus le Lucien d'hier, n'ayant d'autres préoccupations que son art, non, car l'artiste était rempli de l'image de la jeune fille et lorsque ses doigts agiles couraient sur le clavier, chaque note reflétait la passion ardente qu'il avait conçue.

Mais cet amour ne le laissait pas sans inquiétude. Comme le voyageur qui va parcourir pour la première fois toute inconnue, Lucien eut peur. À cette seule pensée, son cœur se serra affreusement. Il eut comme un vertige subit devant ce malheur qui viendrait brusquement briser sa vie jusque-là si belle. Comme dans toutes les peines qu'il avait eues, le musicien se réfugia dans son art mystérieux. Il se mit au piano et improvisa un morceau qui peignait admirablement l'état d'anxiété où se trouvait son âme.

Lucien habitait, seul avec sa mère, une jolie petite villa située presque aux portes de la ville, dans une douce et belle campagne. Désireux de se livrer tout entier à son art et jaloux de la tranquillité qui régnait dans ces lieux charmants, il s'était plu à s'y réfugier, donnant ainsi à son imagination un cadre plus tendre, et un plus libre espace à ses pensées, et il s'ingéniait à donner à ses compositions la fraîcheur des bois qui l'entouraient ou bien la douce chaleur d'un soleil de mai.

Que de fois, dans ses promenades quotidiennes, alors que la nature, comme pour une fête, se parait de ses plus brillantes atours ; que de fois à l'ombre d'un manguier touffu, ou bien au bord d'un clair ruisseau n'avait-il pas senti dans son esprit ces admirables mélodies qui avaient commencé sa réputation et qu'on jouait. Il les devait à la nature qui se montrait à lui sous ses formes les plus attrayantes ; ici, la vaste plaine, qui se perdait dans le lointain, à l'immensité de la mer qui venait battre le rivage avec un bruit toujours le même, régulier, monotone.

Tel était l'asile que le musicien avait choisi pour s'isoler avec son art.

Par un après-midi de septembre, tandis qu'autour de lui résonnaient les chants joyeux des rossignols et le murmure plaintif de la rivière, Lucien, accoudé à sa fenêtre, se livrait à des réflexions dont on doit facilement deviner le sujet. Eulalia occupait seule la pensée du jeune homme. Il oubliait maintenant la musique pour s'attacher uniquement à l'image de la jeune fille. Elle était désormais le seul sujet de ses rêves, le but et comme le couronnement de sa vie d'artiste.

Mais soudain un nuage vint assombrir son front, il tremblait à l'idée de se voir repousser par celle qu'il adorait. Certes, il avait du talent, et le succès qu'avait eu son opéra l'avait déjà rendu presque célèbre. Mais Eulalia, voudrait-elle de lui ? Quand elle n'avait que l'embarras du choix sur les partis les plus brillants. L'aimait-elle, lui, qui n'avait d'autre avenir que son art ?

El Lucien, le cœur brûlé par l'anxiété donnait libre cours à ses sombres pensées.

Mais soudain le timbre d'une voix qui lui était chère, vint résonner délicieusement à ses oreilles. Il écouta, hésitant, ne pouvant croire à un tel bonheur. Mais bientôt, le doute ne fut plus possible ; c'était la voix d'Eulalia qu'il entendait, causant avec Madame Rémy, sa mère. Elle était sans doute venue avec son père, lui rendre la visite promise depuis longtemps.

Ainsi donc, elle était là à quelques pas de lui. Une simple cloison séparait l'artiste de celle qu'il aimait. Quelles réflexions ne dut-il pas faire en ce moment suprême ! Oh ! comme il serait heureux si Eulalia ne devait plus s'en aller, si elle devait rester avec lui, partager ses succès, ses triomphes, vivre de ses espérances. Avec quel courage n'aurait-il pas travaillé pour se rendre célèbre ! Inespéré, par la douce présence d'Eulalia, il aurait sûrement fait des chefs-d'œuvre, son nom, informé dans tous les journaux, glorifié, serait digne de figurer à côté de ceux des plus grands maîtres. On parlerait de lui, comme d'Ambroise Paré, ce grand virtuose de la musique française !

Quels doux rêves d'avenir l'artiste n'échafaudait-il pas ! il se voyait avec Eulalia, parcourant d'une course échevelée dans les bois qui entouraient sa demeure en bégayant des mots d'amour entrecoupés par des baisers sans fin ! Le sentiment que Lucien sentait bruire dans son cœur le transfigurait, il se retourna, inspiré, le front superbe, et, comme jadis Orphée avec sa lyre, il se mit au piano, et après un prélude harmonieux, commença une mélodie touchante comme un cri suprême d'amour et de passion. Au salon, Eulalia, dès les premières notes, avait dressé l'oreille. Abandonnant aussitôt la conversation, elle concentra toute son attention sur le morceau que le musicien exécutait. Celui-ci passait par toutes les gammes de la passion. Les notes qu'il tirait de son instrument étaient tantôt sourdes et prolongées comme des baisers ou bien étaient comme des chants d'amour, tantôt résonnaient comme des plaintes ou bien étaient vibrantes d'une ardeur folle.

Eulalia avait aussi une âme d'artiste. Elle comprit, et pour la première fois son cœur battit aussi fortement peut-être que celui de Lucien le jour où elle, elle avait chanté « Le Lac ».

Suffoquée par l'émotion, elle ne peut plus se contenir, et sans le moindre souci des convenances, elle se leva pour se diriger du côté du cabinet dont la porte était ouverte.

Elle y entra, sans faire de bruit de peur de troubler le musicien, et se mit à écouter, éprise d'admiration pour l'artiste et de la sympathie pour l'amour.

Cependant Lucien jouait toujours ne se doutant pas de l'effet qu'il avait produit. Lorsque enfin, ayant achevé, il se retourna, quel ne fut pas son étonnement de voir au-devant de lui, comme une apparition céleste, Eulalia, les yeux remplis de larmes. Il resta quelques instants en silence, n'osant prononcer une seule parole.

Lucien eut enfin la force de s'écrier :

— Vous étiez donc là !

— Oui, Lucien, je vous écoutais. Quel morceau sublime ! C'est une improvisation n'est-ce pas ?

— Une improvisation. Mais vous l'avez comprise. Vos larmes ne le disent que trop, vous avez compris cet aveu qui m'est échappé malgré moi.

— Un aveu !

— Oui, un aveu. Tenez Eulalia, aujourd'hui que l'occasion se présente, il vaut mieux que je vous dise tout. Depuis bien longtemps, je ne vis que pour vous. Votre beauté m'a ébloui, fasciné. Eulalia, je vous aime !... Ah ! ne me désespérez pas, vous savez que d'un mot, vous pouvez me rendre le plus heureux comme le plus malheureux des hommes.

Étonnée de cet aveu subit, la jeune fille resta silencieuse. Sans doute Lucien vit sur sa physionomie quelque lueur d'espoir, car il releva bientôt la tête rayonnante de joie.

— Ah ! Eulalia, tu me dis, n'est-ce pas, d'espérer !

Et sans même attendre de réponse, dans son élan suprême d'amour, Lucien enlaça de son bras la taille de la jeune fille et déposa sur son front le plus chaste de baisers.

Lucien, s'écria alors Eulalia, éperdue, en se dégageant de l'étreinte de l'artiste :

— Lucien que fais-tu ?

— Ce baiser sera, si tu le veux, notre baiser de fiançailles , répondit simplement le jeune homme.

Joanna

PIERRE-ARISTIDE DESDUNES

Avez-vous connu Joanna ? C'était le nom, ou plutôt, c'est le nom que je m'en sers pour ne pas dire le nom véritable. Oh ! moi, je me rappelle bien d'elle, la folichonne, il y a déjà douze ans, aux mouvements lestes, nature éveillée, ardente avec ses cheveux noirs aux replis faiblement onduleux ; son langage bref, saccadé, qui animait toute sa personne, faisait panteler son sein et sa gorge, ses pieds fluets de reine aux attaches d'une rare délicatesse de forme, sa peau unie, de son commerce illicite, et son éternel sourire qu'aucun souci jamais n'avait altéré ! Elle n'avait alors que 19 ans.

Hélas ! quel malheur pour elle, nourrie, dès sa plus tendre jeunesse, de sucreries et de gâteaux, comblée, je dois dire, jusqu'à l'extravagance, de tendresses coupables, habituée aux concessions, aux faiblesses, Joanna eut de la part de ses parents, véritablement, une éducation informe.

Elle ne fréquentait nullement l'Église, ce saint lieu est seuil de salut des deux mondes : la sauvegarde de la pureté, la consolation des affligés, et comme aussi la voie unique de toutes les espérances. Elle n'avait vraiment de la religion que les principes d'une jeune catéchumène. J'avais l'habitude de la voir le dimanche se promenant dans les marchés tout près du temple du Seigneur ; mais jamais je ne la voyais entrer dans l'église Saint-Louis comme le font généralement les jeunes filles de son âge. Elle faisait fi du diable et n'avait réellement en Dieu, ce Dieu sauveur, que les pâles rayons de la foi, ne pensait point au mariage !

105

dont quelques-unes de ses amies, disait-elle souvent avec une moue dédaigneuse, avaient fait la triste expérience, l'avait souverainement dégoûtée comme le gouffre des illusions de l'amour ! La malheureuse ! Elle jouait de son cœur comme d'un hochet, le prodiguant avec une égale indifférence du brun valet de pique au blond valet de cœur, mais les tenant tous sur la bonne bouche.

À ce rude jeu, ceux-ci ne furent pas les plus dangereux car combien d'entre nous, nous autres hommes auxquels vous supposez, mesdames, des mœurs perverses et des âmes doubles, avons posé nos parallèles vraiment devant de pauvres femmes qui ont jamais eu cependant pour seuls moyens de défense que leur vertu et leur ingénuité !

Ah ! mesdames les candides cessez de nous croire, nous vous en prions, menteurs, fourbes, volages, lâches, avares débauchés, fanatiques, hypocrites et sots, toutes choses dont votre bonté nous accable, parce que nous pourrions vous répondre ainsi que tel : Croyez-vous que les éperviers aient toujours mangé des pigeons quand ils en ont trouvé.

Voyez plutôt ce qui arriva à la pauvre Joanna !

Elle fut longtemps, je le sais, la cible des propos méchants et calomnieux de son sexe, aux nattes, aux râteliers, aux rides emplies de *cold cream*, à la face barbouillée de peintures polychromes comme de certaines images. Mais ce bavardage de ces vieilles filles glissait sur son insouciance comme l'eau sur l'huile. De plus, la malheureuse créature ! elle n'était jamais départie jusqu'ici des principes de l'honneur.

Non, mes belles dames, l'histoire rapporte d'ailleurs que ce fut le serpent, non Adam qui perdit Ève, et s'il en est, croyez-moi, un ennemi de la femme, autrement redoutable dont les charmes rompus font place à l'envie, que les anciens ont représentée sous la forme du serpent c'est celle que l'envie déchaîne contre vos tendres attraits.

Toutefois, hélas ! l'étoile de la vertu allait pâlir en elle pour faire place aux ténèbres de la fatalité. Un jour vint où elle commença à se trouver en butte au commerce intéressé et pervers de ces rognures de l'humaine nature, à des suggestions de leur part dont sa faiblesse et sa confiance ne purent se défendre.

Le venin pernicieux de ces misérables la gagnait peu à peu, dans la plus douce quiétude des parents qui ne s'aperçurent de rien, cela si bien qu'elle devint, en somme, la victime des plus criminelles amours dont certains auteurs nous offrent les tristes modèles ; et l'on put voir désormais sur ce visage, autrefois si luxuriant de jeunesse et de santé, une détente des muscles, une pâleur cadavéreuse, des yeux et des lèvres bistrés, terribles conséquences de ses sensualités violentes et énervantes.

Dès lors, elle eut le vertige ténébreux des passions les plus déshonnêtes, tant il est vrai que la pente du mal est rapide pour un cerveau faible et mal équilibré surtout. Elle roula de chute en chute jusqu'à la pouillerie où elle donna le jour à un petit être scrofuleux, fruit des œuvres d'un fou, pendant une nuit d'orgie.

Puis deux années se passèrent !...

Dans une maison alors située dans la cour à vingt pieds environ de la ligne du front, un soir, était assis sur la galerie un homme à la mine modeste, et dont la moustache brune grisonnait rapidement ; accoudé sur la rampe de la balustrade, et que l'insomnie gagnait progressivement chaque soir. Il était environ onze heures ce soir-là.

À ce moment, il fumait dans une pipe en plate, du tabac avec beaucoup de réflexion et le sommeil, pour le narguer, étendait, comme cela se dit, ses ailes lourdes sur les quelques maisons environnantes.

On n'entendait à cette heure avancée de la nuit que les hurlements des chiens de temps en temps joints aux cris aigus des criquets alternativement comme les tintements du glas, et même que le bruissement non moins lugubre des arbres dans la cour et de ceux des maisons voisines qu'agitait alors une brise légère : puis la lune dont la lumière était obscurcie par intervalles d'un nuage qui passait et qui l'ombrait, en un mot, comme si la lune même voulait se dérober de cette heure sinistre.

Cependant, Jean Baptiste, seul à cette heure, la tête penchée en avant sur la poitrine, pensait avec regret à Joanna dont le temps n'avait pu jusqu'à ce moment lui effacer le doux souvenir. Cet homme d'une nature franche et bien né, subissait en cet instant les douloureuses impressions des faits passés, faits perfides et tragiques. Il invoquait, il voyait ses illusions éteintes, et ses rêves envolés pour jamais ; tel que son amour trahi au lieu que d'être partagé, son existence coulait calme et paisible sous le toit conjugal que seuls devaient troubler les ébats de gais chérubins !...

Il laissait errer ainsi ses tristes pensées, lorsqu'il distinguait, se détachant de la penombre de la rue ainsi qu'un souffle dans l'air, des lambeaux d'une robe d'indienne qui s'arrêtèrent en face de lui !

—Jean-Baptiste ! lui cria-t-on d'un accent douloureux et avec des larmes dans la voix, qui lui saignèrent le cœur : Jean-Baptiste, jetez un morceau de pain à la pauvre Joanna qui a faim et vous demande pardon de son crime !...

Soudain, il se déroba involontairement en chancelant à ce spectacle, à la suite duquel des tressaillements parcoururent tout son être ; une sueur glacée lui inonda le visage comme s'il eut subi le froid contact d'un mort.

Il lui semblait entendre des voix de l'Église psalmodiant la messe des morts et les échos qui répétaient le *Requiescat in pace*.

Sa chambre, alors, lui parut devenir le rendez-vous des ombres sépulcrales où elles se livraient à leur sabbat avec des formes d'ossements.

Il ouvrit les bras pour chercher à s'équilibrer puisque la terre, pour lui, tournait plus que jamais ; il trébuchait, tâtonnait, malgré le clair-obscur, afin de gagner son lit, alors son dernier salut, où il pique une tête inerte avec des ronflements d'orgue.

Le lendemain il se réveille lourdement avec du plomb pour cervelle. Il avait les yeux chassieux, le visage huileux et enlumé, et les muscles de la face contractés : il va sans dire que les maringoins sur cette figure s'étaient donné pleine carrière.

Il mit ordre à sa toilette, après s'être fait des ablutions de vinaigre et d'eau de senteur, pour recouvrer un peu sens ; alors il avisa sur une table de nuit un long pli encadré de filets de deuil porté par un de ses amis un moment avant son lever. Il l'ouvrit avec les mêmes émotions qui l'avaient assailli la veille.

Le billet de faire-part annonçait que Joanna avait succombé hier à onze heures du soir, juste au moment où Jean-Baptiste passait par les plus noires péripéties.

À la lecture de ce billet une larme de pitié et de miséricorde descendait de ses joues et il tombait à genoux, et alors les larmes ruisselaient avec abondance de ses paupières appesanties ; ce chrétien véritable se signait en courbant la tête, puis, tel que l'écho d'autrefois, il répétait : *Requiescat in pace* !!!

Ô malheureuse Joanna ! la légèreté et l'inconstance de tes affections t'ont perdue !

Tu n'as pas su l'attirer doucement par le cou, celui qui devait te servir de guide en ce monde d'écueils et qui devait être l'objet de ton bonheur temporel ! Tu n'as pas su chercher ses lèvres pures et sincères et tu n'as pas su non plus le serrer dans tes bras avec l'ardeur de l'espoir et la pitié !...

Ton embrasement illicite fut long et désespéré, et tu n'éprouvais ni amour ni sincérité. Tu n'as pas su marier ton âme à la sienne. C'est pourquoi vous ne sentiez pas alors tous les deux ce qu'il y a de compassion dans les étreintes, de consolations dans les soupirs et combien la sympathie se fortifie au mélange des larmes !... Pour ton malheur tu te donnas à la mauvaise conduite, tu te livras à tête perdue aux mœurs déréglées, en un mot tu devins donc une fille libidineuse. Et ce soir funeste, pour toi qui te conduisais, ce soir, seule, alors tu prenais aveuglement le chemin licencieux, chemin inique au bout duquel tu trouvas le déshonneur, la misère, puis la mort !... Là, dans une obscurité à peine adoucie par les lueurs pâles de cette nuit d'été et avec tes vêtements en désordre, tu te livras dans les bras du libertinage avec la honte d'un aveu trahi ! oui avec un aveu trahi !... Mais, hélas ! que de remords, que de pleurs ! cela devait te coûter. Pendant que des lèvres impures frôlaient tes longs cheveux débouclés, tu sentais une main impie posée sur ton cœur, et qui ainsi surprenait des accélérations de mouvements qui paraissaient les sourdes expressions de la trahison !... C'est alors que mille souvenirs rongeurs par flots pressés ; comme une marée silencieuse emplissait ton esprit, oui cette nuit que ta conduite indigne te parut plus atroce, plus incompréhensible !... Tu fus, hélas ! longtemps le jouet des passions déréglées de ces vils débauchés dont plus tard tu reçus de leurs propres bouches un langage d'une ironie implacable. Tu eus à supporter ce calice de l'insulte, de l'indignation comme de l'abaissement. Hélas ! encore dans ton abandon absolu, au milieu de ton déshonneur tu sentis le reproche amer du repentir d'avoir rendu malheureux un amant dont la présence seule dans ton état désespéré eût été alors la plus tendre des consolations comme la plus rapide et la plus sûre des vengeances ! Hélas pour prix de tes baisers sensuels, tu ne trouvas que le mépris et la mort.

Encore sur le parcours de ton triste convoi, la plupart de ceux qui avaient connu ta vie déréglée donnait le dos à tes restes que suivaient lui et quelques âmes chrétiennes avec respect à leur repos suprême.

Et dans un temps postérieur et qu'alors tu étais oubliée, un seul, parmi tous ce qui visitaient la ville des morts, était prosterné devant la pierre sépulcrale, demandant à Dieu la rédemption de ton âme, et aussi la grâce de te rejoindre en l'éternité comme seule espérance et seul désir.

Le Triomphe d'une femme

Octave Huard

Une éducation forte donne à l'âme une noble énergie.

I

Lorsque, mûs par les irrésistibles élans du patriotisme, les fils du Sud se rangèrent en phalanges serrées sous ces drapeaux confédérés qui portaient dans leurs plis tant de radieuses espérances, il y avait environ cinq ans que les liens du mariage avaient uni M. et Mme de Lestang, et qu'ils vivaient heureux dans une de nos plus agréables campagnes riveraines. Ils étaient, alors, dans le printemps de la vie ; tout leur souriait ; la fortune les comblait de ses faveurs ; Paris, où ils avaient été élevés, les avait rendus à notre patrie riches d'une éducation excellente ; leur influence sociale était considérable ; l'estime de tous augmentait leurs félicités ; les pauvres les adoraient et les surnommaient leur Providence ; deux charmantes petites filles les inondaient, incessamment, de leurs douces caresses ; bref, leur bonheur terrestre était complet, et ils ne rêvaient que « jours tissés d'or et de soie ».

Ce fut peu de temps après son retour de France que le jeune M. de Lestang fit la connaissance de celle que la Providence lui destinait pour femme ; et, à peine avait-il entendu la voix d'or de la douce et ravissante créature, qu'il s'en éprit éperdument et l'aima de cet amour pur, sincère, désintéressé qui fait partie des qualités morales des Louisianais. En ce temps-là, les salons de notre métropole étaient brillants ; non seulement parce que la beauté et l'amabilité des séduisantes Créoles y régnaient en souveraines, mais, aussi, parce que l'élégance essentiellement française de tous ceux qui y figuraient les rendait incomparables sous bien des rapports.

Lorsque s'ébruita la rumeur des fiançailles de ceux qui devinrent M. et Mme de Lestang, toutes les voix proclamèrent, à l'unisson, qu'ils avaient été « créés l'un pour l'autre », que le bonheur de deux êtres aussi complets serait éternel ; que leur immense fortune les placerait, à jamais, au-delà des coups de l'adversité ; qu'aucun nuage n'obscurcirait la sérénité de leur existence ; qu'ils ne connaîtraient de la vie que les côtés riants ; que leur nature aimable et sympathique leur gagnerait des légions d'amis ; enfin, qu'ils ne seraient jamais troublés par ces souffrances morales et physiques qui forment le triste apanage de ceux que les événements précipitent du faîte des richesses dans l'abîme de la misère !

Et, pouvait-on croire autrement ? Quand on voit deux êtres jeunes, bien nés, instruits, aimables, généreux, beaux et riches débuter aussi brillamment dans la vie, peut-on supposer qu'un jour viendra où ils seront des dépossédés condamnés à demander au travail – même manuel, parfois – le pain quotidien ? Non, la possibilité d'une semblable transformation ne s'offre pas à l'esprit ; et, difficilement, nous permettons aux faits de chaque jour de nous convaincre de l'instabilité des richesses et de leur remplacement par les cris douloureux de la faim !... aussi, quand après la cérémonie religieuse de leur mariage M. et Mme de Lestang reçurent les nombreuses et sincères félicitations qui leur furent adressées, tout les autorisait à croire que leur douce ivresse ne se dissiperait jamais.

* * *

Hélas ! rien ne dure en ce monde ! – les heureux de la veille sont, souvent, les infortunés du lendemain ! Les déshérités de l'avenir compteront, dans leurs rangs, un grand nombre des opulents d'aujourd'hui ! – le riche de notre époque pourra bien figurer parmi les nécessiteux des temps très prochains !... c'est que certains événements sociaux, dont les sévérités sont parfois accablantes, opèrent des métamorphoses qui changent, presque subitement, bon nombre de Crésus en autant d'indigents.

Mais, s'il est indiscutablement vrai que le favorisé de ce jour pourra bien être, demain, classé parmi ceux luttant contre la misère, il est également incontestable que les chutes sociales, comme les chutes physiques du reste, sont d'autant plus douloureuses, d'autant plus cruelles, que la victime tombe de plus haut, et qu'elles frappent ceux que leur rang dans la hiérarchie sociale semblait indiquer comme devant toujours occuper les sphères élevées.

De ces sphères élevées, notre révolution précipita dans le gouffre de la pauvreté M. et Mme de Lestang. La Guerre Civile les arracha, brutalement, de cette campagne qu'ils adoraient parce qu'ils y étaient heureux ; leur existence luxueuse fut échangée contre des jours dont chaque heure, chaque minute, augmentaient leurs souffrances morales et physiques ; – leurs amis semblaient les avoir oubliés ! et, pour lutter contre les rudes coups de l'adversité, pour ne pas exposer leurs enfants à être dévorées par l'inanition, ils devaient, désormais, ne compter que sur l'éducation supérieure qu'ils possédaient et sur l'aide de ce Dieu de bonté qui répète, incessamment, aux désespérés « que l'heure la plus sombre de la nuit est celle qui précède l'aube ».

— Douce consolation, disait la jeune femme à son mari en lui rappelant cette vérité. Ne désespérons donc pas ; mais invoquons le travail, et si nos efforts sont constants le travail nous dotera des forces qui nous seront nécessaires pour lutter victorieusement, pour nous refaire une position des plus honorables et pour que nous servions de modèles salutaires à ceux qui s'abandonnent au découragement.

M. de Lestang, en présence d'une semblable résignation, d'un courage moral aussi complet, sentait grandir en lui son admiration pour la noble femme que Dieu lui avait donnée...

II

Le patriotisme est une fièvre sublime qui, dans
ses accès, triomphe de la nature la plus timide.
                                                    Young.

Disons, donc, que quand, au nom des droits constitutionnels
méconnus, le tocsin de la Guerre Civile convia le peuple du Sud aux
armes, les Franco-louisianais ne furent pas les derniers à répondre à
l'appel de notre section outragée. Ce fut par légions qu'ils coururent
aux rendez-vous désignés, prouvant, par leur empressement, qu'ils
n'avaient pas dégénéré, et qu'ils étaient bien les descendants de ces preux
chevaliers français qui firent de la Louisiane un terrain convenable à la
fructification permanente des sentiments les plus élevés.

L'ardent patriotisme des femmes créoles, à cette époque, était là,
du reste, pour s'opposer à toutes les timidités, à toutes les hésitations,
s'il s'en fût trouvé, et pour enseigner que, de toutes les vertus, le
dévouement à la patrie est la plus sublime. Toutes les Louisianaises
furent, alors, admirables d'abnégation et d'enthousiasme : leurs âmes,
animées par les passions les plus nobles, ne rêvaient que la victoire
et formaient des vœux pour que tous leurs compatriotes suivissent
l'exemple que leur donnait l'illustre héros de Manassas.

Oui, nos mères, nos femmes et nos filles furent au-dessus de tout
éloge en ce temps mémorable ; et toutes, riches comme pauvres – et
à quelque dénomination religieuse qu'elles appartinssent – avaient,
pour ainsi dire, confondu leurs cœurs en un seul organe dont chaque
battement, large et précipité, affirmait que l'amour du sol natal est
un sentiment profondément empreint dans le cœur humain, et que
ce sentiment triomphe de la nature la plus douce, la plus timide.
Toutes – la femme des salons les plus somptueux comme celle
qu'abritait la cabane rurale – conquirent de réels titres de noblesse
par les sacrifices inouïs qu'elles s'imposèrent et par l'intensité de leur
patriotisme. Telle était cette intensité patriotique, que si elles avaient
pu apprendre, sans douleur, la mort au combat de ceux qu'elles
aimaient, leur fermeté eût égalé celle des femmes spartiates ! Mais,
le cœur si bon, si sympathique, si aimant de la Louisianaise, quoique

susceptible de grands dévouements, saigne et pleure facilement alors qu'il plaît à la Providence de lui ravir même ceux dont une mort glorieuse a terminé les jours !... Nous ne nous élèverons pas contre cette tendresse, qui est l'éloquente mesure de la sincérité de l'amour de nos aimables compatriotes. « Qui ne sait pleurer, ne sait aimer », dit un proverbe oriental.

III

Les mêmes souffrances unissent plus que les mêmes joies.

LAMARTINE.

Le canon du fort Sumter annonça, enfin, le commencement de ces hostilités, durant lesquelles quelques milliers de patriotes mal armés, insuffisamment équipés et n'ayant, pour ainsi dire, aucune communication avec le moindre extérieur, tinrent glorieusement tête à de nombreuses armées ennemies auxquelles rien ne manquait et dont les rangs fauchés, aujourd'hui, par la vaillance confédérée, se comblaient, dès le lendemain, par des légions venues de tous les coins et recoins de la terre étrangère.

Dès le début de ces hostilités, M. de Lestang avait endossé l'uniforme sudiste ; et, comme la plupart de ceux que comptaient les camps confédérés, il avait abandonné les douceurs d'une vie luxueuse pour les rigueurs de la rude existence du soldat. Mais, quelque pénible que fût cette transition pour les fils de famille qui s'y dévouèrent, la pensée des souffrances à subir s'évanouissait en présence de la fierté qu'ils éprouvaient, tous, de n'avoir pas été sourds à la voix du Devoir.

Blessé, grièvement, à la première bataille à laquelle il assista, M. de Lestang obtint un congé de convalescence dont il profita pour revenir sur son habitation et y serrer contre son cœur sa femme et ses enfants. Quelques semaines suffirent pour le rétablissement complet de santé ; et, déjà, il pensait à rejoindre au plus tôt son régiment, lorsque de sérieuses considérations s'offrirent à son esprit.

— Les guerres, se disait-il, ne profitent jamais à ceux qui possèdent ; et s'il est vrai qu'elles comblent, parfois, les desseins des ambitieux qui les font déclarer, elles finissent toujours par le malheur des peuples ! Donc, pour nous gens du Sud, quelle que doive être l'issue de notre prise d'armes, le passé que nous avons connu ne reviendra pas, et si la victoire définitive favorise nos ennemis, alors nous pouvons nous attendre à de véritables cataclysmes dans notre situation financière ; à des chutes qui nous précipiteront dans l'abîme de la misère, peut-être.

Après ce monologue, il pensa à l'avenir ; à ce que cet avenir aurait de sombre pour un grand nombre de familles du Sud si la chance nous était défavorable ! – puis, il indiqua à sa femme le plan à suivre en cas de défaite confédérée, et se disposait à reprendre le chemin de la Confédération... lorsque la funeste nouvelle se répandit, dans les campagnes, que Butler et son armée étaient maîtres de la Nouvelle-Orléans !

Cette nouvelle inattendue lui déchira l'âme. Pour lui, la prise de la métropole louisianaise devait être, inévitablement, suivie de la chute du Sud ;... toutefois, la voix du devoir parlant en lui, il dit adieu aux siens et allait s'engager dans la forêt conduisant à son régiment, lorsqu'il devint prisonnier d'une de ces escouades fédérales que Butler s'était empressé d'envoyer dans les campagnes pour y établir un règne de terreur analogue à celui qu'il avait imposé à la Nouvelle-Orléans !

Arraché brutalement à l'amour des siens, M. de Lestang fut conduit à la Nouvelle-Orléans, non pas comme prisonnier de guerre mais sous accusation de trahison ! Cet homme, si distingué sous tous les rapports, fut traité comme s'il eût été un vil scélérat ; on l'accabla d'injures et il dut se présenter à la Cour Prévôtale les menottes aux poignets ! Aux questions des juges, il répondit qu'il était officier confédéré en congé de convalescence, et qu'il subirait toutes les tortures imaginables avant de jurer fidélité à un régime qui répugnait à ses convictions et à son honneur. Cette fière réponse fut suivie d'une condamnation aux fers à l'Île-aux-Vaisseaux, où des mois de souffrance ne purent amollir la solidité de la trame de ce caractère supérieur.

Il fut, donc, emprisonné ; ses propriétés devinrent la proie des vainqueurs ; un boulet d'un poids excessif fut attaché à sa cheville, et il dut se soumettre à l'accablante sévérité de la discipline du bagne dont les rigueurs avaient, déjà, creusé la tombe de plus d'un de ses compagnons d'infortune !

Un jour, abîmé par les tortures inouïes qu'ils subissaient, il résolut de s'en affranchir par le suicide ! – et il allait, en effet, lui, si jeune, attenter à ses jours, lorsque le souvenir de sa femme, son devoir envers ses enfants, et son respect pour Dieu lui firent tomber l'arme de la main !

Nous ne dirons pas la poignante douleur de madame de Lestang en apprenant le triste sort de son mari ; il faut être femme pour s'en imaginer toute l'acuité ; toutefois, cette Créole, à l'âme si pure, décida de recourir à tous les moyens compatibles avec l'honneur pour soustraire celui qu'elle aimait à la pénible situation faite aux prisonniers de l'Île-aux-Vaisseaux... et la Providence, dont les desseins sont impénétrables, mais qui ne délaisse jamais ceux qui l'implorent avec ferveur, favorisa, un jour, l'évasion de M. de Lestang qui, vite, reprit le chemin conduisant au lieu où était campé ce 30ᵉ régiment de la Louisiane – dont la vaillance combla de gloire notre État et les armées confédérées.

IV

Hélas ! que de misères engendrent les guerres civiles !

Nous l'avons déjà dit : les propriétés de M. de Lestang furent confisquées. Sa famille en fut chassée !... sa femme et ses filles, hier encore les favorisées de la Fortune, durent aller grossir, à la Nouvelle-Orléans, le nombre des victimes de la Guerre Civile ! Là, dans cette bonne ville qu'il nous faut d'autant plus chérir qu'elle fut toujours un foyer ardent de bonté et de générosité, là, disons-nous, trouva asile la jeune épouse qui, à l'époque de son mariage, semblait devoir toujours ignorer les douleurs de l'adversité ! Elle y lutta courageusement, sans jamais oublier, dans ses prières quotidiennes, d'invoquer le Ciel en faveur de ses compatriotes combattant pour la plus noble de toutes les causes. Sa piété reposait sur la charité pour tous, car, disait-elle à ses enfants :

— Priez non seulement pour votre père, mais pour tous ceux qui souffrent, car tous les hommes sont les fils de Dieu et, tous ont droit à sa protection – selon leur degré de perfection morale, bien entendu. Puis, quelques grosses larmes roulaient dans ses beaux yeux !...

* * *

La guerre prit fin, et ramena dans leurs foyers ceux que les balles ennemies avaient épargnés. Mme de Lestang remercia la Providence de lui avoir rendu, sauf et couvert de gloire, le père de ses enfants ; celui pour lequel, répétait-elle, poétiquement, son affection n'aurait jamais ni « la fragilité d'un verre ni l'espace d'un matin, seulement ».

— Évidemment, disait-elle à son mari, nous n'avons plus l'opulence du passé ; nos richesses ont disparu ; et notre pain quotidien devra nous être donné par le Travail ! – mais, courage, cher ami ! ne désespérons pas ; unissons nos efforts. Moi, je coudrai, j'enseignerai, et m'occuperai de notre petit ménage ; toi, tu obtiendras un emploi rémunérateur, car il est bien impossible que ton éducation complète ne t'ouvre pas, bientôt, le chemin que je te souhaite.

M. de Lestang écoutait, religieusement, les paroles fortifiantes de sa courageuse femme. Il se demandait comment une créature qui n'avait connu que le luxe et qui avait occupé le rang social le plus élevé, pouvait être douée de tant de philosophie ; mais, en présence des souffrances qu'endurait sa famille, ses yeux se mouillèrent de larmes et il sentait le découragement le gagner ! Il se voyait pauvre, très pauvre ; et la pauvreté, disait-il, est un état qui, souvent, chasse les amis, car on semble en craindre la contagion ! Cet homme, si intrépide sur les champs de bataille, était anéanti en face des difficultés de la vie ! Les splendeurs du passé lui revenaient à l'esprit, et il les regrettait d'autant plus qu'il se croyait incapable de parer les coups de l'adversité ; toutefois, il chercha à se caser, et ne trouvant pas l'emploi dont le salaire aurait tant aidé à l'entretien des siens, il devint morose, oublia sa dignité personnelle, et demanda à la débauche alcoolique l'oubli de ses chagrins ! L'abrutissement le plus complet était devenu son état ordinaire ; et cet homme, autrefois si délicat, était transformé en un être abject qui semait la honte parmi ceux qu'il était son devoir de protéger et d'aimer !

Une femme de l'éducation supérieure de Mme de Lestang ne pouvait que souffrir, cruellement, de la bestialité dont son mari était devenu l'image. Par tous ces moyens à la fois si doux et si persuasifs

dont la nature a doté la femme, elle chercha à l'arracher au vice. Elle
ne réussit pas ! et quand, enfin, elle se convainquit que M. de Lestang
était un danger pour ses enfants, un immense exemple d'immoralité,
elle fit part de sa douleur, de ses craintes, à quelques personnes qui
lui conseillèrent de demander au divorce la cessation des maux qui
l'affligeaient !

Troublée par ces conseils, la pauvre jeune mère de deux petites
filles – dont l'aînée comptait à peine dix ans – allait néanmoins se
décider à demander à la Justice des hommes de la séparer de celui
qu'elle aimait encore, cependant ! lorsque son cœur hésita, et l'idée lui
vint de ce mot de Voltaire : « tous les raisonnements des hommes ne
valent pas un sentiment de femme. »

Cette pensée du philosophe de Ferney l'arrêta, autant que le
souvenir de l'engagement qu'elle avait juré aux pieds des autels.

— Oui, pensa-t-elle, avant de me décider à suivre les conseils qui
m'ont été donnés, consultons mon cœur ; voyons s'il peut se passer de
celui qu'on me dit d'abandonner à son triste sort.

Meurtrie, hésitante, accablée, elle invoqua la Providence ; elle
demanda à Dieu de la guider ; et, le lendemain, le Ciel la conduisit
à la vieille chapelle obituaire de la Nouvelle-Orléans, où habitait un
saint homme : le Rév. Père Turgis.

Ce vieux soldat de Dieu et de la Confédération ; cet honnête
Breton qui méprisait les balles ennemies et dont la bravoure était
égale à sa robuste foi chrétienne ; ce prêtre respecté, que vingt mille
Louisianais suivirent, les larmes aux yeux, jusqu'à la fosse où reposent
ses restes mortels ; ce grand cœur que nous avons tous aimé, qui nous
aimait tant, et dont nos générations futures chériront, éternellement,
la mémoire ; ce saint homme reçut madame de Lestang avec cette
bienveillance paternelle qui lui était naturelle et qui soulage tant les
âmes souffreteuses.

Elle lui fit l'aveu de la quasi-détermination de rompre avec son
mari et le pria de l'aider de ses conseils.

— Volontiers, mon enfant, répondit-il. Tout d'abord, ma fille,
laissez-moi vous dire que cet abandon serait une lâcheté. Ne pas savoir
ou ne pas vouloir porter sa croix en ce monde, est un acte que qualifie
le mot que je viens de prononcer. Vos souffrances sont des épreuves ; et,

croyez-moi, votre victoire sera bien douce à Dieu, et à vous-même, si, par les nombreuses qualités qui vous distinguent, vous arrivez à ramener votre mari au bien. Ne l'abandonnez donc pas ; rappelez-vous les promesses que vous fîtes à Dieu en épousant M. de Lestang. Souvenez-vous de l'allocution du prêtre en cette occasion solennelle, où il vous fut dit que la vie n'était pas sans épines. Ah ! mon enfant, rejetez les conseils irréfléchis et anti-chrétiens qui vous ont été donnés ; faites face, par votre courage, aux maux qui vous accablent ; demandez au Ciel de vous armer de toutes ces forces qui permettent à la femme, vraiment chrétienne, d'aplanir les aspérités de l'existence humaine ; et, croyez-moi, Dieu ne restera pas sourd aux ferventes prières que vous lui adresserez. Courage, donc, madame, et soyez assurée que j'unirai mes prières aux vôtres pour l'accomplissement de la bonne œuvre que je vous conseille.

Ces bonnes paroles de l'excellent prêtre agirent sur l'âme inquiète de Mme de Lestang, comme un baume salutaire sur une plaie profondément ulcérée. Après les avoir entendues, elle se sentit plus forte, plus résignée, plus chrétienne. Elle se reprocha d'avoir conçu l'idée de fuir le sentier des devoirs que Dieu a imposés à la femme ; elle pensa que, comme épouse, elle avait, à l'égard de son mari, une mission évangélique à remplir, et elle résolut de ne rien négliger pour retirer le père de ses enfants de l'abîme dans lequel le désœuvrement et le découragement l'avaient plongé.

Dès cet instant, elle se mit à l'œuvre. Femme de haute éducation, elle ne reprocha pas, en termes acerbes, à M. de Lestang son inconduite ; mais elle l'attaqua par les moyens les plus doux, les plus intelligents. Elle parla à son cœur ; elle lui fit un tableau de la déconsidération dont la société punissait ceux qu'elle n'estimait pas ; elle lui rappela cette parole évangélique: « Aide-toi et le Ciel t'aidera », et fit ressentir tout ce que cette promesse offre de consolations et d'enseignements ; elle appela ses regards sur les deux petites innocentes que Dieu leur avait données et qui tremblaient à la vue de leur père, au lieu de jouir de son amour et de sa protection ; elle l'exhorta à revenir à cette dignité personnelle qui l'honorait tant, à fuir la mauvaise compagnie... enfin, chaque entretien se terminait par des supplications qui remuaient profondément l'âme de l'ancien officier confédéré.

Cette tactique ne tarda pas à donner d'excellents fruits ; car, en moins d'un mois, M. de Lestang s'était réformé et marchait dans le chemin du devoir et de l'honneur. Il abandonna ces fréquentations malsaines qui l'avaient arraché de la bonne voie, chassa les idées sombres qui l'obsédaient et le paralysaient, se remit à prodiguer à ses enfants les douces caresses du passé, et s'enrôla, enfin, sous la bienfaisante bannière du Travail !

Le succès vint, vite, récompenser son retour au bien. Un emploi lucratif lui fut offert ;... et il y avait environ quinze mois que son intelligence, sa probité et ses labeurs avaient transformé sa maisonnette en un séjour où un peu d'aisance régnait et où l'on s'aimait tendrement... lorsque la mort vint le ravir à l'amour des siens et à l'estime de ses concitoyens !

* * *

L'argent ! – cette chose indispensable ; ce cancer de l'âme des avares ; cet aliment de la vanité des cerveaux creux – l'argent, disons-nous, manquait à la pauvre famille pour assurer à M. de Lestang des funérailles en rapport avec son rang social. Aussi, dut-on déposer son cercueil dans une fosse commune, sur le tertre de laquelle l'infortunée Mme de Lestang, mieux au courant que personne de la vraie cause de la mort prématurée de son mari, planta une croix de bois portant cette simple mais éloquente inscription :

Ci-gît

GASTON DE LESTANG,

Mort – à l'âge de 33 ans –

de chagrin !

V

Dieu laissa-t-il jamais ses enfants au besoin ?
Aux petits des oiseaux il donne la pâture,
Et sa bonté s'étend sur toute la nature.

J. RACINE.

Il y avait environ un mois que M. de Lestang n'était plus et que les siens le pleuraient encore comme doivent l'être les bons parents meurtris par la souffrance, lorsque sa jeune veuve, séchant momentanément ses larmes, se mit à envisager, froidement, l'horrible situation que lui imposait la fatalité. La rente mensuelle qu'assurait le travail de son mari ne viendrait plus aplanir ces mille et une aspérités qui hérissent la voie de ceux que la fortune ne favorise pas, car cette rente, comme l'âme de celui qu'elle aimait tant, s'était envolée pour toujours. L'extrême pauvreté ! – ce spectre hideux qui nous glace tous d'effroi, s'offrait à son esprit sous ses formes les plus redoutables ! Le désespoir semblait vouloir la gagner ; et son imagination, épouvantée, lui faisait entrevoir l'avenir sous ses couleurs les plus sombres ! La pensée que le pain quotidien manquerait, très prochainement, à ses deux enfants ; l'idée qu'elle entendrait, bientôt, la voix courroucée du propriétaire mécontent ; sa crainte que sa pénurie ne lui permettrait pas de garantir ses chérubins contre les rigueurs de la saison froide ; enfin, sa peur de l'indigence – tout cela abîmait l'infortunée Louisianaise et semblait devoir l'anéantir !

— Seule, se disait-elle ; sans moyens pécuniaires, sans parents pouvant me secourir ; sans amis vrais ; sans rien, en un mot, me permettant d'espérer la cessation de mes maux, que deviendrai-je, ô mon Dieu ! sans votre appui ? Prenez-nous, je vous prie, sous votre égide bienfaisante ! faites que je sois courageuse ! éloignez de nous les tortures de la faim ! et ordonnez, Seigneur, que, par le travail, je puisse arriver à donner à mes enfants cette éducation supérieure sans laquelle l'obscurité est notre partage ici-bas !

À peine eut-elle parlé ainsi au Ciel, qu'elle crut se sentir forte ; et, attirant ses enfants, elle les pressa contre son cœur en les couvrant de ces baisers si sincères, si doux de l'amour maternel.

— Celui qui fut votre père, leur dit-elle, n'est plus, mes chères filles, pour vous continuer et ses caresses et sa protection ! mais, moi, mes enfants, je vous reste et, Dieu le permettant, je prouverai qu'une femme qui a du cœur, qui est patiente, qui croit en Dieu, et qui est convaincue que le Travail est le remède, par excellence, contre la misère, peut affronter tous les obstacles.

Son cœur n'était donc pas fermé à l'espérance ; car, femme de haute intelligence, elle savait que pour être fort il ne faut pas désespérer et que le découragement n'est pas la pierre de touche des caractères bien trempés. Aussi, après son invocation au Ciel, elle se demanda ce qu'elle ferait pour agir contre le sort. L'enseignement lui était, évidemment, une carrière possible, grâce à l'excellente éducation dont l'avait dotée la France. Instruire des enfants et... coudre ! – voilà le cadre que lui offrait la nécessité, et auquel elle se soumit après d'autant moins d'hésitation qu'en dehors de ces deux moyens la femme, en Louisiane, n'a guère d'autres cordes à son arc pour lutter contre les coups redoutables de l'adversité ! Et de cette lutte, disons-le avec douleur, la femme infortunée ne sort que rarement victorieuse, car quel avenir peut assurer l'enseignement au grand nombre de celles qui s'y adonnent ? – quel petit morceau de pain noir est souvent la récompense de la courageuse couturière !

Certes, la pensée de solliciter du travail de ces confectionneurs dont les richesses sont, souvent, la résultante de l'exploitation de la femme, choquait la fierté de Mme de Lestang ; certes, la perspective d'un travail épuisant par sa continuité autant que par sa rétribution insuffisante, n'avait rien de fort consolant, mais... « que la volonté de Dieu soit faite », se répétait la pauvre mère, chaque fois que son orgueil de race raffinée semblait vouloir s'opposer aux exigences des événements.

— Ah, horrible misère ! s'écria-t-elle un jour, que tu rabaisses ceux qui, comme moi surtout, proviennent de ces sphères de la société où ton immonde influence est inconnue ! Que d'humiliations, que de douleurs, tu imposes ! Cause vraie de la déchéance morale des esprits faibles, ton fruit se nomme la Corruption, et c'est ton génie malfaisant qui forme ces pentes rapides d'où glissent tant de découragés dans le gouffre de l'avilissement. Mais, pour te vaincre, infâme ! pour anéantir ton souffle malsain ; pour imposer silence à ta voix machiavélique ; je t'opposerai le Travail – seule force capable de te terrasser !

Le travail ! – mais, c'est la nourriture du pauvre ; c'est la consolation du riche ; c'est la joie pour tous ; c'est la plus sublime de toutes les prières !... sans lui, l'ennui nous dévorerait, la civilisation ne serait pas, l'immobilité dominerait et l'âme humaine serait l'image d'un cloaque ! Et pourquoi n'adorerions-nous pas le Travail ? pourquoi ne pas le déifier ? pourquoi ne pas lui élever des autels ? – n'est-il pas la source du bien, du beau ? n'ennoblit-il pas ? n'est-ce pas le meilleur ami de l'homme ? le plus sûr rempart à opposer au vice ?...

Après ces nobles réflexions, Mme de Lestang se prépara, courageusement, pour la pénible lutte de la vie. Elle sollicita, tout d'abord, des élèves pour le pensionnat dont elle rêvait depuis longtemps la fondation. Nombreuses étaient les personnes qui lui avaient promis leurs enfants ; mais, quand vint l'heure de l'exécution, la malheureuse femme eut, encore une fois, la preuve que la race des « prometteurs qui ne tiennent pas » n'était pas éteinte. Toutefois, ayant foi en la persévérance, elle continua à exercer son activité pour réaliser le projet qu'elle avait conçu ; mais il était écrit que ses efforts n'aboutiraient pas !

Abandonnée, même par quelques-uns de ses obligés des temps passés, elle eut honte pour eux, perdit un instant courage, tout en pensant que la reconnaissance est une fleur qui se fane vite dans certains cœurs !... Oserons-nous le dire ? – des méchants conspirèrent contre sa réussite en affirmant qu'une Louisianaise était inapte à enseigner, correctement, la langue de Racine, de Fénelon et de Bossuet !

Cette objection était souverainement absurde ; car il est incontestable que la Louisianaise instruite est un excellent professeur de français. À ce fait, nous pouvons ajouter, sans craindre le démenti, que la langue française, parlée par celles de nos compatriotes qui l'ont sérieusement étudiée, est d'une douceur, d'une élégance incomparables, car l'accent si agréable, si harmonieux de la Créole distinguée ajoute, beaucoup, aux charmes naturels de l'idiome de nos pères... Néanmoins, l'échec de Mme de Lestang l'assombrit énormément ; et quand on lui fit part de l'objection insensée que nous avons mentionnée, elle sourit de pitié, et se rappela cette parole du Christ : « Aucun prophète n'est bien reçu en son pays ! »

— Soit, murmura-t-elle, – à la couture – maintenant... ma seule ressource !... Mes pauvres enfants ! cette école, à laquelle il ne faut plus penser, eût été pour vous, surtout, le foyer de l'éducation qu'il faut que vous possédiez afin de conquérir l'estime et l'admiration du beau monde. Hélas ! c'est aux boutiques qu'il faudra que je m'adresse, désormais, pour obtenir les miettes qu'elle accordent aux femmes nécessiteuses !... Est-il, mon Dieu, une créature plus malheureuse que moi !...

Concernant les ateliers de confection de vêtements, elle obtint les informations qui lui manquaient ;... et un lundi matin, on vit une femme jeune, jolie, à la mine aristocratique et modestement vêtue, sortir, le regard soucieux, les yeux humides, d'un atelier..., tenant un énorme paquet à la main !

Notre plume inhabile n'entreprendra pas de dire ce que souffrit ce caractère supérieur, cette nature si distinguée, si délicate, en entendant le patron lui recommander d'un ton sec et sévère de « bien soigner l'ouvrage ». Certes, elle lui devait des remerciements pour le travail qu'elle obtenait ; toutefois, le langage impératif du boutiquier lui serra le cœur, et elle le quitta en éprouvant une cruelle humiliation...

Femme d'élite ; femme aux études fortes ; femme dont l'extrême délicatesse et la haute dignité étaient les fruits de plusieurs générations distinguées ; femme dont la remarquable éducation lui avait gagné l'admiration des intelligences les mieux cultivées de la société, Mme de Lestang avait le plus profond mépris pour les cerveaux creux basant leurs prétentions à la considération uniquement sur les richesses octroyées par le hasard. Aussi, se révoltait-elle en présence de la théorie de l'égalité sociale, qu'elle qualifiait d'utopie, et souffrait-elle, cruellement, alors que sa position difficile l'obligeait à feindre de reconnaître au parvenu un rang, une autorité, contraires à la hiérarchie sociale fondée sur la culture de l'esprit.

En cela, elle avait parfaitement raison ; car admettre que l'argent nivelle tout, c'est méconnaître les droits de la supériorité de l'éducation ; c'est injurier la civilisation qui, en somme, est le fruit du beau ; c'est réclamer en faveur du cuivre une valeur numéraire identique à celle de l'or, tout simplement parce que l'un et l'autre sont des métaux !... Tant que les hommes occuperont notre globe terrestre, les rangs sociaux les distingueront selon leur mérite personnel ; et il est éminemment moral que cela soit, car autrement on verrait encenser l'ignorance opulente et méconnaître à la distinction sa valeur réelle. Or, cela serait le comble de l'absurdité. Prenons-en donc notre parti ; et, tout en reconnaissant à l'argent une très grande puissance, soyons bien convaincus qu'il ne peut pas plus remplacer la supériorité des esprits élevés, qu'il ne peut faire préférer l'odeur du chou à celle de la rose.

* * *

Mais à quoi aboutissent, le plus souvent, nos doléances contre les arrêts du Destin, sinon à creuser, plus profondément, les sillons de nos misères ?... Aussi Mme de Lestang imposa silence à son âme troublée et, acceptant l'ouvrage offert, regagna son pauvre logis non, toutefois, sans avoir laissé couler d'abondantes larmes ! En la voyant rentrer, porteuse de « quelque chose », ses enfants battirent les mains de joie en lui disant :

— Des gâteaux ? – n'est-ce pas ?

— Non, mes chéries, répondit-elle d'une voix émue... c'est du pain !... du pain à gagner !

— Tant mieux, chère mère, car nous avons très faim, n'ayant rien mangé aujourd'hui.

— Qu'entends-je ? – et qu'avez-vous fait du pain de ce matin ?

— Ô mère, nous l'avons tout donné à un pauvre vieillard qui est venu nous demander l'aumône.

— Vraiment, mes adorées ! eh bien, c'est une très bonne action qui vous gagnera les bénédictions du ciel... ce dont nous avons le plus besoin à l'heure présente !

Et, heureuse des excellentes dispositions chrétiennes de ses enfants, la bonne mère donna à chacune d'elles une petite pièce de monnaie tout en les comblant de caresses.

VI

Dès l'après-midi du jour où s'accomplit ce que nous venons de relater, la machine à coudre de notre héroïne allait bon train. Cela continua ainsi toute la semaine, et la courageuse mère se levait dès l'aube pour ne se reposer qu'à l'heure de la fermeture des théâtres. Pendant qu'elle travaillait, ses enfants s'appliquaient, sous sa direction, à leurs études et s'enrichissaient, peu à peu, des joyaux précieux de l'instruction.

Tant d'assiduité, tant de fatigues auraient dû rapporter largement à la victime de notre révolution ; mais ce que donne à la couturière une longue journée de labeur lui permet rarement de joindre les deux bouts. Soixante sous ! – voilà ce que gagnait, quotidiennement, la mère dévouée dont nous écrivons l'histoire ; – c'est-à-dire exactement ce qu'il faut pour ne pas périr d'inanition. Son gain était donc insuffisant. À la tâche presqu'incessamment ; souffrant cruellement des privations que le malheur imposait à ses enfants, et accablée par mille tourments moraux qui ne sauraient échapper à l'intelligence du lecteur, la santé de Mme de Lestang fut, au bout de quelques mois, sérieusement compromise. Elle dut prendre le lit qu'elle garda six semaines, et quand elle le quitta ce fut pour entrer dans une de ces convalescences longues et difficiles à diriger. Enfin, grâce aux soins éclairés d'un médecin distingué, la malade recouvra la santé, mais il lui fallut renoncer au travail de forçat qui avait failli de la conduire au tombeau.

Mais que faire ? – à quelle occupation demanderait-elle sa pitance de chaque jour ? – et ce loyer à payer mensuellement !... voilà des tourments qui troublent l'âme la plus forte, et qui semblaient devoir conduire la pauvre Louisianaise au découragement le plus complet. Un jour, alors que midi avait sonné et que sa famille pleurait de n'avoir pas encore mangé, elle s'oublia au point de proférer ce reproche sacrilège : « Mais, mon Dieu ! comment admettre votre justice alors que vous accordez tout aux uns, et rien aux autres ! »

Nous l'avons souvent écrit dans ce récit : sous tous les rapports, Mme de Lestang était une femme supérieure. Elle avait abordé, plus d'une fois, les concours littéraires avec succès, et les sciences exactes, de même que le dessin, la peinture et la musique, faisaient partie de ses brillantes connaissances.

Souffrir de la faim, n'être couvert que par des guenilles, alors que l'on possède un cerveau aussi richement orné, n'est pas chose étrange, car chacun sait que les goûts de la Fortune ne sont pas toujours délicats, et qu'il lui arrive trop souvent, hélas ! d'accorder ses faveurs aux moins dignes, aux moins méritants !

Notre héroïne réunissait donc ce qui rend apte à l'enseignement complet ; et quoique ses enfants fussent encore bien jeunes, il était aisé, en les écoutant, de se convaincre que leur précepteur était digne du premier rang. La couture mise de côté, irrévocablement, Mme de Lestang revint à son idée des jours passés ; de fonder à la Nouvelle-Orléans une maison d'éducation d'un ordre élevé ;... mais, sans protection aucune, sans ces capitaux indispensables à toute entreprise, elle se vit contrainte de placer son désir parmi les rêves irréalisables ! La désolation fut grande ; le naufrage lui sembla inévitable ; son cerveau, ébranlé par tant de déceptions, par la perspective d'une misère sans fin, perdit ses forces, momentanément, – et la pauvre victime arriva à demander à Dieu la mort pour elle et pour ses enfants !

* * *

Mais tout prend fin en ce monde !... les épreuves, comme les richesses, n'ont qu'une durée relative... Un matin, alors que les douleurs de la faim torturait l'infortunée famille de Lestang ; alors que chacun de ses membres, les yeux enfoncés et la face amaigrie, était l'image de l'extrême pauvreté ; alors que l'espérance semblait n'être plus qu'une vaine illusion ; et, alors, enfin,... que Mme de Lestang, complètement anéantie, fixait un regard résolue sur une petite fiole contenant un poison violent !... un bruit se fit entendre à sa porte, et on lui remit de la part d'un voisin un journal contenant l'annonce d'une famille des plus distinguées de la cité demandant un professeur de français pouvant, aussi, enseigner la musique.

Était-ce la délivrance ? – nous le saurons bientôt ; toujours est-il que la fiole au liquide meurtrier lui tomba des mains et que, s'agenouillant, elle réclama, avec ferveur, le pardon du Ciel pour avoir pensé à mettre fin à ses jours.

Vite, elle courut à l'adresse indiquée... et trois jours après, elle et ses enfants habitaient un petit pavillon attenant à la demeure des parents de la jeune fille dont on venait de lui confier l'éducation. Son nouveau local était tout ce que peut se souhaiter la femme la plus habituée au luxe ; aussi, à peine en prit-elle possession, qu'elle se sentit dans le milieu qui correspondait à ses goûts élevés, à sa valeur intellectuelle et à l'éducation première qu'elle avait reçue. Son bonheur était tellement complet qu'elle oublia un instant la misère des griffes de laquelle elle venait d'être arrachée. C'est toujours ainsi : un moment heureux efface le souvenir des jours malheureux.

La famille qui fut pour Mme de Lestang son ancre de salut, voulut que les deux petites filles du nouveau professeur fissent classe avec leur enfant. Cela convenait admirablement à notre charmante compatriote qui savait que l'enseignement mutuel est, de toutes les méthodes, la plus profitable à la jeunesse. Elle se rendit donc avec empressement au vœu de ses nouveaux amis, et commença, immédiatement, ces études qui préparent les jeunes intelligences pour ces luttes de la vie où l'on rencontre plus de ronces et d'épines que de roses et de lauriers !

Quand Mme de Lestang eut la certitude que ses filles bénéficieraient des classes de la charmante élève dont elle assumait la direction, elle eut un nouveau motif pour remercier le Ciel des faveurs dont elle se sentait comblée. Dans le milieu si convenable où la Providence venait de la placer, elle était vraiment heureuse et comparait son bonheur à ce qu'éprouve le naufragé arraché de la fureur des flots. Désormais, elle s'occuperait d'études sérieuses ; donnerait tout son temps au développement des facultés intellectuelles de ses trois élèves ; ne connaîtrait plus ces froissements douloureux des inégalités sociales que lui avait imposés l'infortune ; respirerait, dans une atmosphère distinguée, ces charmes sans lesquels le vrai bonheur n'existe pas pour les natures d'élite...« quelle douce métamorphose ! se répétait-elle souvent ; que l'avenir me semble riant aujourd'hui ! et qu'il est bon de croire que mes tribulations récentes ne reviendront pas !... »

Et... comme le cœur d'une mère, longtemps à l'avance, est toujours plus ou moins agité par les vœux qu'elle forme pour l'établissement futur de ses filles, la pensée vint à Mme de Lestang que − peut-être ! − du cercle social élevé au sein duquel elle vivait maintenant, pourraient bien surgir, plus tard, deux charmants petits messieurs pour ce qu'elle nommait « ses deux anges ».

* * *

Il arriva que ces vœux furent exaucés !... Après six années passées dans la famille qui eut pour Mme de Lestang tous les égards que la bonne compagnie prodigue toujours aux gens de haute valeur morale et intellectuelle, il fut facile de constater que le professeur avait complètement réussi à doter ses trois élèves de ces charmes de l'esprit et du cœur sans lesquels la femme, quelle que soit sa beauté physique, ne dure que « ce que durent les roses : l'espace d'un matin ». On aura beau dire, beau écrire, beau faire, la société reconnaîtra toujours pour souveraines les intelligences d'élite ; et quel que puisse être le prestige de ceux que le hasard fait monter, momentanément, à la surface, ce prestige ne sera qu'éphémère, car l'obscurité disparaît en présence de la lumière... Donc, Mme de Lestang, grâce à sa volonté et à sa persévérance, avait fait de ses élèves trois joyaux étincelants destinés à produire grand effet dans le beau monde. Le caractère de ses deux filles, surtout, était d'une douceur inaltérable ; leur beauté était citée ; et, au nombre de leurs qualités, figuraient cette modestie et ce sens élevé de dignité personnelle qui ajoutent tant aux séductions de la femme.

Nadine et Berthe de Lestang, – ainsi se nommaient ces deux charmantes Louisianaises – conquirent, vite, l'estime et l'admiration de la société. Les plus beaux salons se les arrachaient : chacun voulait, semblait-il, s'honorer en comptant parmi ses invités les deux victimes de la misère d'autrefois, mais les deux reines de beauté, d'élégance et de modestie d'aujourd'hui. Leur succès fut immense ; tous les papas les souhaitaient à leurs fils ; et... nous avons ouï dire que leur perfection était telle qu'elle eût suffi pour transformer en ange la belle-mère la plus acariâtre !...

Deux années ne s'étaient pas encore écoulées après l'entrée dans le monde de ces deux natures hors ligne, qu'une rumeur se répandit : « Nadine serait bientôt unie, par les liens du mariage, à un jeune Breton, officier de la marine de guerre française, et des promesses solennelles auraient été échangées entre la cadette et un Louisianais aussi distingué par les qualités du cœur que par celles de l'esprit ».

Ces rumeurs devinrent des faits, six mois plus tard !... et de Bretagne, où Mme de Lestang avait accompagné les nouveaux mariés, cette femme au cœur d'or nous honora d'une lettre d'où nous extrayons les passages qui suivent :

> Être loin de notre chère Louisiane, voilà mon seul regret ici... Veuillez bien croire que ce que souffre encore un grand nombre de mes compatriotes du cataclysme déterminé par notre guerre civile ne s'est pas effacé de ma mémoire, car j'en ai eu ma grosse part ;... mais, ne pensons au passé que pour mieux regarder l'avenir. Dites, donc, à tous ceux que j'aime en Louisiane, c'est-à-dire à tous les Louisianais, de ne pas désespérer, mais de travailler sérieusement. Qu'ils ne permettent pas à l'oisiveté – et je m'adresse aux femmes aussi bien qu'aux hommes – d'empêcher leur intelligence de donner les beaux fruits qu'elle a toujours produits lorsqu'on ne la négligeait pas ; qu'ils s'adonnent à la lecture, à l'étude, si fertiles en bons résultats, et qu'ils soient bien convaincus que ce n'est qu'après avoir passé par les mains du lapidaire que le diamant est vraiment beau. Or, les livres, l'étude, sont les meilleurs des lapidaires... Enfin, mon cher docteur, si l'on vous demandait le secret de mon triomphe, – car avoir été sans pain et être si heureuse, aujourd'hui, est un grand triomphe – répondez je vous prie, qu'il faut l'attribuer à Dieu et au Travail.

L'Enfant et l'Image

Bussière Rouen

Dans une coquette petite maison située dans une des principales rues de la ville de *** demeurait la famille Regnault, laquelle se composait du père, de la mère et de deux charmantes fillettes : Marie, âgée de dix ans et Anna, âgée de neuf ans.

On ne pouvait pas dire que le logement de cette famille fut riche ; mais, la propreté et le goût avaient remplacé ce que la fortune avait oublié d'allouer à ces bonnes gens qui trouvaient tout leur bonheur dans la tranquillité et les joies du foyer, et dans la douce aisance que procurait le salaire gagné honnêtement par le père, comme employé de commerce. Pour beaucoup de gens ce serait bien peu, n'est-ce pas, que ces cent francs touchés régulièrement chaque samedi ; mais, pour ceux qui nous occupent, c'était tout ce qu'il leur fallait. N'avaient-ils pas en effet acheté à forces d'économies la propriété qui les abritait, et le jardinet où les enfants s'amusaient ; et ne continuaient-ils pas à déposer chaque mois à la Caisse d'Épargne, ce qui leur restait de leurs dépenses. Les deux petites filles partaient le matin pour l'école, conduites par leur père qui, le soir, les ramenait avec lui. Le dimanche, on allait se promener et passer agréablement la journée dans quelque campagne située aux environs de la ville. Cette vie régulièrement bourgeoise peut paraître prosaïque aux yeux d'un grand nombre de personnes ; mais, pour moi, il ne faut pas beaucoup chercher pour y trouver toute la poésie que puisse désirer l'être le plus sceptique.

133

Un jour que la famille Regnault était en promenade, ils passèrent devant l'établissement d'un marchand de gravures, et là, les enfants s'amusèrent un bon moment à examiner ce panorama d'images plus ou moins artistiques ; mais le coloris en était gai, et il ne fallut guère plus pour que le père fût forcé d'en acheter.

Marie en choisit une qui représentait un couple heureux, entrant dans un joli chemin tout bordé de fleurs, et, dans un coin se tenant debout, était une jeune femme en pleurs regardant passer ces deux êtres dont les traits étaient rayonnants de joie. Tout un mystère dans ce barbouillage voyant, que nous ne nous donnerons certainement pas la peine de deviner.

Anna en prit une qui, pour être moins voyante que celle de sa sœur, n'en était pas moins parlante : deux pigeons qui se becquetaient amoureusement. Ici point de mystère ! La petite Marie qui était soigneuse, garda son image précieusement, tandis que sa sœur, après avoir admiré la sienne pendant quelques jours, la détruisit sans miséricorde.

Vous savez, chez lecteurs, que le temps passe bien vite. Vous m'excuserez donc si je vous transporte dans la même famille, huit ans après l'achat des images. Quelques changements sont survenus depuis lors. La maisonnette a grandi.

— Il le fallait bien, disait le père en riant, puisque nous avons deux demoiselles à marier.

Alors on causait et les projets allaient bon train. Que de châteaux en Espagne ne bâtissaient-ils pas, ces deux bons parents, en pensant à l'avenir de ces deux enfants qu'ils avaient élevées avec tant de soins et sur lesquelles ils fondaient tout l'espoir et le bonheur de leurs vieux jours ! On devait recevoir : comme on serait particulier dans le choix des invités ! Et, en effet, dès que les salons furent ouverts, les prétendants étaient en grand nombre, mais ce nombre fut considérablement restreint par le père qui se fit un noyau de jeunes gens industrieux et bien élevés et qui écarta tout parasite désagréable et dangereux.

Il y avait déjà quelque temps que les réceptions avaient commencé, quand le père et la mère s'aperçurent de l'assiduité d'un jeune homme.

Alcide Delrian était un grand beau garçon, qui, après avoir admiré les deux sœurs se laissa captiver par le caractère enjoué de la cadette et la demanda.

Le père, réjouit, accorda, et le mariage fut fixé à une date prochaine.

L'aspect de la maison changea : tout le monde se mit à l'ouvrage, et la tranquillité d'autrefois fit place à l'activité. Le contentement était peint sur tous les visages, excepté celui de Marie.

Elle devint triste. Pourquoi, me direz-vous ? De jalousie, peut-être ? non, bien certainement, car jamais pareil sentiment n'eût trouvé place dans le cœur bon et sincère de la pauvre fille. Non, ce n'était pas de la jalousie, c'était l'amour grand et irrésistible, car, elle aussi, elle aimait, et celui qui avait gagné son affection, c'était le fiancé de sa sœur, c'était ce même Alcide qui ne se doutait certainement pas qu'en faisant le bonheur de l'une, il démolissait tout l'espoir et anéantissait peut-être toutes les illusions de l'autre.

« Allons, se dit Marie, que personne ne devine mon malheureux secret. »

La vie devint alors pour elle intolérable, témoin quotidien qu'elle était, des tendresses réciproques des deux êtres promis pour la vie. Le grand jour arriva ; elle fut presque gaie, tant elle était parvenue à surmonter son chagrin, du moins en apparence, et à comprimer les battements de son cœur. Pour comble de malheur, les époux devaient demeurer dans la famille. Elle avait espéré un moment que le jour où sa sœur sortirait, elle aurait moins à souffrir ; mais cette espérance s'évanouit tout à coup, et il lui fallait désormais subir la longue et douloureuse épreuve qui se présentait à elle. Malgré son courage et sa force de volonté, elle se sentait brisée...

Quelle lutte allait donc s'engager en elle entre l'amour fraternel et l'envie !... Ce ne fut pas long pourtant. L'envie s'échappa et l'amour fraternel seul resta.

On s'était aperçu du changement qui s'était opéré chez la jeune fille ; mais comme elle était muette on ne savait à quoi l'attribuer et on se lassa de la questionner. Ce fut pour elle un soulagement, et, petit à petit, elle se remit et il semblait que l'oubli apporté par les années, pût ramener en son cœur meurtri la sérénité et le calme.

Au bout d'un an madame Albert Delrian donna le jour à un garçon ; Marie en parut enchantée et cet enfant devint pour elle l'objet d'une tendresse infinie, d'un amour étrange et incompréhensible. On eût dit que toute l'affection de la pauvre Marie s'était répandue sur le nouveau-né. « Allons, se dit-elle, en regardant son neveu, voilà ma consolation. »

Depuis ce jour, elle ne fut plus la même. Comme moi, vous trouverez étonnant ce changement inattendu, cette transition de la tristesse à la gaieté. Mais gardons-nous de juger avant de réfléchir ; pensons à tout ce qu'il y a de bon dans le cœur de la femme, et nous comprendrons bien vite cette nouvelle phase dans l'état de cette jeune fille chez qui la grandeur d'âme l'emportait facilement sur la petitesse des mauvais sentiments qui se glissent quelquefois en nous.

D'un autre côté cette joie ne pouvait être que superficielle ; ou bien était-ce l'effort suprême commandé par ce cœur généreux. Cela est difficile à dire, mais dans le doute, acceptons les apparences.

Elle ne quittait plus le petit garçon, elle l'enveloppa pour ainsi dire, d'une sollicitude toute spéciale. Elle était fière et heureuse quand elle conduisait à la promenade cet être qui s'était si bien emparé de son affection ; elle était encore heureuse de le voir grandir. Son premier pas fut une autre joie et elle écoutait avec avidité les mots entrecoupés que balbutiait sa bouche enfantine. Avait-il un moment d'indisposition, elle tressaillait d'angoisse et attendait avec anxiété qu'un sourire de l'enfant vînt la rassurer.

Quatre ans s'écoulèrent ainsi dans une douce quiétude après la naissance du petit Albert et tout semblait s'unir pour ajouter au bonheur de la famille. Mais que voulez-vous, il ne nous est pas donné de jouir d'un bonheur continu, et les malheurs ne s'annoncent jamais et arrivent toujours quand on s'y attend le moins.

Un jour que le petit garçon jouait avec sa tante, celle-ci eut l'idée de prendre un vieil album qu'elle avait toujours gardé, et de le donner à l'enfant pour qu'il s'amusât. L'album contenait beaucoup d'images collectionnées par elle dans son enfance. L'enfant admirait chacune des gravures à son tour, quand, tout à coup, il en prit une et la montra à sa tante en disant :

— Regarde, donc, tantine, la pauvre dame qui pleure.

La tante prit l'image et la reconnut bientôt comme étant celle qu'elle avait achetée étant enfant. Une douleur aiguë la saisit au cœur, elle se sentit anéantie. Cette image était l'histoire de sa vie depuis le mariage de sa sœur. Ce couple heureux n'était-il pas sa sœur et son beau-frère entrant dans le chemin de la vie, et elle-même, n'était-elle pas cette pauvre fille qui pleurait en voyant ces deux êtres heureux. La coïncidence était trop grande. Le souvenir de son malheur revenait avec trop de force pour qu'elle pût en parer le coup, et ce souvenir même, ne lui était-il pas rappelé par cet enfant qu'elle chérissait tant.

C'en était trop : ses souffrances morales devinrent intenses et l'accablement arriva. Elle faiblissait de jour en jour et elle fut bientôt au lit. Le vieux médecin de la famille appelé auprès d'elle, déclara qu'il n'y avait rien à faire. Au fond il se doutait peut-être de la cause de la maladie, et son expérience lui disait qu'il n'y avait pas de remède. Le mal empira, et il y avait à peine un mois que la malade était alitée quand on s'aperçut que la fin approchait. Elle-même en avait la connaissance et elle fit appeler tous les siens qu'elle embrassa longuement. Elle prit ensuite son neveu et l'enlaça entre ses bras amaigris ; par un dernier effort, elle se redressa, leva les yeux vers le ciel où elle allait entrer, serra l'enfant plus fortement et soupira :

— Mon Albert adoré ! puis sa tête retomba doucement sur l'oreiller, ses paupières se fermèrent et la pauvre Marie Regnault n'était plus.

À qui était adressé ce dernier cri déchirant. La famille prétendit qu'elle était pour les fils ; moi je crois qu'il était pour le père.

Rayon de soleil

Bussière Rouen

Le petit village de *** est très pittoresque ; vu de loin, on dirait un sillon au milieu des champs cultivés, car il a été bâti en longueur et ne possède qu'une grande rue sur laquelle sont rangées des maisonnettes propres, de vrais nids rustiques. Chaque habitation a son verger et ses terrains en pleine culture et tout le monde est content, car, ce qui a été acquis, l'a été avec l'aide de bras vigoureux et infatigables.

Mais laissons de côté le joli village, et, suivant la route pendant à peu près un kilomètre, nous nous trouverons en face d'une construction assez grande qui a dû appartenir à toutes les époques et qui par son apparence singulière attire tout de suite l'attention de l'étranger. Cette maison a été une auberge, à en juger par l'enseigne presque effacé qu'on peut voir au-dessus de l'entrée principale laquelle porte ces mots :

Au Rayon de Soleil

Mais l'auberge a fait place à une résidence dont les propriétaires doivent jouir d'une certaine aisance.

Voyons donc ce qui se passe à l'intérieur un certain soir de mai.

Dans une chambre assez spacieuse se trouve réunie la famille du père Jean, un brave homme à l'air intelligent et bon, un vrai campagnard qui a toutes les bonnes qualités du paysan sans en avoir les défauts ; très grand mais un peu voûté, il est un peu vieux pour travailler, mais il passe généralement son temps à entretenir la maison et à jouer avec ses petits-enfants, pendant que son fils travaille aux champs.

Le fils vient d'entrer avec sa femme ; lui aussi a l'air bon ; c'est un garçon d'une quarantaine d'années et sa femme est une grosse paysanne active qui aime bien ses marmots, comme elle appelle ses enfants.

Ils s'assoient tous, et comme tous les soirs, on cause de choses et d'autres et dans un coin les marmots s'amusent à leur façon, c'est-à-dire en faisant assez de bruit.

L'aîné des enfants, un garçon d'une douzaine d'années se lève tout à coup et vient réclamer de son grand-père un de ces contes qu'il sait si bien dire.

— Mon cher enfant, répond le vieux, j'ai épuisé ma petite collection ; pourtant je connais une histoire que je vais vous dire et que je ne vous ai jamais racontée auparavant, c'est celle du Rayon de Soleil, et le vieux s'allongea dans son grand fauteuil, alluma sa vieille pipe et commença :

Il y avait une fois, tout près d'ici, dans une maison que vous connaissez tous, un homme qui demeurait seul avec sa fille. Il était toujours triste et jamais un sourire n'avait effleuré ses lèvres depuis bien des années. Il avait perdu sa femme quelque temps après la naissance de sa fille et cette perte lui avait presque enlevé la raison. Plus les années s'écoulaient, plus la tristesse s'emparait de lui, et malgré les instances de sa fille il ne sortait plus ; au contraire, il s'enfermait dans sa grande chambre, lugubre comme lui-même, en prétendant que la lumière lui faisait mal, manie incompréhensible, et n'en sortait qu'à de rares intervalles pour prendre l'air dans son jardinet.

Comme vous le voyez, c'était une vie bien monotone que menait la jeune fille. Âgée à peine de dix-huit ans, une belle enfant blonde comme les blés des champs, elle était plus sérieuse que ne le sont généralement les personnes de son âge.

La pauvre enfant cherchait par tous les moyens imaginables à égayer son père, à chasser cette obsession qui s'emparait de lui, mais ses efforts ne furent pas récompensés.

Cette folie de la solitude acquit un tel degré d'intensité chez cet homme étrange, que, pour empêcher toute lumière de pénétrer dans sa chambre, il prit la résolution de faire fermer à moitié les deux seules fenêtres qui s'y trouvaient et envoya chercher par sa fille le charpentier du village qui arriva en toute hâte, curieux de voir de près cet être qui faisait les frais de la conversation de presque tout le monde des environs.

Le charpentier était jeune et Mlle Marguerite était jolie, et tout étonné lui-même de cet effet, pourtant bien naturel, le jeune homme regardait bien souvent du côté où brillaient deux grands yeux, lesquels ne se baissaient pas trop.

Le travail fut long, comme vous le pensez bien, et c'est avec regret qu'il fallut se séparer. Aussi, quelle fut la joie du jeune ouvrier quand un peu de temps après il fut rappelé. C'était pour refaire son travail qui avait été détruit, par qui, personne ne le sut alors. Il répara les dommages de son mieux, ne comprenant plus rien à ce manége inexplicable, et il acquit bien vite la conviction que le propriétaire du logis était tout à fait fou.

Il fut appelé une troisième fois pour le même besogne, et, tremblant de peur, il se rendit chez la belle demoiselle, croyant aller chez le diable.

Il fut reçu par une bordée d'invectives de la part du fou, et cette fois l'ouvrage fut rapidement terminé et le charpentier s'en alla tout honteux, comme s'il avait mal agi, après avoir salué bien humblement la jeune fille rougissante et confuse. Son cerveau se mit à créer mille conjectures, les unes plus impossibles que les autres ; heureusement, de temps en temps, sa pensée se reportait sur la jeune fille, il se rappelait sa jolie figure, et, ce souvenir charmant effaçait l'ennui que lui avait causé son travail détruit par une personne inconnue. Il est vrai qu'il avait causé au village, mais il ne se connaissait pas d'ennemis.

À quoi donc attribuer tout cela ?

La mort vint, peu de temps après, mettre un terme à l'existence impossible que menait le père de la pauvre Marguerite.

Quand on est amoureux, on est souvent malheureux ; c'est-à-dire que le jeune ouvrier construisait nombre de château en Espagne qui s'écroulaient les uns après les autres ; et puis l'amoureux, en pensant à sa bien-aimée, se disait qu'elle était toute seule dans la grande maison de son père et éloignée de tout secours. Ne fallait-il pas la protéger, elle si douce et si bonne ? n'avait-il pas son métier et des économies ? pourquoi donc ne pas mettre fin tout de suite à ses inquiétudes ? Il résolut d'épouser Marguerite, mais pour cela il fallait faire la demande, il fallait être agréé, il fallait avoir le courage de lui parler de ses projets, et il lui semblait que ce courage lui manquerait ; mais, il était amoureux, aussi amoureux qu'on puisse l'être, et vous apprendrez plus tard mes enfants, contre la force de l'amour, la résistance est impossible, et tout doit se soumettre à cette puissance délicieuse. Aussi notre homme se dit, comme Henri IV se l'était dit il y a bien longtemps : « Avance donc, poltron ! » Et il avança, il avança si bien qu'en moins de trois mois la cérémonie du mariage se célébrait dans l'église du village en présence de tous les amis du jeune homme.

La jeune fille, elle, n'avait pas d'amis, son père n'en ayant jamais eu ou les ayant mis de côté.

* * *

Pendant la durée du premier quartier de la lune de miel, les mariés causent toujours beaucoup, et ils parlent souvent des impressions qu'ils ont ressenties mutuellement avant le mariage. Ce sont des riens insignifiants, vous disent les sceptiques ; mais, ces riens insignifiants composent l'histoire gracieuse et unique de l'amour, écrite pour ainsi dire par lui-même, l'histoire de cet amour pur et exempt de tout drame que ressentent les gens simples et bons, registres charmants qui s'agrandissent à mesure que le monde ira et dans lesquels tout être humain serait heureux de laisser son nom.

Nos deux amis suivaient la règle commune et leur bavardage allait bon train ; tout était rappelé et raconté, rien n'était oublié.

Un jour qu'ils causaient de la sorte, la jeune femme déclara qu'elle avait à avouer un crime épouvantable mais excusable, et, sans donner à son mari le temps de s'épouvanter, elle lui dit :

— Mon bon Jean, ces malheureuses planches que tu as réparées trois fois, étaient arrachées par moi afin de te revoir quand tu viendrais les reposer. Je demande pardon à mon père du tour que je lui ai joué, mais maintenant qu'il nous voit heureux, je suis sûre qu'il nous bénit.

Cette confession fut accueillie par un bon baiser qui effaça les pleurs que la fille versait en pensant au père.

Avec les économies, le couple heureux transforma la maison en auberge ; on arracha les dernières planches posées par Jean, et la lumière du dehors vint éclairer les joies intimes du ménage. Les affaires allèrent bien et des terres furent achetées, et l'auberge fit place à une ferme.

Comme vous le voyez, mes chers enfants, l'astre du jour qui importunait le père de Marguerite fut la cause du bonheur de deux cœurs qui s'aiment encore. Rappelez-vous tous et toujours l'histoire que votre grand-papa vient de vous raconter, car c'est l'histoire de sa vie et de celle de votre grand-mère ; rappelez-vous aussi, comme morale à ce récit, que, quand on tâche de bien faire et qu'on n'a rien à se reprocher, on ne doit jamais avoir peur d'un rayon de soleil.

Ne vous étonnez donc pas si vous me voyez souvent regarder du côté où, en se couchant, le soleil teint l'horizon de sa pourpre splendide, car avant de vous quitter tous pour toujours, j'éprouve une grande joie, ne connaissant pas le lendemain à venir saluer mon vieux compagnon et porte-bonheur.

Le Talisman de Gérard

Gustave Daussin

I

Par une magnifique soirée du mois d'août 1883, trois personnes se trouvaient réunies dans le salon d'une modeste maison de la Nouvelle-Orléans ; Mme Rayneval la maîtresse du logis, sa fille Léona et leur jeune ami Gérard Daurel, qui, partant le lendemain pour l'Arizona où depuis quelques années il gérait les affaires d'une grande Compagnie d'élevage, venait leur faire ses adieux. Ces trois personnes, quoique offrant entre elles des contrastes frappants, n'en formaient pas moins un ensemble aussi remarquable qu'intéressant à étudier. Bien que Mme Rayneval fût encore relativement jeune, les chagrins et les soucis du veuvage avaient gravé sur son front d'ineffaçables empreintes ; mais c'était la plus aimable causeuse que la terre eût portée. Spirituelle et instruite, sa voix douce et une peu traînante ajoutait encore au charme de sa conversation. Léona, à la fleur de l'âge, représentait le type achevé de la beauté créole. Svelte et élancée, quoique mignonne, il était impossible de rencontrer des traits plus fins et plus délicats que ceux de son visage encadré par une chevelure d'ébène. Elle avait ce teint mat à reflet d'ambre particulier aux habitants des climats du midi, ces grands yeux noirs au regard profond et mélancolique qui exprime si éloquemment toutes les passions de l'âme, la voix suave et mélodieuse comme un chant d'oiseau et ce charme fascinateur que possèdent à un si haut degré les brunes enfants d'une région voisine des tropiques.

Gérard, lui, venait d'avoir vingt-deux ans ; mais sa haute stature et son maintien grave et altier le faisaient paraître plus âgé. Très brun, son visage basané par le grand air manquait absolument de régularité, mais l'éclat de ses yeux fauves ombragés d'épais sourcils et son large front donnaient à sa physionomie une expression imposante. Au moral, c'était une nature étrange ; doué d'une intelligence supérieure et d'une vaste mémoire, il avait beaucoup étudié et beaucoup appris. Âme noble et ardente, il était susceptible des plus violentes passions et de la plus exquise délicatesse ; mais une jeunesse éprouvée par de grands malheurs, une existence très dure, la nécessité de vivre dans la solitude ou dans la société d'hommes grossiers, l'avaient rendu sombre et sévère. Quoiqu'il portât l'habit noir avec autant d'aisance que l'éperon de fer, qu'il eût la parole élégante et vive dans le monde, son extrême réserve passait pour du dédain ; aussi le traitait-on souvent avec froideur, ce qui ne le rendait que plus hautain. Chez Mme Rayneval seulement il se sentait à l'aise et se montrait ce qu'il était réellement : courtois et distingué, plein de cœur et d'honneur. Ce soir-là cependant la conversation languissait ; Léona semblait rêveuse, Mme Rayneval préoccupée. Gérard, mélancolique, songeait à son départ, se demandant si jamais il reviendrait ? Il se rappelait les heures si douces qu'il avait passées dans ce salon. Les yeux fixés sur Léona, par une puissance invincible, il la contemplait en silence. Sa ravissante image s'incrustait en lui et tout bas, n'osant interroger son cœur, dont peut-être il redoutait la réponse, il se demandait quelle était cette angoisse qui l'étreignait ainsi ? De plus en plus gêné, il songeait à se retirer, quand la porte s'ouvrit et la plus jeune fille de Mme Rayneval, Juliette, gentille enfant de treize ans, parut sur le seuil, tenant à la main un gros bouquet que d'un geste mutin elle lança aux pieds de sa sœur. Sans doute c'était un signal, car un groupe de jeunes filles vêtues de blanc, suivies de quelques messieurs, envahissant le salon après elle, vint couvrir Léona d'une pluie de fleurs. Cela avait eu lieu si brusquement que Gérard n'avait pas eu le temps de faire un mouvement, ni d'articuler une parole et, comme étonné, il demeurait immobile. Mme Rayneval lui dit en souriant :

— C'est aujourd'hui que Léona a ses dix-huit ans, et ses petites amies ont voulu lui faire une surprise.

Partir maintenant était impossible. Toujours impassible et impénétrable, Gérard dut subir l'ennuyeux supplice de la présentation, et cette corvée terminée, alla s'asseoir dans un coin, où il se mit à analyser ses impressions. Certes, il n'avait, de sa vie, rien vu de plus charmant que cette scène, et pourtant sa tristesse n'avait fait qu'augmenter. Au milieu de cette foule joyeuse, il se sentait plus isolé qu'il ne l'avait jamais été dans l'immensité du désert ! Qui donc se souciait de lui, pauvre âme souffrante, au milieu de cette fête ! L'odeur des fleurs, les lumières, les parfums qui se dégageaient de toutes ces jeunes femmes qui l'entouraient, le bruit de leur voix, leurs éclats de rire, lui montaient au cerveau et lui causaient une sensation douloureuse. Instinctivement, son regard chercha Léona. Elle lui parut encore plus jolie et plus séduisante. La joie, la surprise, le bonheur illuminaient son visage et la rendaient radieuse, au milieu de toutes ces jeunes filles qui rivalisaient entre elles d'élégance, de fraîcheur et de beauté. Sa toilette simple faisait ressortir sa perfection idéale et cette grâce ineffable qui la rendait véritablement la reine de cette fête. En la voyant si belle et entourée de tant d'hommages, Gérard reçut au cœur une commotion foudroyante ! La vérité sur laquelle il avait fermé les yeux jusqu'alors lui apparut avec une clarté irrésistible. Hélas ! il l'aimait, cette pure et délicieuse jeune fille ! Sans cela pourquoi cet atroce sentiment de jalousie qui le torturait en la voyant valser aux bras d'un inconnu. Se sentant défaillir, et voulant, avant tout, cacher son trouble, il se leva pour chercher Mme Rayneval et prendre congé d'elle. Malgré lui, il jette un dernier regard sur Léona. Elle a cessé de danser ; debout près d'un guéridon, elle arrache une à une les fleurs de son bouquet. Il devine sa pensée : ces fleurs ! elle va les offrir à ses adorateurs. Mais, ô ciel ! est-ce possible ?... elle traverse la foule de ses invités ; c'est vers lui qu'elle se dirige. C'est à lui qu'elle offre la première fleur détachée de son bouquet.

Quatre heures plus tard, Gérard montait en chemin de fer, et tandis que le train l'emportait à toute vapeur, il murmurait tout bas, bien bas :

— Si j'étais riche !!!...

II

Aux brûlantes ardeurs de l'été ont succédé les jours charmants de l'automne, puis les rigueurs de l'hiver ; et maintenant la nature éternellement jeune, se pare de nouveau de toutes les grâces du printemps. L'air est imprégné des effluves parfumés ; l'azur du ciel semble plus limpide et pur. L'haleine des zéphyrs est plus molle et plus tiède. Les antiques forêts déchirant leur linceul de feuilles jaunies élèvent de nouveau vers les cieux leur sombre et majestueuse verdure ; sous leurs frais ombrages, les oiseaux tressent, en gazouillant, le nid délicat qui doit abriter le fruit de leurs amours, célébrant dans leur gracieux ramage, le réveil de la vie. Le soleil resplendissant semble se mirer avec complaisance dans les flots d'or qu'il projette ; et dans les savanes, baignées de lumière, l'herbe luxuriante se déploie comme un immense tapis vert teint de rose et de blanc par des gerbes de fleurs. Loin, bien loin des champs de la Louisiane, à l'autre extrémité des vastes plaines qui séparent l'Arizona du Nouveau-Mexique, le vent du nord souffle à travers le grand désert, sur lequel plane le double silence de la solitude et des ténèbres. La nuit est arrivée au milieu de sa course ; la messagère du matin, la superbe Vénus, vient d'apparaître à l'orient ; le ciel est sombre cependant. Le vent chasse devant lui d'épais nuages, qui ne laissent qu'avec peine filtrer un pâle rayon de lune. Au milieu d'un camp, assis près d'un feu qui jette à peine une lueur mourante, un homme veille, une carabine à la main, c'est Gérard. Il est de quart ; près de lui est un cheval tout sellé, car, comme le navire sur l'Océan, la troupe qui campe dans le désert ne peut se passer de garde. Tout est tranquille cependant, et profitant de cet instant de calme, Gérard se laisse aller à rêver !! Quel est donc cet objet sur lequel ses yeux sont fixés et comme attirés par un aimant ??? Cet objet – c'est un médaillon d'or ciselé qui renferme l'humble fleur, le dernier souvenir de celle qu'en secret il adore. Depuis que l'amour s'est révélé à lui par la souffrance, son cœur n'a plus qu'une pensée, Léona !! Partout il retrouve son image ; les chastes caresses de l'aurore lui rappellent son sourire ; dans le murmure de la brise, c'est sa voix qu'il entend, et quand dans une nuit sereine les étoiles brillent d'un plus vif éclat, il croit sentir son doux regard se fixer sur lui. Que fait-elle ? Que devient-elle ? Il l'ignore. Depuis son départ, une seule nouvelle lui est parvenue ; Mme Rayneval a perdu sa fortune... Mais soudain il relève la tête, et son œil d'aigle scrute l'ombre qui l'environne. Il ne voit rien d'insolite ; dans le camp, pas un être vivant n'a bougé, et pourtant un bruit sourd, qu'il craint de reconnaître, est venu frapper son oreille exercée. C'est peut-être le vent qui gémit ? C'est peut-être l'écho de la foudre dans les montagnes du Nevada ? Retenant sa respiration, il écoute encore, et le faible craquement qu'il perçoit, vient jeter dans son âme un pressentiment funeste. Il faut voir... Il faut savoir... Prompt comme la pensée, il serre le médaillon sur son cœur, se met en selle d'un élan et s'éloigne au galop. Vingt minutes s'écoulent, puis un coup de sifflet aigu et strident vient déchirer l'air, et une voix tonnante crie :

— Debout !... Tout le monde, aux armes !

À ce brusque appel, les compagnons de Gérard, réveillés en sursaut, se pressent autour de leur chef, qui, courbé sur ses étriers, maîtrise à peine son cheval, blanc d'écume. Sans leur laisser le temps de l'interroger, d'un geste d'une muette et terrible éloquence, il étend la main vers le nord ; tous les regards se tournent de ce côté. Perçant les voiles de la nuit, une lueur rougeâtre vacille au souffle du vent comme un feu-follet. Tous se taisent glacés d'effroi ! Ce faible bruit qui est venu alarmer la vigilance de Gérard, c'est le plus grand danger de leur périlleuse existence. C'est le feu qui s'avance, menaçant et impitoyable ! Il est loin encore et ne fait que commencer, mais il acquerra bientôt une vitesse vertigineuse. Un seul moyen de salut leur reste ; c'est de gagner un endroit où la prairie, déjà brûlée, n'offre aucune prise à l'incendie, mais il faut se hâter ; tous le comprennent. En un clin d'œil, les chevaux sont sellés et la troupe, abandonnant ses bagages, s'enfonce dans la nuit sur les pas de son chef.

Arrêté dans son essor par la rosée, le feu a d'abord couvé, sous l'herbe humide, avec un ronflement de toupie. Mais bientôt, secoué par la rafale, il s'est précipité devant lui comme un torrent impétueux. Le vert gazon desséché par son souffle brûlant s'enflamme à son approche, décuplant, centuplant ainsi la rapidité de l'élément destructeur. Arrivé maintenant à son apogée, il présente un des spectacles les plus grandioses qu'il soit donné à l'homme de contempler ! Aussi loin que la vue peut s'étendre, l'horizon est embrasé de ses reflets sanglants ; la plaine entière n'est plus qu'une ardente fournaise ; dans ce foyer incandescent, d'où jaillissent et retombent des myricas qui rampent, se tordent, se heurtent, s'entrecroisent, roulent et se précipitent avec un grondement de tonnerre et des sifflements de reptiles. Des tourbillons de fumée, sans cesse renouvelés, forment un lourd nuage qui s'étend sur cette scène de sublime horreur, comme les ailes noires de la mort !

Lancés au milieu de cet incendie mouvant, aveuglés par sa clarté qui rend les ténèbres plus obscures, obligés de changer à chaque instant de route, pour ne pas se laisser ensevelir dans un sépulcre de flammes, les enfants perdus du désert accélèrent encore l'allure de leurs coursiers affolés d'épouvante ; enfin, ils atteignent la rivière, où doit s'arrêter l'ouragan de feu qui les poursuit. Encore un élan suprême et ils seront sauvés ! Déjà, ils touchent l'onde bienfaisante, quand un cri sauvage retentit sur l'autre rive et une grêle de balles vient s'abattre au milieu d'eux. Avertis par leurs espions, que Gérard, suivi d'une poignée d'hommes devait traverser le désert, quelques Indiens pillards l'ont incendié, espérant venir à bout plus facilement de celui qu'ils ont appris à redouter. Mais, cette fois encore, ils seront trompés dans leur attente. En voyant le feu, Gérard a deviné le piége et se tient sur ses gardes. En entendant la fusillade, il se tourne vers ses cavaliers et leur dit :

— Il faut passer ou mourir ; suivez-moi !

À l'instant la rivière est franchie, et les brigands, attaqués avec fureur, s'enfuient à toute bride devant cette charge irrésistible. Aussitôt, craignant une nouvelle surprise Gérard rallie ses compagnons : plusieurs sont blessés ; lui-même a eu la joue labourée par une balle. Mais le jeune et fougueux Montèze, acharné à la poursuite des fuyards, n'a pas répondu au signal du ralliement. Saisi de crainte pour lui, Gérard s'élance à sa recherche. À peine s'est-il éloigné de quelques pas, qu'il l'aperçoit renversé sous son cheval, assailli par deux Indiens, qui déjà ont leurs couteaux levés pour le frapper. D'un bond il les atteint, et l'un d'eux, foudroyé, roule dans la poussière. Le second, se voyant perdu, tombe à genoux en demandant grâce. Aussi généreux qu'intrépide, Gérard relève sa carabine ; mais aussitôt, son perfide ennemi saisit son révolver et fait feu sur lui à bout portant ! Gérard sent la balle le frapper en pleine poitrine ! Il a vu l'Indien le viser au cœur. Mais n'importe, il ne périra pas sans vengeance ! Rapide comme l'éclair, il tire à son tour et son lâche agresseur tombe pour ne plus se relever. Puis, se sentant faiblir, épuisé par la perte de son sang, il laisse échapper les rênes et met pied à terre pour tendre une dernière fois la main à ses amis consternés. On l'entoure, on s'empresse près de lui. Ô merveille ! Ô bonheur ! la balle du bandit, rencontrant le médaillon, a glissé de côté, en faisant une blessure profonde mais non mortelle. La fleur de Léona l'a sauvé !!!

III

Quittons maintenant le désert, la vie nomade et ses hasards pour revenir vers la Nouvelle-Orléans. Huit heures viennent de sonner au clocher de la cathédrale. Dans sa chambre, où un goût coquet remplace le luxe disparu, Léona est assise devant une table chargée de livres. Aimante et courageuse, autant que belle, la charmante jeune fille, quand l'adversité s'est appesantie sur sa mère, a mis tout en œuvre pour lui en adoucir l'amertume. Surmontant les répugnances de son orgueil, elle s'est fait institutrice. Par la magie de sa grâce, par un travail assidu, constant, elle a réussi à ramener l'aisance dans sa famille. Mais, sans l'avouer, elle a bien souffert des humiliations de sa nouvelle position, et son visage pâli trahit les pleurs que sa fierté dissimule. En ce moment, penchée sur un atlas, elle prépare une leçon de géographie. Sur une carte de l'extrême ouest, le nom d'Arizona vient s'offrir à sa vue, et, par un rapprochement involontaire, le souvenir de Gérard se présente à sa pensée... Sans doute il est là errant au milieu de ces arides solitudes ! Qui sait ? Peut-être en ce moment pense-t-il à elle ? Il y a juste un an qu'il est parti, car aujourd'hui même elle a eu dix-neuf ans. Elle se rappelle cette soirée où, comblée de fleurs, enivrée de louanges, le bonheur inondait son âme et rayonnait sur son front ! Elle revoit Gérard, debout au milieu du grand salon plein de lumières, la contemplant de ses yeux ardents ! Quelle autorité réside sur ce visage énergique ! Comme on sentait la force dans ses moindres mouvements, et pourtant comme il était doux avec elle ! Quelle distinction dans ses manières ! Quelle variété dans ses discours ! quelle éloquence quand il s'anime ! quelle mémoire ! quel savoir ! Littérature, poésie, musique, histoire, sciences, rien ne lui est étranger. Mais pourquoi tant s'occuper de lui ? Peut-être fera-t-il comme tant d'autres vils courtisans de la fortune qui croient faire acte d'héroïsme en reniant, dans leur malheur ceux qu'ils on faussement adulés dans la prospérité ! À cette pensée, une tristesse amère envahit le cœur de Léona, et une larme furtive vient perler au bord de ses longs cils. Tout entière à sa douloureuse rêverie, elle n'a pas entendu la porte de la rue s'ouvrir et se refermer, et quand Juliette vient lui dire que sa mère l'appelle au salon, elle descend machinalement sans songer à lui demander pourquoi ? Mais à peine a-t-elle franchi le seuil, qu'un cri de surprise s'échappe de ses lèvres, un flot de sang vient empourprer ses joues, et sa main appuyée sur son cœur peut à peine comprimer les battements tumultueux qui l'étouffent. Gérard est devant elle ! oui, c'est lui, c'est bien lui ! Son visage est balafré par une large cicatrice, mais jamais il ne lui a paru plus noble et plus fier. Répondant au salut du jeune homme par un geste plein d'abandon, elle lui serre la main avec effusion, l'entraîne près d'un canapé et le fait asseoir à ses côtés. Gérard la regarde avec amour, et serre tendrement la main mignonne que Léona, dans son trouble, a oublié de retirer.

— Ainsi, lui dit-il d'une voix vibrante d'émotion, vous ne m'attendiez pas aujourd'hui, le jour de votre fête ?

— Hélas ! répond la jeune fille, je vous croyais si loin que je n'espérais pas avoir le bonheur de vous revoir. Et d'ailleurs, ma mère a dû vous dire que depuis nos malheurs...

— Oui, interrompit vivement Gérard, elle m'a tout dit ! Et c'est avec son autorisation que je viens vous remercier de m'avoir sauvé la vie.

— Moi ? s'écria Léona au comble de la surprise.

Alors en quelques mots Gérard lui raconte comment il a échappé à la mort grâce à son souvenir ! Puis, se penchant vers elle et l'implorant du regard, il lui dit d'un élan passionné :

— Léona, depuis un an, je vous aime ! Je vous adore ! Loin de vous chaque heure de mon existence est un martyre ! Voulez-vous y mettre fin ? Voulez-vous faire mon bonheur, comme je jure de consacrer ma vie entière à faire le vôtre ? Voulez-vous porter mon non ? À ces mots, Léona devient blanche comme un lys, scs yeux se ferment languissamment ; Gérard, croyant qu'elle va s'évanouir, s'empresse de la soutenir, mais il sent son cœur battre, il voit ses beaux yeux se rouvrir, et d'une voix faible comme un souffle, il entend soupirer à son oreille :

— Oui, Gérard, je vous aime !!!

Alors, ivre de joie, de bonheur et d'amour, il dépose, en tremblant, sur le chaste front de sa bien-aimée, son baiser de fiançailles.

Cinq années se sont écoulées. M. et Mme Daurel habitent l'Arizona, où ils ont fait fortune. L'espiègle Juliette, devenue jeune fille, passe une grande partie de l'année avec eux et doit bientôt épouser un brave garçon que vous connaissez, Armand Montèze, premier lieutenant et inséparable ami de son sauveur. La beauté de Léona, aussi fraîche qu'à seize ans, s'est épanouie dans la joie de son heureux hymen. Gérard, encore plus épris d'elle que le jour de son mariage, est toujours le hardi cavalier que vous avez vu à l'œuvre, et garde précieusement dans le médaillon brisé, la fleur tachée de son sang, le talisman d'amour auquel il doit la vie et le bonheur.

Cinq sous

Sidonie de La Houssaye

Nouvelle Américaine

— Allons, Charles, je t'en supplie, promets de m'accompagner demain à la soirée des demoiselles Lablanche.

Et, tout en parlant, ma petite sœur Estelle me suivait le long du corridor qui conduisait à la rue ; d'une main, elle s'appuyait à mon bras et, de l'autre, essayait, en se levant sur la pointe des ses pieds, de caresser le bas de mon visage.

—Allons donc, Estelle ! m'écriai-je, tu sais que je ne puis pas supporter les demoiselles Lablanche ; de plus, je ne danse pas et ne suis rien qu'un vieux garçon fort bourru et fort désagréable.

— Un vieux garçon à vingt-huit ans ! s'écria-t-elle en riant, tu n'y penses pas ! Quant aux demoiselles Lablanche, j'avoue qu'elles ne sont pas toujours aimables, mais elles ont en ce moment chez elles une cousine qui est la plus charmante créature que l'on puisse voir.

— Ah !... Et quel est ce prodige, et d'où vient-il ?

— Ce prodige s'appelle Laure Belmont et vient tout droit des Attakapas.

— La patrie des jolies femmes, dis-je en riant.

Nous étions à la porte ; des affaires importantes m'appelaient au dehors et il fallait à tout prix me débarrasser des deux petites mains qui me retenaient. Je promis donc, au milieu de deux baisers, d'accompagner ma petite sœur à la soirée que devaient donner, le lendemain, les demoiselles Lablanche, deux vieilles filles que je détestais de tout mon cœur.

Maintenant, amies lectrices, quelques mots d'explications, s'il vous plaît, sur ma famille et sur moi. J'avais dix ans et Estelle n'était pas encore née, lorsque mon père, le juge Morin, mourut. Il laissait une jolie fortune à sa femme et à ses enfants. Deux mois après sa mort, Estelle venait au monde. Quoique bien jeune, je compris que je devenais, en quelque sorte, le chef de la famille, le père plutôt que le frère d'Estelle. À ma sortie du collège, je m'adonnai entièrement à l'étude de la loi, car mon père avait toujours manifesté le désir de me voir avocat. Il y avait déjà quatre ans que j'avais été reçu membre du barreau. Seul, je dirigeais le placement de notre fortune. Ma mère et ma sœur avaient en moi une confiance illimitée et m'entouraient, à qui mieux mieux, de ces mille petits soins, de ces attentions délicates qui me rendaient mon chez moi de plus en plus cher et me faisaient adorer ces deux précieuses créatures qui étaient pour moi l'univers. À vingt-huit ans, aucun amour n'avait encore troublé ma vie ; je me considérais comme un vieux garçon et, quand ma mère parlait du moment où j'amènerais une jeune femme sous notre toit, je haussais les épaules et je souriais de pitié.

Mon office était situé à un demi mille de notre maison. Je faisais tous les matins la route à pied pour me donner de l'exercice, mais je prenais généralement le char pour m'en revenir à quatre heures. Le matin en question, cependant, le temps était à la pluie ; je relevai la tête pour examiner les nuages qui couraient sur le ciel et fis un mouvement rétrograde après avoir descendu les deux marches de l'escalier.

Estelle, toujours debout à la porte du corridor, crut avoir compris mon intention ; elle courut chercher un parapluie qu'elle me tendit. Je le repoussai avec une sorte d'horreur ; il faut bien l'avouer, un jeune homme avec un parapluie ouvert au-dessus de sa tête ou tenant un éventail à la main, est pour moi le comble du ridicule.

Je me mis donc brusquement en route ; mais, au bout d'un instant, de larges gouttes d'eau commencèrent à tomber sur un chapeau nouvellement acheté et sur un pardessus que je portais pour la première fois. Il n'y avait donc plus à hésiter ; le char passait au même moment, je fis un signe au conducteur et, l'instant d'après, j'étais installé sur des coussins bourrés de noyaux de pêches, mais au moins à l'abri de la pluie qui augmentait de plus en plus.

À peine assis, je mis la main dans ma poche pour y chercher un billet de char ou pour le moins une pièce de cinq sous afin de les déposer dans la boite ; mais ni billet, ni cinq sous, ni porte-monnaie, ne se rencontrèrent sous mes doigts crispés et, avec une malédiction exhalée entre mes dents, j'acquis la désolante certitude que mon porte-monnaie était resté dans la poche du vêtement que je portais la veille. Et pendant ma recherche, le conducteur s'était retourné et me demandait le prix de mon passage. Quelqu'un s'est-il trouvé dans une pareille position ? Oh ! si cela est, je le plains de toute mon âme.

Que me restait-il à faire ? battre une retraite ignominieuse ?... Jamais, la pluie tombait trop fort. Demander au conducteur d'attendre jusqu'à ce que je fusse rendu à mon office ? Est-ce que jamais un conducteur de char a accordé du temps à quelqu'un ?

Je tournai mes regards (un peu effarés, je suppose) vers mes compagnons de voyage, espérant rencontrer un ami, une simple connaissance qui consentirait peut-être à me prêter cinq sous. Ah ! bien oui ! toutes ces figures m'étaient absolument étrangères ; au fond, deux cuisinières, panier au bras, s'en revenaient du marché et échangeaient leurs remarques sur le prix du poisson et des haricots. Là, une petite miss, allant à l'école, s'amusait à sucer un bâton de candi, tandis que deux plâtriers, couverts de chaux, se tenaient assis vis-à-vis l'un de l'autre à la porte d'entrée, et, dans un coin, immobile comme une statue, une jeune femme (à en juger par sa tournure), habillée de brun, la tête couverte d'un chapeau imperceptible et d'un voile tellement épais qu'on aurait pu facilement l'appeler un masque. Mes yeux s'arrêtèrent un instant sur elle, et tout ce que je pus voir de sa personne, ce furent deux petites mains dégantées, blanches et potelées. Mais je n'étais guère en train d'admirer des mains ni quoi que ce fût en ce moment.

Une seule chose m'apparaissait claire et nette : aucun de mes compagnons de route ne semblait disposé à me tirer d'embarras et, de mon côté, je ne me sentais nullement enclin à leur demander ce service. Il fallait, bon gré mal gré, faire contre fortune bon cœur et quitter le char malgré la pluie qui tombait par torrents. Oh ! comme en cet instant je maudis mon préjugé ridicule au sujet des parapluies !

J'allais donc me lever pour exécuter ma résolution quand la jeune dame dont j'ai parlé tira le cordon pour faire arrêter le char et se dirigea vers l'escalier ; je me reculai pour la laisser passer et, lorsqu'elle fut devant moi, elle se pencha et je sentis qu'elle me glissait quelque chose dans la main ; je regardai involontairement : c'était une pièce de cinq sous ! Hourrah ! j'étais sauvé ! Je cherchai vite ma bienfaitrice du regard ; je l'aperçus au moment où elle entrait dans un magasin de modes.

Je n'attendis pas un second appel de la part du conducteur ; je fis tomber les cinq sous dans la boîte et ceci avec un bruit qui attira sur moi les regards de tous mes compagnons de route. Mais, en retournant à ma place, je sentis quelque chose sous mon pied et, me baissant, je ramassai une petite paire de gants bruns, roulés l'un dans l'autre comme les femmes seules savent rouler les gants. Je compris de suite que ma bienfaitrice les avait laissé tomber en glissant la pièce de cinq sous dans ma main. Je me souvins de les avoir vus sur ses genoux quelques moments auparavant, tandis que j'examinais ses petites mains nues. Je glissai les gants dans la poche de mon pardessus, remettant leur inspection à mon arrivée chez moi.

À peine installé dans mon fauteuil, vis-à-vis de mon bureau, je retirai les gants de ma poche et me mis à les examiner, à les tourner en tous sens avec l'espoir d'y trouver un nom ou du moins des initiales qui, peut-être, m'aideraient à découvrir ma belle inconnue.

« Car elle doit être belle, cela coule de source », me dis-je en continuant mes recherches. Mais, je ne découvris ni nom ni initiales. Ces deux petits bijoux (si je puis me servir de cette expression en parlant de gants) étaient d'un brun tirant sur l'acajou, moelleux, parfumés, avec quatre petits boutons dorés et portant le numéro six, ce qui m'aurait fait deviner, si je ne le savais déjà, que mon inconnue avait la main délicate d'un enfant.

« N'importe ! je vous garderai, chers petits », dis-je en les repliant et en les remettant dans ma poche ; « quelque chose me dit que je rencontrerai votre maîtresse un de ces jours et, alors, je vous remettrai entre ses jolies petites mains. »

Pendant toute cette journée, je fus hanté par la pensée de ma mystérieuse bienfaitrice. Je n'avais pas vu ses traits, mais je devinais qu'elle était belle. Sa taille était si élégante, si gracieuse ! Ses mains si blanches et si potelées ! Je ne connaissais pas son nom, mais je savais, par expérience, qu'elle avait un cœur bon et délicat, et je commençai à croire que j'allais devenir amoureux d'une étrangère, moi qui le matin même avais décrété que je n'étais rien qu'un vieux garçon bourru et désagréable.

En rentrant chez moi, je racontai à ma mère et à ma sœur l'oubli de mon porte-monnaie et l'embarras que cet oubli avait causé ; de mon inconnue, je ne dis pas un mot.

« Et comment t'es-tu tiré de là ? me demanda Estelle.

— J'ai quitté le char, voilà tout. »

Je l'avais quitté en effet, mais seulement vis-à-vis de mon office.

Le lendemain, selon ma promesse, j'accompagnai ma sœur chez les demoiselles Lablanche. Les salons étaient remplis de monde et les deux vieilles filles, plus laides que jamais, en faisaient les honneurs d'une manière qui n'appartenait qu'à elles. Il y avait à peine un quart d'heure que nous étions arrivés lorsqu'Arthémise (un vrai nom de vieille fille) vint à moi, accrochée au bras d'une jeune personne blonde et gracieuse.

« Cousine Laure, dit-elle, laisse-moi te présenter un de nos amis, Monsieur Charles Morin. Monsieur Morin, Mademoiselle Belmont. »

Je devinai que je me trouvais en présence du phénomène dont m'avait parlé Estelle.

Naturellement je fis un grand salut et balbutiai quelques mots de politesse ; mais en relevant les yeux je m'aperçus avec surprise que le charmant visage de Laure Belmont était couvert de rougeur et qu'une sorte d'embarras se lisait dans ses regards. Pourquoi cela ? Serait-elle timide à ce point ? ou plutôt... Ah ! elles en sont bien capables ! Ne serait-ce pas que l'une de ces terribles Lablanche lui a parlé de moi comme d'un bon parti, lui a probablement conseillé d'essayer de faire ma conquête ? et la charmante enfant rougit à cette pensée et la repousse avec cet embarras qui la rend si jolie. Et voilà pourquoi elle semble timide près de moi, tandis qu'elle rit et cause avec les autres jeunes gens qui l'entourent et la proclament la reine du bal.

La première question que m'adressa Estelle en revenant chez nous fut celle-ci :

« Comment trouves-tu Laure Belmont, Charles ?

— Assez bien », répondis-je avec indifférence.

Je dois pourtant avouer que si je l'avais rencontrée la veille, j'en serais probablement devenu amoureux ; mais aujourd'hui je ne voulais être amoureux que de mes petits gants bruns, ne connaissant point le nom de ma charmante inconnue, c'est ainsi que je la nommais dans mon cœur.

Estelle, avec son caractère impulsif, se mit à adorer Laure Belmont, elle allait la chercher pour passer la journée, la gardait souvent à coucher et je dois avouer que sa présence était une charmante addition à notre cercle de famille.

Je me répétais continuellement qu'elle m'était tout à fait indifférente, mais je ne quittais jamais la maison pendant les soirées qu'elle y passait, et c'était toujours avec empressement et sans murmurer que j'accompagnais ma petite sœur et son amie partout où leur caprice les entraînait.

Un matin, Laure arriva de bonne heure et demanda à Estelle si elle avait un engagement, car, ajouta-t-elle :

« J'ai à courir les magasins aujourd'hui, et je désire que vous m'accompagniez, chère enfant. »

Estelle avoua à son amie qu'il lui était impossible de quitter la maison pendant la matinée, elle attendait une visite ; mais elle obtint facilement de Laure la promesse de passer la journée avec elle.

« Nous sortirons aussitôt dîner », ajouta-t-elle.

Et revenant chez moi à quatre heures, je trouvai les deux jeunes filles prêtes à sortir.

Laure Belmont était toujours habillée avec une élégance sans pareille ; ce jour-là elle portait un costume complètement brun ; la robe de soie garnie de velours, le chapeau sur lequel se balançait une longue plume, tout jusqu'aux mignonnes bottines de maroquin, était d'un brun clair et chatoyant. Pourtant, il y avait une ou deux légères exceptions : le ruban qui retenait les dentelles de son fichu était bleu et les gants qui recouvraient ses petites mains étaient noirs. Elle les montra en riant à Estelle.

« N'est-ce pas qu'ils correspondent bien avec le brun de ma toilette ? demanda-t-elle ; j'ai perdu ceux que j'avais coutume de porter avec cette robe, et c'est en partie pour les remplacer que je sors aujourd'hui. »

Je dressai l'oreille. Je n'ai jamais été bien timide ; je regardai Laure et me dis que j'avais dû être aveugle pour n'avoir pas reconnu à première vue cette taille gracieuse, ces mains sans pareilles et cette démarche élégante. Je me levai et marchant hardiment cers elle :

« Mademoiselle, lui demandai-je, où et quand avez-vous perdu vos gants ? »

Elle rougit et hésita.

« Il y a de cela environ quinze jours, répondit-elle avec effort. J'étais dans un des chars de la rue des Magasins... je tenais mes gants à la main lorsque... Mais pourquoi ces questions, Monsieur Morin ?

— Vous le saurez tout à l'heure. Dites-moi, ajoutai-je, le temps... était-il à la pluie ?

— Oui... je crois cela... mais...

— Attendez et écoutez, dis-je en l'interrompant. Il y a environ quinze jours que, comme vous, mademoiselle, je m'embarquai dans un des chars de la rue des Magasins, et ceci à cause de la pluie qui tombait très fort... Et là, je rencontrai un ange qui me sauva la vie ; et cet ange, toujours comme vous, perdit ses petits gants bruns dans le char, et si l'ange me le permet, j'irai les lui rapporter ce soir et je lui dirai la récompense que je demande en retour. »

Laure était aussi rouge qu'une cerise. Estelle nous regardait de ses yeux tout étonnés, me croyant, bien certainement (elle me l'a dit depuis), pris d'un grain de folie. Quant à Laure, en m'apercevant, à la soirée de ses cousines, elle m'avait reconnu, et de là son embarras.

Le même soir, je me présentai chez les dames Lablanche et demandai à voir Mademoiselle Belmont. Au bout d'un moment elle descendit, toute rouge, toute timide, toute craintive. Je lui présentai les gants.

« Sont-ils bien à vous ? » lui demandai-je.

Elle les prit, les déroula et d'une voix à peine intelligible prononça ce seul mot :

« Oui.

— Et ma récompense ? » demandai-je.

Elle tenait ses yeux fixés sur le tapis.

« Laure, lui dis-je, échangeons : les gants pour vous, la main pour moi. »

Et tout en parlant, je m'étais emparé de l'une de ses mains que je pressais tendrement entre les miennes. Elle ne la retira pas.

« Est-elle bien à moi, Laure ? » demandai-je.

Elle laissa tomber sa tête sur mon épaule sans répondre, l'émotion étouffait sa voix. Je l'enveloppai de mes bras et scellai notre engagement de deux baisers.

Avec quelle joie Estelle apprit cet engagement ! Elle rit de bon cœur lorsque je lui racontai notre aventure. Comme ma mère l'avait toujours désiré, j'emmenai ma jeune femme dans notre Éden ; un nouvel ange y prenait place.

Combien de fois nous parlons de notre aventure et comme je bénis cet oubli de mon porte-monnaie ! Sans cet oubli peut-être, Laure ne serait pas ma femme aujourd'hui et je serais encore le vieux garçon d'autrefois.

C'est un bonheur pour Estelle de raconter à tout le monde l'histoire des cinq sous, comme elle a surnommé notre aventure ; et pouvez-vous croire, amie lectrice, que cette petite méchante a poussé la malice jusqu'à surnommer notre premier né « Cinq Sous » ? et, ce gros garçon, âgé de cinq ans aujourd'hui, oublie qu'il a été baptisé sous les noms de Paul-Émile Charles Morin, et à la grande joie de sa tante ne veut répondre qu'au charmant sobriquet de Cinq Sous !

Madeleine et Bertha

Edward Dessommes

Le vicomte Jean, mon meilleur ami, avait tenu des propos outrageants sur le compte de Madeleine, et comme ce potin avait défrayé pendant toute une soirée au Club la conversation des bons camarades, je fus forcé d'appeler Jean sur le terrain, à mon grand désespoir. Même à présent, même ici, je ne puis me rappeler sans émotion cette poitrine nue qui s'offrait à mon épée, et que trois fois pendant le combat j'aurais pu trouer, car j'étais beaucoup plus fort tireur que Jean. Mais tout mon être se fondait d'une indicible pitié, à l'idée de faire couler ce sang qui m'était plus cher que le mien. À chaque fois que nos regards se rencontraient, je sentais un désir fou de jeter mon épée, d'ouvrir tout grands mes bras pour presser contre mon sein ce cœur que je connaissais généreux. Et je sais que Jean éprouvait au même instant la même pensée, le même désir : mais qu'auraient dit les témoins ?

Après une lutte assez longue et pleine d'hésitation, Jean étendit le bras, d'un mouvement nerveux, et se fendit :

— Il faut bien que cela finisse, pensai-je, et je ne détournai pas son fer, qui pénétra de six pouces dans ma poitrine.

Je n'ai pas la moindre notion du temps que dura mon évanouissement. Quand je me réveillai, il me sembla revenir du fond de la terre, sortir du néant, des ténèbres absolues ; je gardai de ce repos complet une ineffable sensation de bonheur. Oh ! si j'avais pu parler, comme j'aurais dit :

— De grâce, laissez-moi tranquille, ne me réveillez pas de ce délicieux sommeil !

Lorsque je soulevai ma paupière lourde comme du plomb, une clarté intense ébranla tout mon être ; j'entendis la lumière plus encore que je ne la vis ; elle produisit une excitation plus violente sur les nerfs de l'ouïe que sur ceux de la vue. Il me sembla être au milieu d'une foule pleine de clameurs ou sur le bord d'une mer houleuse. J'éprouvai un immense regret du tombeau, une nostalgie du néant et du silence entrevus, et je refermai les yeux.

Tout d'un coup, je ressentis à la poitrine une douleur si vive, que je jetai un cri, et ouvrant de nouveau les yeux, je vis auprès de moi Madeleine, qui pleurait... oh ! de vraies larmes !... et je me souvins de tout. C'était cette femme qu'on avait accusée de m'être infidèle ! Bien sûr que Jean avait essayé de lui faire la cour, et s'était fait remettre à sa place, de là son dépit et le joli coup d'épée. Mais je ne regrettais rien puisque cela me faisait toucher du doigt la tendresse de Madeleine : elle pleurait, me croyant mort. Je commençais à sentir vaguement la moiteur de ses lèvres, et la chaleur de ses larmes qui coulaient sur ma main engourdie. Oh ! l'on peut bien mourir, après avoir goûté une jouissance pareille ! que ne suis-je mort tout de suite, que ne suis-je parti sur cette impression.

Elle, me tromper ! Pauvre Jean ! Et cependant je ne sentais pas de haine pour le calomniateur. Me tromper ! Madeleine, avec le docteur Raymond que je voyais là, lui aussi, de l'autre côté de mon lit ; il me tâtait le pouls, et surveillait mon physionomie sans qu'un fibre de son visage olympien trahit l'émotion qu'il ressentait.

Toutes ces pensées étaient très nettes dans mon esprit, mais je ne pouvais parler, et j'avais toujours dans les oreilles ce bourdonnement confus, ce bruit de lames sur le rivage qui m'empêchait de percevoir les paroles entrecoupées de Madeleine. Je la regardais avec mon âme, et j'essayais de presser ses lèvres de mes doigts inertes comme ceux d'une statue.

Je m'habituais à la douleur cuisante de ma plaie, et j'éprouvais une volupté faite de souffrance et d'extase, mélange de sang et de larmes, de chaleur, de tendresse et de clarté. Et cependant je regrettais amèrement la mort, d'où l'on m'avait tiré, cet anéantissement de la pensée, du bruit et de la lumière, ce repos délicieux dont je n'avais jamais conçu l'idée auparavant.

Je demeurais ainsi longtemps, peut-être plusieurs jours, je ne sais pas. Puis un feu s'alluma dans ma poitrine, et le sang de mes veines me brûla comme un métal en fusion. Je devins évidemment la proie du délire, car il me sembla voir Madeleine appuyer sa tête sur l'épaule du docteur. Pour fuir ce cauchemar je me retournai brusquement : c'était le premier mouvement que je pusse faire ; la fièvre avait ramené le sang dans mon cerveau, et réveillé mes sens engourdis par l'anémie.

À partir de cet instant j'entendis et je compris.

— Voyons, Madeleine, murmurait le docteur, il faut avoir du courage ; peut-être le tirerons-nous de là.

Et Madeleine, durement, répondait :

— Tu prends cela gaîment, toi ! Mais, s'il n'a pas fait de testament en ma faveur, qu'est-ce que je vais devenir ?

Cette parole m'entra dans le cœur bien plus profondément que l'épée de mon ami, et je poussai un gémissement. Madeleine et le docteur se précipitèrent vers moi, fixèrent sur moi des regards rigides et froids comme l'acier, qui fouillaient les profondeurs de ma pensée. Après un long silence, le docteur dit d'un ton très calme :

— N'aie pas peur,   Madeleine ; c'est la fièvre qui s'établit : le sang lui afflue au cerveau et produit un délire intense ; il ne peut rien comprendre.

Hélas ! que ne disait-il vrai ! Je compris tout au moins que je n'avais plus qu'à mourir, et, de nouveau, je pensai au néant. Mon esprit s'éleva bien au-dessus des misères et des trahisons humaines. Mon amour s'éloigna, d'un bond, à une telle distance, que je le voyait comme on aperçoit à l'horizon le sommet d'une voile, doré par le soleil du soir, distinct, mais inaccessible, près de disparaître à jamais. Je n'éprouvais point de colère contre Madeleine ; elle n'était après tout qu'une femme de chair, belle et convoitée de tous, dans l'épanouissement de sa vingt-cinquième année. Une atmosphère de désirs s'exhalait autour d'elle, et il était naturel qu'elle la respirât comme elle respirait l'air ambiant, qu'elle se réchauffât aux rayons de l'amour comme à ceux du soleil. Je voyais maintenant les choses de si haut, j'étais tellement dégagé de tout sentiment personnel que son infidélité ne me causait aucune peine ; je voyais clairement les lois de la nature et je m'y soumettais sans murmurer – de cette nature dans le sein de laquelle j'allais rentrer.

Les éléments qui s'étaient unis passagèrement pour constituer mon être, je les sentais se désagréger graduellement. Cette fois la mort me prenait petit à petit, et je retournais tout doucement vers le repos : mais de même qu'en passant par une gradation insensible de la lumière à l'obscurité l'œil s'adapte, et s'accommode pour la raréfaction du jour, de même je m'accoutumais à cette vie raréfiée, et j'éprouvais des sensations vagues et ténues. Sur un signe que je parvins à lui faire, Madeleine s'approcha de mon lit : bien qu'elle touchât mes doigts, je la voyais comme si l'océan tout entier eût été entre nous. D'un effort inouï je lui indiquai le petit chiffonnier Louis XVI où je mettais mes papiers, et je prononçai le mot testament. Les yeux de Madeleine s'allumèrent d'une flamme bleue, et une joie céleste se répandit sur son admirable visage ; elle sembla transfigurée, pareille aux anges du ciel. À partir de ce moment, mes sensations devinrent très obtuses, ma respiration de plus en plus faible et lente. Je me mis à râler avec un bruit rauque qui m'était extrêmement désagréable. Puis, je cessai de respirer. J'entendis le docteur dire :

— C'est fini !

Madeleine se précipita sur moi en jetant des cris de désespoir. La reconnaissance de ce que j'avais fait pour elle lui rendit toute sa tendresse : je crois qu'elle ne m'aima jamais aussi ardemment que lorsqu'elle fut certaine que j'étais mort, et qu'elle héritait de moi.

Elle me ferma les yeux et les baisa : le velours de sa lèvre fit courir sur ma chair un frisson trop léger pour être perceptible aux yeux des vivants.

La nuit vint lentement. On alluma trois bougies qu'on plaça sur une petite table à la tête de mon lit, et Madeleine et le docteur firent ma dernière toilette ; puis ils s'assirent non loin de moi. Je faisais mes efforts pour ne pas entendre ce qu'ils se disaient à voix basse : ils faisaient des projets d'avenir, et elle ne pleurait plus. Il lui murmurait des paroles d'une grande douceur : les mêmes que je lui avais dites, et qu'elle semblait entendre maintenant pour la première fois. Ils parlèrent de moi avec affection :

— C'était un bon ami, dit Raymond ; un peu naïf seulement.

— Un cœur d'or, répondit Madeleine, et elle se remit à pleurer.

Elle vint poser un long baiser sur mon front, et cette fois ses lèvres me brûlèrent comme un fer chaud :

— Il est déjà glacé ! dit-elle en sanglotant.

— Voyons ! dit Raymond d'un ton brutal ; pas de comédie. Sortons d'ici ! et il l'emmena de force.

Les paupières de mon œil gauche, imparfaitement fermées, laissaient entre elles un mince interstice, par lequel je distinguais assez nettement les objets situés en ligne directe avec mon œil : mais c'était un champ fort étroit, et je ne voyais rien de ce qui se passait au fond de la chambre. Maintenant j'étais seul ; je sentais un froid glacial pénétrer jusqu'à mes os. Au milieu de la nuit la lumière vacilla, jetant des lueurs intermittentes qui donnaient aux objets une apparence fantastique ; puis, les bougies consumées, s'éteignirent. Chose étrange ! j'y voyais à travers l'obscurité, je distinguais la forme des choses : seulement, tout était d'un gris uniforme et doux : la couleur avait entièrement disparu. Puis, ma vue se troubla par degrés : les tissus devenaient opaques, et les liquides de mon œil se desséchaient lentement. – Tout à coup il me sembla que l'air s'agitait dans la chambre, et j'entendis un vague bruissement ; une chose vint se placer dans le champ de ma vue, une chose très blanche ; une souple et gracieuse draperie de marbre était tout près de moi. Des doigts se posèrent sur mes yeux, des doigts dont la pulpe n'avait ni la chaleur, ni l'élasticité de la vie ; mes paupières déjà rigides furent rouvertes violemment. Alors je vis une femme debout à mon chevet, ou plutôt un ange de marbre blanc, dont les ailes à demi déployées touchaient presque le sol. Ses cheveux tombant en lourdes cascades sur ses épaules, se mêlaient au duvet de ses ailes, et ondulaient le long de son corps chastement drapé jusqu'aux talons. Ses yeux sans prunelles s'abaissèrent vers moi, et, de ses lèvres closes sortit une voix sans souffle, des paroles à peine articulées, et cependant très distinctes :

— Tu ne me reconnais pas, disait-elle, et pourtant tu m'as aimée avec tendresse ! Rappelle-toi cette chapelle sombre de l'église San Lorenzo, à Florence, où tu vins souvent t'asseoir devant un tombeau de marbre blanc.

Je me souvins, et de mes lèvres immobiles sortit une voix sans souffle, semblable à celle de la statue qui me parlait :

— Bertha ! m'écriai-je.

— Oui, Bertha ! reprit-elle, la statue de Bertha Ruccellai. Oh ! je me rappelle, moi, malgré dix ans écoulés. Presque enfant alors, et tout meurtri de ta première blessure d'amour, tu avais cherché la mort dans les combats, et la mort n'avait pas daigné te prendre. Rappelle-toi ton émotion, la première fois que tu me vis. Pendant trois mois tu vins presque chaque jour me contempler pendant des heures entières. Je lisais dans ta pensée, mais tu n'entendais pas mes réponses, car les morts seuls entendent la voix des morts. Je t'aimai pour les larmes que tu versas sur moi, inconnue, sur ma jeunesse et ma beauté sitôt moissonnées. Et depuis ce temps, mon amour pur et incorruptible comme le marbre dont je suis faite, t'a suivi partout. Oh ! comme je l'appelais de tous mes vœux, cet instant de ta mort qui devait nous réunir : maintenant tu m'appartiens et je suis à toi. Quoique je sois de pierre, j'ai souffert l'agonie quand je vis que tu m'oubliais, et que tu jetais ton cœur à des amours vulgaires. Je fus jalouse de la Vénus de Milo, à l'époque où tu étais amoureux d'elle, cette statue toute charnelle, d'où l'âme est absente. Et cette autre créature sans âme, elle aussi, je l'ai souvent maudite, cette Madeleine à qui je dois pourtant mon bonheur, puisque c'est elle qui a causé ta mort.

« Viens, partons ensemble pour l'adorable Florence ; tu demeureras avec moi à San Lorenzo : car – tu ne sais pas – les morts aimés du ciel deviennent de belles statues, et l'artiste, qui croit les façonner de la gouge et du maillet, n'est que le jouet d'une illusion, l'instrument d'un dieu puissant. Viens ! nous mettrons une flèche dans la plaie de ta poitrine, et tu t'appelleras St-Sébastien. Il y a une niche vide à quelques pas de la mienne, et nous nous verrons toujours. Pendant la journée, il est vrai, nous sommes forcées, nous autres statues, de rester à nos places, à cause des touristes qui viennent nous visiter ; mais il est très frais dans ces vieilles églises, grâce à l'épaisseur des murs. Et, la nuit venue, nous faisons ce qui nous plaît.

« Nous errerons au clair de lune parmi les monuments de la ville des fleurs, dans les pieuses églises, et sous les cloîtres tranquilles ; à Santa Maria Novella, sous la coupole du Brunelleschi, dans la cour du Giotto, bijou de mosaïque ; à Santa Croce, parmi les grands hommes défunts.

« Nous reverrons les tableaux des Uffizi et du palais Pitti, nous causerons avec les statues nos sœurs, nous passerons des nuits sous la Loggia de Lanzi en compagnie du Persée ; nous lierons amitié avec la Nuit qui rêve douloureusement sur le tombeau des Médicis. Nous vagabonderons incognito par les places et les promenades ; au Palazzo Vecchio, à la Signoria, aux Cascine, le long du jaune Arno. Nous irons à la campagne, à Fiesole et jusqu'aux Camaldules, moi suspendue à ton bras. Et quand tu seras las de marcher, tu te suspendras à mon cou, et j'ouvrirai mes grandes ailes. »

La musique de cette voix extra-humaine me berçait voluptueusement, et une vie nouvelle, plus subtile que l'autre s'infiltrait dans mes membres refroidis. Maintenant je pouvais remuer la main, je pouvais mouvoir les yeux : Ô surprise ! ma poitrine, mes bras, tout mon corps dépouillé de vêtements, ma chair s'était changée en un marbre sans tache, du grain le plus délicat.

Et Bertha, se penchant sur ma couche, me prit dans ses bras, me souleva sans effort. Ma tête reposait sur son épaule et sa bouche sans haleine s'unissait étroitement à mes lèvres de marbre.

— Viens ! murmura-t-elle, je t'aime, je suis à toi pour l'éternité !

Alors, ouvrant ses ailes d'archange, elle m'emporta à travers le ciel, vers l'aube matinale qui pâlissait à l'orient.

Le Jubilé des trois copains

PIERRE-DE-TOUCHE

> Je cherchai la gangrène au fond de tout, et, comme
> Je la trouvai partout, je pris en haine l'homme.
>
> T.G.

En l'an 189*, par une après-midi de juillet furieusement ensoleillée, deux individus, bien différents de physique, se tenaient auprès de la statue de Jackson, à la Nouvelle-Orléans. Depuis un quart d'heure, ils étaient là, causant à voix soumise, gesticulant peu, presque immobiles. De loin, on les aurait pris pour deux essais de statues, mais un observateur plus rapproché aurait distingué, dans leurs regards furtifs et incessants, une assurance très peu formelle, une sorte de crainte, d'appréhension ; il avaient l'air d'être aux aguets. Avaient-ils peur des hommes de police ? Peut-être : en tout cas, ils en avaient un peu le droit. L'un de ces hommes était un Allemand, du nom de Karl, lourd, à la démarche insouciante, se dandinant sur des pieds bien opposés à ceux des dames chinoises. Ses souliers paraissaient mesurer 15 pouces, mais la base était faite pour supporter l'édifice. L'épinglette d'une dame soutiendrait-elle la Tour Eiffel ! Positif dans sa lourdeur, et d'une allure mécanique, il vous faisait l'effet d'un éléphant posant son large pied dans le sol, pour en laisser l'empreinte. Quant au moral, sa figure ne disait rien. Trois choses seulement accusaient en lui un tempérament où la lymphe dominait : une physionomie sans expression, insignifiante ; des yeux bleus, ternes, sans feu, au regard flasque et languissant, des yeux de congre bouilli, et des cheveux rares, plats, sans couleur distincte. Ce n'est pas lui qui aurait mis le feu aux quatre coins du monde. Il parlait peu, ne sachant rien. Son visage, muet et inerte, disait hautement qu'entre lui et un marbre, la différence n'était pas grande.

Son interlocuteur était loin de lui ressembler, et paraissait faire tous les frais de la conversation. Celui-ci, du nom de Pistolet, avait reçu une éducation soignée. Les solutions de continuité qui décoraient son haut-de-chausses étaient autant de canaux par où sortaient des bribes de littérature, des réminiscences de poètes. Après avoir passé plusieurs années dans une université, il était venu échouer sur le pavé inégal et glissant de la Nouvelle-Orléans. Par quelles suites de circonstances malheureuses ? Lui seul aurait pu nous en instruire. À le voir, dans la rue, vous auriez été tentés de lui ouvrir votre bourse ; mais la lui confier n'eût pas été prudent. Il vivait sur le commun et mettait dans sa tirelire le produit peu légitime de ses industries. Il abhorrait les riches, les grands, les puissants, parce que c'était à eux qu'il attribuait ses malheurs : aussi, leur pensée, leur vue excitaient sa verve, et quand il entamait ce chapitre, le monde pouvait tourner, il ne s'en inquiétait guère.

Grand, maigre, sec, efflanqué comme un roseau, avec deux échalas en guise de jambes, il rappelait la girafe. Sous ses orbites creuses, bâillaient deux escarboucles, qu'ombraient d'épais sourcils. Sa peau sèche, rugueuse, parcheminée, un léger tremblement des mains dénotaient une vie un peu trop mouvementée et passablement mal employée. Des plis étranges lui coupaient le visage, comme des coups de sabre. Le moral était une ruine lamentable. Pour tout dire, vous aviez affaire à un de ces hommes avec lesquels les relations sont permises, quand on tient à la main un bon fusil bien chargé. Dans le fait, un satané Pistolet !

Tout à coup, ces deux hommes, aux passions si différentes, eurent un même geste d'étonnement mêlé de joie. Ils venaient d'apercevoir un copain. En effet, d'une des rues aboutissant à la place Jackson, débouchait un troisième personnage portant nez droit, pointu, moustache rousse ; il avait un éclair au fond de l'orbite et la peau rouge. Au moment où ses amis l'aperçurent, il venait de serrer d'un cran la boucle de son ceinturon, devenu trop large, tout en jetant à droite et à gauche un regard inquiet. Ce ceinturon était une vieille bande de cuir, retour de la ligne. Pendant qu'il était fourrier, il avait fourragé dans les paniers de l'état. Le Gouvernement était le seul ennemi qu'il eût jamais combattu, et ses états de service se comptaient par le nombre des villages et des localités dans lesquels il avait opéré, toujours comme fourrier, ses razzias de vivres et de fourrage. Jamais il n'eût osé vous montrer son livret de revue ou d'ordinaire. Maussade, indiscipliné, hargneux comme un chat qu'on fouette, il avait des colères de pourpre vis-à-vis de ses inférieurs, des platitudes de colimaçon devant ses supérieurs. Toutefois, aujourd'hui, il avait le bon esprit de ne jamais parler de sa vie des camps. Un reste de pudeur native, car j'avais oublié de vous dire qu'il avait vu le jour dans un village de l'ancienne Arverne, ce drôle de pays où les hommes n'appartiennent à aucun sexe. Il en avait conservé la ruse, la prudence, la défiance et l'esprit d'économie... Gros et court, vif et criard, se fâchant avec une brusquerie merveilleuse, se mêlant à toutes les conversations, ayant toujours le mot pour attaquer celui-ci, pour soutenir son propre sentiment, il entassait le bien d'autrui, comme son ami Pistolet : il faisait le pauvre, et son matelas était plein d'or. On l'appelait Lascar.

Comment ces trois êtres si hétérogènes pouvaient-ils être amis ? D'abord, ce n'était pas des amis, c'était trois copains. Ils s'étaient connus en faisant le porte-monnaie. La connaissance datait d'un an, et, tout récemment, elle avait été renouée et fortifiée à la prison de paroisse. Depuis 25 ans, ils faisaient le mouchoir ou pratiquaient « la tire », et ils voulaient, eux aussi, avoir, ce jour-là même, leur fête domestique. Par exemple, pas d'amis, pas de trompettes, pas d'invitations ! La pensée d'un policeman s'ingérant dans leurs affaires privées, leur donnait la colique. Cependant, ils auraient volontiers, pour le soir, donné amnistie à leurs confrères en prison, mais ils n'étaient ni présidents, ni gouverneurs.

Ils convinrent donc de se réunir, à huit heures du soir, dans une maison qu'ils connaissaient, sise dans un quartier éloigné du centre de la ville, et là d'y faire bombance. Ils voulaient « faire la goûte », comme disent les cuisiniers en parlant des confitures. Tout allait être préparé par une personne dont la « probité » et le dévouement leur étaient connus.

Entrons dans la salle, pardon ! dans le taudis ; d'ailleurs, en ce moment, ces « messieurs » y sont. Au fond d'une ruelle odorante, arrosée d'une eau puante et noire, une porte étroite et vermoulue donnait entrée dans ce bouge. La connaissance exacte du mobilier n'exigeait qu'un regard. Trois chaises de paille défoncées, une table et un vieux poêle de fonte avec une large ouverture au ventre. Une petite fenêtre donnait sur une cour sale et boueuse ; mais cette fenêtre, dont deux vitres sur trois étaient cassées, ne s'ouvrait jamais, à cause des émanations du dehors. Pour la circonstance, une nappe de couleur isabelle, trouée à outrance et outrageusement rapiécée, avait été jetée sur la table. Du plafond, la chaux humide tombait dans les verres, et la poussière des fentes descendait en nuages suffocants. Des restes de plancher moisi laissaient passer, entre leurs interstices, des brins d'herbe étiolés et jaunis, faute d'aération. La bave des limaces argentait la muraille gercée et éraillée, et, au fond, dans un coin, deux crapauds, à l'œil étonné et roux, coassaient piteusement. C'était un repaire sinistre, sabbat où les sorcières devaient se heurter. Hoffmann n'aurait pu récuser ce sépulcre. Sur la table, luxe inutile, trois assiettes fêlées : nos copains ne viennent pas pour manger ; ils sont là pour boire et parler du vieux temps. Aussi, en revanche, trois cruches pleines de gin et deux flacons de genièvre entouraient une maigre bougie, dont la lueur vacillante donnait à ce bouge un aspect encore plus sinistre.

— À l'œuvre ! amis, s'écria Pistolet. Honte et mort aux puissants et aux riches ! Ils se montrent tyrans doucereux, quand ils ont besoin de nous ; nous crevons de faim après les avoir servis. À toi, Karl taciturne ! À toi, brave Lascar ! Buvons au plaisir. Je vous fais raison à tous.

Un grognement sourd, de la part de Karl, répondit à cette invitation. Lascar se leva.

— Amis, vociféra-t-il, à bas les riches et ceux qui les flattent ! Buvons à la jeunesse, puisque les vieux n'ont plus que quelques gencives désarmées. Quel est l'imbécile qui a osé dire que les méchants ne sont pas heureux ?

— Oh ! oh ! je connais çà, dit Pistolet, c'est Juvénal ; je me rappelle le texte, parce qu'il n'est pas long. « Nemo... ah ! voyons... oui, c'est ça. Nemo malus felix. »

— Oui, oui, repartit Lascar, nous sommes heureux, donc nous ne sommes pas méchants. Ne t'effraie pas du syllogisme, Pistolet ; pour Karl, néologisme, pyrrhonisme ou syllogisme, je sais que, ça lui est égal. Donc, puisque les dieux immortels permettent que nous nous retrouvions aujourd'hui, faisons des sacrifices en leur honneur. À vous, et buvons !

— C'est bien, répondit Pistolet, mais tu oublies ton sujet : laisse-moi continuer ta pensée. Nous ne sommes pas méchants, tu l'as dit éloquemment ; mais nous ne sommes pas la crème. Avouons pourtant que si nous possédons quelque pécune – cela soit dit entre nous – nous n'avons exigé les travaux et les sueurs de personne. Notre gain est à nous ; qu'importe d'où il vienne. Cuir ou parfum, n'importe ; l'argent a toujours bonne odeur. Que sont tous ces gens dont s'entourent les riches et les grands ? – D'insolents valets qui se croient quelque chose parce que leurs maîtres ont de l'argent. Il y a de grands voleurs, il y en a de petits : restons petits. La foudre tombe sur les grands arbres, elle épargne les chardons... Devenir probe et honnête ! Non, jamais. J'aimerais autant passer ma vie à enfiler des mouches, comme Domitien. La probité ! C'était bon quand Junon portait des robes courtes, ou quand Jupiter jouait à cache-cache avec Sémélé. Montre-moi un homme probe et vertueux. En connais-tu, toi, Karl ?

Mais Karl n'en connaissait pas ; il n'entendait plus. Ému par des libations copieuses et anticipées, il avait roulé sous la table.

— Vois cet animal, dit Pistolet à Lascar ; il a le gin mélancolique en diable. Bah ! quand je l'ai rencontré, il était en avance sur nous... Repose en paix, cruche lamentable ! Puisses-tu mourir en mauvaise compagnie ! Il poursuivit : Connais-tu ces grands, ces hommes en place, ces petits Crésus qui remuent l'or ? Que sont-ils ? – Des intrigants, des êtres sans honte qui ont voulu sortir du commun envers et contre tous, qui ont percé à la manière des furoncles. Une étrange pitié me prend quand je vois ces éhontés que l'ambition dévore et qui, hier, sont sortis de l'étable, comme Ventidius. Aujourd'hui, il faut que leur nom reluise et brille, comme le sabot des chevaux qu'ils pansaient. Il y a huit jours, ils étaient inconnus, et aujourd'hui, ils se croient les pivots de la création. Ceux qui en attendent quelque bienfait se pressent sur leurs pas, les saluent, les accueillent d'un sourire et s'en vont contents et plein d'espoir. Vils intrigants, roquets impertinents, qui espèrent que le dogue leur laissera un morceau d'os à ronger. Zéros prétentieux qui, renversant toutes les règles de mathématique, et en dépit de Pythagore, pensent que quelque division se fera à leur avantage. Eh ! bien, écoute ; ces hommes, je les hais, parce que ce ne sont pas des hommes, mais des chenilles. La gangrène est partout ; dans toutes les classes, dans tous les rangs. Un égoïsme pointu travaille tous les esprits, et ils n'adorent qu'un dieu : l'intérêt. Pas un homme entre tous, quelle que soit sa livrée, qui dans un embarras quelconque, ne dise : « Moi, d'abord : les autres, ensuite. » J'en connais, de ces égoïstes, qui vous rendront tous les services imaginables, pourvu qu'ils n'aient pas à quitter leur chambre ou à se lever de leur chaise. Du moins ils sont polis : jamais un mot de refus et le sourire aux lèvres, ils se disent : « Fais toujours des promesses ; cela ne coûte rien, et tu es dispensé de les tenir... » Les riches, les hommes en place, parce qu'ils ont dans leurs poches quelques milliers de dollars que d'autres ont en moins, ont tout droit d'insolence ; et que nous reste-t-il ? – Le silence... Ils se croient les seuls êtres parfaits ; ils n'admettent chez les autres ni délicatesse, ni jugement. Ils se pavanent dans ce qu'ils appellent leurs talents, s'entourent de leur personnalité comme d'un manteau, et cachent sous ses plis leurs préventions immodérées. Ils ont le verbe haut devant leurs approbateurs et restent Scapins en présence de ceux dont ils se savent être méprisés. Ils boivent du champagne, nous avons le gin ; auprès du gin, le champagne est bien fade. Les journaux sont pleins de leur renommée et de leurs hauts faits. La presse murmure et gémit des mérites qu'ils ne possèdent pas et qu'on leur impose. Grands hommes, si tu veux ; mais avant de formuler mon opinion, je voudrais consulter leur valet de chambre... Des amis serviables et empressés, esprits dangereux et nuisibles, sont là, prêts à enregistrer, comme le page au service de Falstaff, chacune de leurs paroles. Le plus léger faux pas est dûment noté... Dieu ! quel bonheur que vous n'ayez pas eu une entorse !... Prenez garde, voici une pelure de banane qui peut vous faire glisser... Au diable les bananes, ceux qui les vendent et le pays d'où elles viennent ! Je frémis de penser au danger que vient d'éviter votre... Seigneurie. Ces immortels Pamphiles attendent que leur dieu ouvre la bouche, et, sans savoir ce qu'il peut en sortir, ils s'apprêtent à applaudir et à rire, semblables à ces touristes d'une béatitude énorme, qui cherchent dans leur *Guide* les endroits où il faut s'extasier, quand il faut dire : « Oh ! » et quand ils doivent dire : « Fi ! » Maxime prend-il son mouchoir ? les autres pleurent ; rit-il ? la danse de Saint-Gui les agite ; est-il muet ? tous se transforment en Harpocrates émus. S'il avait la jaunisse, chacun d'eux pâlirait à prendre du cumin. C'est à faire rire de pitié la statue de Jackson ! Varrus sort-il de chez lui ? Quatre valets se chargent d'informer le public du but de son voyage et de son retour... Longtemps on a refusé à Philon une place qu'il ambitionnait : il ne pouvait la remplir. Aujourd'hui, à force d'intrigues et de demandes, il est dans les dignités, et c'est à peine s'il daigne accorder à ses anciens compagnons une lueur d'intelligence. Seul, il possède tout l'esprit du monde ; il connaît mieux que vous vos propres affaires ; c'est pour lui seul que le feu se consume ; tous les dons de la nature lui sont dévolus ; sans lui rien ne peut être fait, et s'il n'est présent à une entreprise, il faut qu'elle échoue. C'est un honneur qu'il fait à la race humaine, s'il consent à se vêtir comme le reste des hommes. Il ne sait plus parler ; il dit : « Je, moi ; je viens de faire restaurer le Capitole... on m'attend à l'Aréopage... » Voilà les métamorphoses extravagantes qu'opèrent les dignités, les richesses. Les grands méprisent leurs semblables, parce qu'ils sont courbés sous le poids d'une fortune mal acquise. L'or change tout : le savant fléchit le genou devant l'ignorant cousu d'or : le noir devient blanc, la vieillesse se rajeunit, les voleurs occupent des places, le lâche se réveille vaillant et brave, l'ignominie se transforme en noblesse et les banqueroutiers sont comblés d'honneur, de considération et de respect. Eh ! bien, que la société de ces gens-là soit un poison, et qu'ils errent seuls comme le mépris ! Que l'amitié fausse qui les entoure ne soit qu'un rêve, un cauchemar, comme leur fortune n'est qu'une richesse mensongère !... Que faire, mon ami, que faire de ces fastidieux emplâtres ? – Les retourner et les jeter à l'égout ?

— Non, répondit Lascar : ils n'en valent pas la peine. Laissons-les vivre, pour les punir.

— Tu as raison ; laissons-les vivre pour leur propre honte. Mais en attendant, marquons-les au ventre, avec un fer chaud. Vois-tu, quand j'envisage...

Tout à coup, dans l'entrebâillement de la porte, une voix grêle et cassée glapit : « Chut ! Chut ! La police !... » C'était le Cerbère femelle préposé à la surveillance. Les dents allongées comme une chienne qui grogne, la peau du dos collée à son ventre, des yeux d'anthropophage, à la prunelle verte, un visage couvert de poils immondes, des mamelles arides et pendantes comme un bissac vide et usé, ses coudes violacés recouverts de haillons, son air sauvage et louche indiquaient une sorcière échappée au royaume de Laos. Sa véritable place était a cheval sur un bâton et sortant d'une cheminée.

Les trois mots qu'elle prononça eurent un effet magique. Le chapeau de Lascar s'abattit sur la bougie ; ils enfilèrent la fenêtre. À cheval sur l'appui, Pistolet eut un mouvement de commisération.

— Dors en paix, bienheureux Karl, dit-il ; tonneau flegmatique, dors en paix et que les ténèbres te soient propices !

Semblables à des damnés d'opéra, tous avaient disparu comme par enchantement. Deux bouteilles à demi pleines remplirent les poches de nos copains, et lorsque cinq minutes plus tard, la police revint renforcée, elle enfonça la porte : rien. Karl passa inaperçu, grâce à la table ; seuls, dans leur coin obscur les deux crapauds à l'œil roux gémissaient piteusement.

Mon oncle Jacques

Ulisse Marinoni

Si, dans une phase de votre vie, vous avez l'occasion de traverser, au cours d'un long voyage en chemin de fer, une vaste étendue de pays, vous remarquerez le long du chemin des sites agrestes, des collines ondulées, des vallées riantes ou des rocs escarpés ; l'œil s'amusera des gracieux contours que le paysage vous offre, et vous resterez étonné devant les magnificences dont la nature a doté la campagne. Mais, arrivé au but, votre imagination restera confuse devant ce kaléidoscope de beautés naturelles devant cet amas de choses sublimes, et insensiblement, n'en fera qu'un informe remblai, pour y étayer les singuliers paysages qui vous ont le plus frappés, consolidés à jamais dans votre mémoire, et qui ainsi resteront gravés dans cet éternel album de souvenirs précieux, qui est le cœur humain.

Tel, Mesdames et Messieurs, est l'effet produit par l'étude de cette interminable histoire de l'humanité, qui, comme un ruban bien en vue, tranche hardiment à travers les siècles écoulés sur ce monde terrestre, mais qui n'offre en somme qu'un piètre intérêt dans le tournoiement de ses passions bornes, de ses caprices mesquins, de ses ambitions chétives. Sur ce long parcours, le lecteur assidu finit par s'apercevoir du néant de ce qui semblait beau à première vue, et mêle dans un souvenir confus les aspirations humaines que l'histoire nous retrace. Seules alors, dans la pensée, émergent pour notre vénération des pages glorieuses, des gestes héroïques, des types illustres, qui réunissant les plus nobles qualités de l'homme, méritent à bon droit l'encens de notre estime et notre admiration toute particulière.

C'est une de ces pages glorieuses, un de ces types remarquables que je désire vous présenter ce soir. Plût au Ciel que mon œuvre en soit digne, car le sujet est certes au-dessus de mes forces. Car il en est des sujets comme des pierres ; dans certaines vous pouvez buriner, sculpter, voire même trancher dans une mollesse pierreuse, parfois vous devez consolider de crainte que le bloc ne s'effrite ; il y en a d'autres, au contraire, où le choc brusque du ciseau fait jaillir des étincelles, et l'orgueilleux granit résiste avec fierté aux chétifs efforts d'un sculpteur ordinaire. Vous me saurez donc gré Mesdames et Messieurs, si j'ose aborder un sujet cher à vous tous, qui est bien le vôtre, que vous chérissez dans le plus profond de votre cœur, qui embaume votre vie par son doux souvenir, et qui a pour nom générique le Créole louisianais d'autrefois.

Ce n'est pas de cette race d'hommes probes et illustres, de cette lignée de grands seigneurs mais d'un seul type unique quoique réunissant en lui toutes les qualités de vaillance, de grandeur d'âme et de loyale fierté, dont je vais causer avec vous ce soir.

Il est un endroit non loin de la Nouvelle-Orléans, où le fauve Meschacébé, en son lit bordé de tertres gazonnés reprend sa ligne droite après une courbe abrupte. Au-delà de cette faible éminence qui serpente le long du fleuve jusqu'à l'infini de l'horizon et qui est flanquée d'une route noirâtre et souvent fangeuse, l'œil de l'observateur promène ses regards sur des champs vastes et étendus prolongeant, dans une monotonie d'un paysage plat, des vestiges de labours anciens jusqu'au rideau d'un vert morne formé par les cyprières. La fertilité du sol s'accuse pourtant sous la pousse hardie des herbes folles qui frissonnent au passage de la brise en de longues ondulations comme pour cadencer par un rythme soutenu l'appel de la nature dans sa folle prodigalité. À l'endroit dont je parle, un bouquet de chênes séculaires cache des débris croulants d'une ancienne maison seigneuriale. Désormais la toiture est effondrée, les colonnes gisant à terre s'émiettent en morceaux, les planchers ont disparu dans la moisissure des années ; seuls les pans des murs restent encore, revêtus de cette couleur de sépia que la vétusté prête à nos murailles anciennes, rendue plus foncée par le contraste des mousses et des lichens qui végètent, et poussent dans les cracs des jointures. Les superbes embrasures témoignent encore d'une splendeur passée, splendeur à laquelle le bruissement des feuilles agitées par le vent du fleuve font un éternel requiem. C'est là que mon oncle Jacques venait parfois rêver.

Une stature plus que moyenne, une carrure large, un nez aquilin, des cheveux jadis d'un noir d'ébène mais à présent blanchis par l'âge, une barbe neigeuse et taillée en rond, et des yeux presque noirs, d'un regard perçant, complétait un ensemble frappant qui mariait une douceur d'âme à un corps d'athlète. Je l'avais connu dès mon jeune âge comme une de ces individualités qui demandent le respect et l'admiration ; sa physionomie dénotait ce qu'on appelle en langage familier un honnête homme ; sa figure respirait la franchise et la loyauté, et ses façons courtoises rappelaient le sans peur et sans reproche qui furent toujours la marque de touche de nos anciens Créoles.

C'était surtout par ces accalmies de soirs tropicaux dont nous jouissons si souvent, que l'oncle Jacques venait flâner sur les abords de cette plantation qui l'avait vu naître et où il avait joui de moments si délicieux, mais hélas, si fugitifs ! D'ordinaire il traversait le fleuve par le bac à vapeur au pied de la rue Canal, et louant une carriole quelconque, il descendait la côte pour arriver au but de ses pèlerinages fréquents. Là, saisi par le poids de ses souvenirs d'enfance, le cœur étreint par cette foule tumultueuse de pensées qui l'entraînaient vers une époque à jamais disparue, il se laissait choir sur la levée qui dévalait en pente douce, et tranquillement, doucement, revivait avec un amer délice ces splendeurs de sa jeunesse qui pour lui surgissaient dans l'ombre troublante des années écoulées.

Les fumées de la grande ville prochaine estompaient le ciel de nuages noircis ; derrière lui le courant jaune clapotait avec mille remous sur la berge d'argile et charriait dans sa course rapide des débris informes ; au bas à niveau d'eau se voyait encore un plancher, dernier vestige du quai où les anciens habitants recevaient le charbon pour la roulaison ; autour de lui le calme d'une morne campagne, ce sentiment du large qui est si caractéristique en Louisiane ; les champs se succédaient baignés dans une lumière tiède et féconde ; plus loin les tons divers d'une culture maraîchère, et après les grands panaches exotiques d'un champ de cannes. Le bruit criard d'une charrette se rendant en ville, ou l'appel strident d'une locomotive, une rare complainte nègre brisaient seuls ce silence rêveur. Mais l'oncle Jacques n'avait des yeux que pour la vieille maison qui chaque jour s'écroulait davantage, tassée dans sa vieillesse séculaire au fond du bosquet de chênes, et la douceur suave du ciel louisianais, d'un bleu tellement étincelant presque doré, l'environnait et tombait sur elle comme une auréole, et sur cette terre bénie flottait une paix immense, une mélodie céleste de tons harmonieux où vibraient à l'unisson la tranquillité et le bonheur. Des tumulus de gazon accusaient un ancien parterre, les barrières défoncées donnaient passage aux bêtes qui s'installaient sous les vestiges des galeries ; un paysage de Paul Potter avec la mélancolie de Claude Lorrain. Au fond quelques maisonnettes debout, seules restées de l'ancien camp, et puis quelques lignes d'herbe plus hautes et touffues qui montraient d'anciens travaux de desséchement ; et puis, encadrant le tout, des labours maraîchers, au ras du sol, rappelant les environs d'une grande ville. Le tout formait un paysage où les ruines d'antan dominaient le progrès moderne par le calme de leur tristesse.

Les lumières crépusculaires dardaient leurs longs rayons à travers l'azur velouté, et une ombre céleste d'un bleu royal montait lentement vers le zénith ; et l'oncle Jacques restait encore accoudé sur la levée, devant les anciennes splendeurs. Déjà les hirondelles de nuit décrivaient leurs courbes capricieuses et les minces buées du soir couvraient la terre de leur gaze mystérieuse, tandis que de l'autre bord venait le bruit strident du sifflet de la raffinerie. Mais un essaim de souvenirs lui piquaient le cœur, un déroulé de fastes, de richesses, de luttes, ensuite la guerre, les péripéties, les grands actes d'héroïsmes, et puis le long et sourd combat de la reconstruction, du rétablissement d'une entière société humaine dans son assiette normale. Et dans la fantasmagorie que suscitait son cerveau troublé, voici toutes les étapes de sa vie qui surgissaient, revenaient avec précision et revivaient devant lui. Et dans cette envolée qui faisait vibrer la mémoire, voici la vieille maison qui se transfigurait, reprenant sa pristine jeunesse.

La voilà bien comme autrefois, grande, spacieuse, à deux étages, une toiture en mansarde avec une large galerie soutenue par des colonnes rondes, et le parvis briqueté, bien rouge, propre, étincelant au soleil. L'allée de chênes verts continuait jusqu'à la grande route, et à côté un parterre bien aligné, que pavoisaient les fleurs d'antan, les roses

de Bengale, les jasmins, les bleuets, les crêtes de coq, les dahlias, tout
tenu en ordre par un jardinier français enrôlé exprès pour la maison.
Une charmille de glycines et de chèvrefeuilles répandait une odeur
suave que la brise mariait au doux parfum des orangers en fleurs. Le
rez-de-chaussée était séparé par un large corridor ; à gauche le grand
salon avec un parquet jauni et fourbi à la camomille contenant des
meubles en acajou tapissés en soie rouge ; des tentures de la même
couleur recouvraient les imposantes fenêtres aux rideaux en dentelle,
les murs tapissés en papier moire blanc étaient ornés de tableaux de
famille, et l'appartement restait plus confortable en hiver par un épais
tapis de Paris à larges figures. À droite se trouvait la bibliothèque avec
une immense cheminée aux chenets en cuivre et un garde-feu ciselé
à pattes de lion ; en hiver elle flamboyait avec d'énormes morceaux
de bois qu'un nègre posait régulièrement, tandis qu'en été elle restait
rougie et remplie de fleurs et de feuilles de magnolia. La chambre
était ornée de livres choisis témoignant le bon goût du maître, et
un canapé ou lit de repos en faisait ses délices : des lampes remplies
d'huile de lard répandaient une lumière douce et discrète. La salle
à manger suivait, très grande, bien éclairée, témoignant le zèle de
Titisse, gardienne de ce lieu sacré ; un large éventail en papier avec un
volant en bas, suspendu au milieu du plafond, entretenait la circulation
de l'air pour les convives. La table était très grande avec des boules
de cuivre à chaque pied ; à côté, la table à desservir restait chargée
d'une vaisselle éclatante et de cristaux étincelants, hérités de père en
fils. Presque toujours il y avait des invités, et le maître de la maison
découpait les viandes que des domestiques stylés apportaient sur des
plats à réchaud : je dis stylés, car ces hommes à couleur d'ébène, choisis
exprès, revêtaient des redingotes en drap noir en hiver et en toile écrue
en été et servaient toujours gantés. La table était éclairée par des
chandelles de suif dans des candélabres en argent ; les plats étaient mis
devant les convives sur des réchauds garnis de braises, car la cuisine
était fort éloignée, les nougats et massepains décoraient le centre de la
table ; une conversation ornée et bien choisie égayait le dîner qui se
prolongeait près de deux heures, car les enfants sortaient bien avant la
fin. C'était un dîner plantureux, patriarcal par la quantité, mais exquis
et bien ordonné comme il convient à des gens qui avaient appris à

Paris l'art de bien manger. On faisait de la musique après le dîner au salon où il y avait un superbe Gaveau, et les messieurs fumaient des cigares de la Havane qu'un laquais apportait avec un brasier ; ensuite on jouait à de petits jeux, et généralement les parties finissaient vers dix heures, et les invités s'en retournaient par cavalcades en causant gaiement.

Dans un bâtiment séparé se trouvait la cuisine, grande et spacieuse et reliée à la maison par une allée briquetée : deux grandes citernes masquaient ce lieu de délices, juchées sur de grandes fondations et murs ronds en brique contenant des caves où l'on conservait au frais les provisions. Derrière la cuisine une allée de tilleuls continuait le chemin jusqu'au camp, un petit village de maisonnettes basses, crépies à la chaux, où demeuraient les travailleurs.

Au premier étage de la grande maison se trouvaient les chambres à coucher, embaumées par l'odeur des plantes grimpantes ; c'étaient des chambres bien propres sentant le vétiver, garnies de meubles en acajou et de lits à colonnes, avec de grandes armoires massives aux pieds en griffe, aux portes d'une ébénisterie délicate, et dans la pénombre où l'on tenait les chambres dans la chaleur du jour, notre ami revoyait ces mille détails de luxe, les beaux édredons sur le lit, dont le ciel en papier fleuri très voyant avec au centre une corbeille fleurie, avait amusé son jeune âge. À côté se trouvaient les chambres d'enfant avec des demi-lits très simples, au plancher luisant fourbi à la brique ; la nuit une lampe à tasse comme veilleuse répandait une douce clarté, ou bien une chandelle dans un manche en verre. Quel plaisir de s'étendre près du foyer les soirs d'hiver, ravi dans la confection des pralines, quand il gelait si fort qu'on plaçait les lampes près du foyer pour faire fondre l'huile de lard ; et l'été, quelle douceur dans la chambre à brin sur la galerie où on se tenait bien abrité contre les moustiques pendant que le père faisait le récit des événements du jour ! Quels délices de se baigner au fond de la cabane à bain sur la rive du fleuve et de sautiller sur le plancher barricadé par crainte des crocodiles ! Et les jeux sur la grande pelouse près du parterre entouré de buissons de roses sauvages ; et les courses folles après le grand nègre à cheval qui taillait la haie à grands coups de sabre ; et les pêches au vivier où le poisson frétillait sous l'ombre des cygnes

majestueux ; et le champ de course d'un demi mille de rond qui
entourait la maison et le jardin et où les jeunes gens pariaient sur
leurs chevaux favoris ; et au fond non loin de l'intendance, le grand
verger où les mespulus mêlaient leur vert sombre aux feuilles claires et
luisantes des orangers, et les pacaniers trônaient dans leur splendeur,
et les enfants s'emplissaient les poches de fruit au grand courroux de
Brutus, le gardien de cet endroit de prédilection. Et l'oncle Jacques
rêvait à cette vie d'enfant, cette vie de cocagne où tout était si beau,
si splendide, un paradis que le Bon Dieu avait oublié sur la terre, et il
lui vint alors au cœur la volupté du regret.

Mais il se voyait grandir et déjà le père lui donnait un précepteur,
un monsieur de la ville, très digne, très sévère qui lui parlaient des pays
lointains, de la France, de Paris, et tant d'autres sites merveilleux, et il en
était tellement ébahi qu'à déjeuner et à dîner, soit à neuf et quatre heures,
le pauvre précepteur y perdait son souffle. Mais alors il y avait musique et
danse le soir et le petit Jacques oubliait ses leçons pour admirer ces beaux
messieurs, les élégants, qui dansaient avec tant de grâce et saluaient les
dames avec tant de distinction. Mais le voici adolescent, et il faisait partie
de ces cavalcades avec de belles demoiselles en chapeau de soie et en robes
de drap qui se tenaient avec tant d'adresse dans ces grandes selles comme
une chaise à dos avec un étrier en pantoufle, et les messieurs allaient bottés
en habit de cheval, maniant les rênes avec tant de souplesse, chevauchant
à côté des demoiselles toujours à égale distance, ce qui ravissait les grands-
parents toujours prêts à juger des sentiments du monsieur par la distance
qui les séparait. Et voici que l'oncle Jacques voyait surgir des ténèbres du
passé tous ces fidèles domestiques qui l'avaient servi si dévotement ; voici
Badière à qui on avait appris la musique pour aider l'oncle Jacques dans
cette étude ; voici Pompom qui le suivait à la chasse, et qui était si bon
tireur qu'on pouvait lui donner douze cartouches pour qu'il rapportât
douze bécassines ; Baptiste qui lui servait d'écuyer ; Zénon, son nègre de
corps ; Tommie qui l'éventait avec respect quand il avait chaud, et toute
cette cohue de serviteurs, ce luxe de personnel, qui se multipliait, s'évertuait
à chaque petite besogne, remplissait la maison, et qui transportait au
dix-neuvième siècle, au milieu d'une vie simple et plutôt patriarcale, le
pavoisement magnifique, le luxe féodal des grands seigneurs d'autrefois,
ou des boyards de la grande Russie.

Et puis il y eut grande fête à la Noël une fois : on devait célébrer les fiançailles de la sœur de l'oncle Jacques : un monde de domestiques avait préparé la maison et les chasseurs avaient battu les forêts ; un laquais en redingote, à cheval, était parti avec des lettres de faire-part, et les avaient délivrées à tous les parents sur la côte et en ville. Ce matin-là on avait déjeuné en cérémonie autour de la table massive où trônait un cochon de lait enrubanné, et le soir à la clarté des flambeaux le grand dîner avait eu lieu, et au moment où la dinde sauvage et le cuissot de chevreuil faisaient leur apparition, le père s'était levé et avait bu à la santé des fiancés, se tenant raide dans son habit à queue à col de velours sous la grande pendule en acajou avec boîte à musique, mais qui devait, hélas, sonner sous peu un glas funèbre. Mais on ne connaissait pas l'avenir, et sur les murs ornés de tapisseries les ombres s'agitaient, tandis qu'au dehors les gens sautillaient au son rauque d'une bande nègre qui s'exécutait sur des instruments bizarres tenus des Indiens : et puis, après il y eut grand bal au salon avec une belle musique venue de la ville, et on dansait gaiement avec le fol abandon des races latines, l'insouciance gaie qui est née du bonheur et d'une richesse sans mesure. Ah, quelles jouissances indicibles, quels fastes splendides, quelle vie luxueuse remplirent les premières années de la vie de l'oncle Jacques ; rien à souhaiter ou à désirer ; les roses du bonheur et tout à foison, une jeunesse dorée, un contentement sans bornes ; le cœur, comme une coupe remplie jusqu'au bord, ne pouvant envier, ne pouvant désirer.

Et puis c'étaient les hivers avec les champs poudrés de givre, l'herbe couleur de rouille, et les grandes chevauchées vers les cyprières où, sur le miroir des étangs, les canards, les sarcelles et les poules d'eau s'offraient au chasseur ; dans les bois les chevreuils couraient par grands sauts et les dindes sauvages sautillaient lourdement sur les branches basses ; et puis le retour le soir, le sang fouetté par l'air vif, le fusil en bandoulière, l'attente à la maison où les dames écoutaient les récits de chasse tandis que les nègres étalaient sur la galerie les trophées. Et puis les belles journées à la sucrerie, où le ban et arrière-ban des cousins et cousines venaient parfois goûter la cuite ; les lourdes charrettes avec leurs essieux criards déversaient leurs tombereaux de cannes à sucre sous le hangar près des rouleaux, et les longs bâtons jetés sur la bande sans fin de la chargeuse étaient pris, tenaillés, aplatis sous les cylindres, et retombaient en étoupe dans un monceau de bagasse tandis que le jus doré, en suc bienfaisant, chaud et fumant, d'une couleur veloutée, était dirigé vers les chaudières ; et avec quel bonheur cette jeunesse se remuait, furetant partout dans cette vieille sucrerie, où on ne voyait que friandises et douceurs, et où le beau sucre se cristallisait, régnant en maître, cette cassonade belle et blonde qui s'amoncelait, cette richesse du Pactole qui débordait dans la chambre chaude, remplissait les barils, s'attachait à tout, et se transformait si facilement en beaux écus et en belles piastres, cette immense richesse où les habitants d'alors puisaient à larges coupes, et qui fut la base de cette époque de splendeur que connut la Louisiane.

La brise du soir se levait pendant que l'oncle Jacques rêvait ainsi ; une envolée de souvenirs lui tintaient à l'âme, et le choc brusque des souvenirs qui lui affluaient faisait déborder son cœur d'une douce amertume, et il eut une sensation de froid ; le soleil descendait brusquement, des lumières s'éparpillaient et les fanaux d'un chemin de fer brillaient au loin. Ah oui, voici les mauvais jours qui lui revenaient à la mémoire. Les Fédéraux montant le fleuve, les maisons abandonnées, les parents partis pour la guerre, le morne manteau d'une tristesse suprême qui couvrait ce pays jadis si riant, et dans la cour si propre, autour de la grande maison voici une foule d'esclaves assemblés, ameutés, le désordre partout, les hurlements d'enfants, le glapissement des vieillards, et dans le foyer, une terreur complète ; au loin les vaisseaux menaçants, pointant leurs canons, s'avançant sur la ville vouée, tandis qu'au loin une fumée monstrueuse, lourde, gigantesque montait vers le ciel. Et puis l'oncle Jacques quelques jours après disait adieu à sa mère et à travers les champs et les marécages rejoignait de l'autre bord du lac Pontchartrain ses anciens compagnons qui, déjà revêtus de l'uniforme gris, se battaient en héros. Ah quelles belles épopées de gloire, quelles luttes sanglantes furent alors la part de l'oncle Jacques. Celui qui jusqu'alors n'avait connu que la vie d'un Sybarite, contraint à une nourriture de pauvres hères, le moka remplacé par des glands torréfiés, les viandes exquises par une nourriture immonde, des vêtements de maître par des loques, mais ce sacrifice importait peu pour des hommes de mérite ; on ne connaissait pas alors des douceurs de l'ambulance, ces soins aseptiques, ces merveilles de chirurgie dont profitent les blessés de nos jours, et le brave dont la vie s'écoulait goutte à goutte dans une mare sanguinolente, étendu sur une litière de brindilles au pied d'un pin rugueux, souffrait les tortures d'une blessure profonde sans adoucissement, que le bonheur indicible d'un glorieux martyre pour la cause sainte. Car il n'y a rien au monde qui fasse plus rugir la bravoure, éclater le courage, et transformer les hommes, que de combattre pour le pays natal et le foyer de leurs ancêtres, Mais l'oncle Jacques avait compris la leçon d'héroïsme, et simplement, sans forfanterie, faisait son devoir de soldat. Parmi le sifflement des balles, le tonnerre du canon, les corps à corps mortels, il n'échappait pas à sa tâche. Par un fier contraste, son âme rutilait d'impatience devant le carnage, et il se multipliait devant les assauts forcenés de l'ennemi. Tel sur un terrain abrupt, un soir de combat, vint à un groupe de Louisianais l'ordre de défendre une position marquée, et alors pour que pas un ne bronchât, on creusa une fosse dans la terre rouge, digne linceul des mourants, et chaque soldat y déposa ce qu'il avait de plus cher, des lettres et des souvenirs de famille, les derniers adieux des mères ou des femmes éplorées, et sur la fosse recouverte, chaque homme se planta et ne bougea ; c'était la victoire ou la mort.

Retracer ici les péripéties de cette guerre de souffrances et de gloire serait certes trop long ; mais l'oncle Jacques en sortit modestement, sans peur et sans reproche, ayant fait simplement son devoir de soldat. Et alors vinrent les longs jours gris, les jours de tristesse et de morne douleur, où le deuil assis au foyer de chaque famille accentuait les désastres financiers. Mais si cette race d'hommes s'était montrée magnifique dans ses fastes, héroïques dans les jours de combat, elle fut sublime dans le désastre, et dans cette renaissance de virilité, dans cette lutte opiniâtre contre le malheur, elle ramassa ses forces pour aplanir les obstacles et vaincre les tourments d'une vie nouvelle de labeurs et de privations.

Modeste dans son maintien, courtois envers les grands, aimable envers les petits, menant une vie paisible au sein de sa famille adorée, l'oncle Jacques vit lentement les grains des années s'écouler dans le sablier de la vie, et jour par jour le chapelet fatal s'égrener dans la monotonie des affaires, tandis que la douceur d'une vieillesse tardive se prolongeait dans le calme relatif d'une vie tranquille.

Voici donc que sur la levée en face de la vieille maison plus majestueuse dans sa vétusté, le rêve de l'oncle Jacques se termina, alors que les étoiles brillaient déjà dans la coupe de saphir d'une nuit louisianaise, et lentement, tristement, il reprit le chemin du bac à vapeur qui ramena sur les bords affairés de la grande ville pour ensuite rentrer bien doucement, le cœur débordant de souvenirs lointains. Dans le miroir confus de la pensée, sur le monticule formé par les débris informes de ces images adorées, flottait fièrement la devise de sa vie, qui fut la clef de son âme, HONNEUR ET PATRIE.

Vous avez tous connu l'oncle Jacques, Mesdames et Messieurs, sinon de ce nom et de cette description, du moins de ces mêmes qualités morales, de ce même dévouement, et de cette même abnégation devant le sacrifice : car l'oncle Jacques n'est que le prototype d'une génération que nous avons appréciée, et vénérée, car nous avons vécu en partie au milieu d'elle. Malheureusement elle touche à son déclin ; çà et là, ces hommes énergiques succombent à l'appel de la nature, le givre de la vieillesse est déjà tombé sur leurs cheveux blanchis, et leur taille caduque cherche l'attrait du tombeau fatal ; beaucoup ont déjà répondu à l'appel et bientôt les quelques survivants sentiront les froides caresses d'un repos sans fin. Mais leurs yeux reflètent encore le charme gracieux d'une époque passée, une frénésie d'âme pour les sentiments virils et nobles qui furent leur partage, une admiration pure et sans mélange pour tout ce qui est beau, pur et louable ; ils ont, beaucoup d'entre eux, vidé la coupe jusqu'à la lie, mais ils ont accepté leur sort fièrement sans crainte et sans équivoque. Et bientôt l'appel final aura lieu, le dernier clairon sonnera la dernière charge, l'ange de la mort cornera le dernier hallali pour ces grands chasseurs, ces parfaits gentilshommes, ces courageux soldats, et leurs âmes iront errer sur les fleurs d'asphodèle d'un gazon olympien, tandis que sur leur linceul lentement tombera en paillettes d'or, la poussière des étoiles.

?

ANONYME

Le touriste suspendit sa marche... Sur le seuil de l'auberge campée au bord de la route, un vieillard à barbe de neige faisait sauter sur ses genoux un petit négrillon du plus beau noir. L'enfant poussait des cris joyeux, et, quand l'homme paraissait disposé à prendre un peu de repos, réclamait impérieusement :

— Encore, grand-père, encore !

Aussitôt, le vieillard docile recommençait de plus belle et le jeu se poursuivait parmi des rires.

— Comment ce gamin moricaud pouvait-il être le petit-fils du vieil homme ? le touriste s'interrogea, tentant d'imaginer quelque plausible hypothèse. Mais aucune ne s'offrait avec suffisamment de vraisemblance. Un mariage entre blanc et noire eût produit tout au moins une descendance mulâtre. Or l'enfant qu'il avait sous les yeux présentait les caractères les plus typiques du nègre. C'en était un échantillon parfait, pur en apparence de tout mélange. Peut-être fallait-il voir là une bizarrerie de la nature, qui se complait parfois à réaliser d'étranges phénomènes. Quoi qu'il en fût, le cas apparaissait assez énigmatique pour que le voyageur connût le désir d'en pénétrer le mystère. Il s'approcha du vieillard et manifesta l'envie de se rafraîchir.

— Marie, appela l'homme, en tournant la tête vers l'intérieur de l'auberge.

Une jeune femme blonde parut, et, pendant qu'elle allait chercher la cruche de bière demandée par le touriste, ce dernier s'assit sur un banc auprès du vieillard. Déjà celui-ci avait détourné son visage. Il semblait absorbé par la contemplation de l'enfant, dont les grands yeux noirs observaient le nouveau venu avec insistance. C'était bien un nègre, de la couleur la plus sombre, et, qui plus est, d'une laideur repoussante. Le voyageur entama la conversation :

— Bonjour, s'adressa-t-il au bambin.

L'enfant sourit d'un air embrassé, sans répondre.

— Dis bonjour au monsieur, dit le grand-père.

Et quand le gamin eut satisfait aux exigences de la politesse, le vieux ajouta :

— Il est un peu sauvage, quand il ne connaît pas. Mais ce ne dure guère.

— Il a l'air de bien se porter.

— N'est-ce pas ? Oh ! il est vigoureux, le petit bougre ! D'ailleurs, il a de qui tenir. Vous avez vu sa maman, c'est une gaillarde !

— Ah ! c'est sa mère, cette jeune femme blonde ?

— Dame ! bien sûr ! Et ça vous étonne ? Ils ont pourtant assez de ressemblance !

Le voyageur pensa que son interlocuteur avait perdu la raison. C'était sans doute un pauvre fou, pas dangereux, à qui les siens avaient voulu épargner les tristesses de l'asile. La parenté qui l'unissait au négrillon n'existait que dans sa cervelle de démence. Ainsi s'expliquait le fameux mystère. Et le mot de l'énigme était si banal que le jeune homme regretta de n'avoir pas continué sa route.

Pourtant, le vieillard poursuivait :

— Moi, je ne peux pas en juger, je suis aveugle. Mais tout le monde est d'accord pour reconnaître que le petit est tout le portrait de sa mère.

Et il dit encore avec fierté :

— Ce qui me donne à penser qu'il ne doit pas être trop vilain. Car sa mère est joliment bien, la mâtine !

Le touriste demeura rêveur. Ainsi, c'était un aveugle ! Mais, alors, pourquoi cette femme, pourquoi les voisins, aussi, puisque tout le monde était d'accord, s'entendaient-ils pour abuser ainsi de l'infirmité d'un vieillard ? Était-ce une facétie sinistre, imaginée un beau jour par quelque plaisantin de village, reconnue bien bonne par tous et perpétuée depuis par habitude, parce que c'était une source de moqueries faciles et toujours drôles à l'adresse du pauvre aveugle ? Les campagnards ridiculisent volontiers les infirmes, qui sont encombrants et inutiles. L'envie de détromper le vieil homme s'empara de lui, et déjà il ouvrait la bouche pour lui révéler l'imposture, quand la jeune femme reparut, apportant la bière.

Voyant que la conversation s'était engagée en son absence elle s'arrêta, pâle comme la mort. Puis elle fixa sur l'étranger un regard d'effroi, qui disait une fervente prière, et lentement posa son doigt sur ses lèvres.

L'enfant surprit le geste.

— Pourquoi que tu fais comme ça, dis, maman ?

— Pour rien, mon petit...

Un pli douloureux se crispa autour de sa bouche. Puis elle ajouta, d'une voix encore tremblante :

— C'est l'heure du goûter, mon mignon. Va au potager avec grand-père. Il te choisira un beau raisin comme tu les aimes.

L'enfant s'élança, joyeux, entraînant le vieillard. Dès qu'ils furent hors de vue, la jeune femme interrogea le touriste :

— Vous n'avez rien dit, au moins ?

— Non.

— Ah ! j'ai eu si peur ! J'en tremble encore.

Elle demeura silencieuse quelques instants, la tête baissée, perdue dans une rêverie lointaine. Puis elle se redressa, passa lentement la main sur son front, comme pour en chasser d'affreux souvenirs. Et, tristement, elle expliqua :

— J'avais un fils. Il était si mignon, si beau, que le curé du village l'appelait le petit Jésus... Mon père devint aveugle quelques mois après la naissance du bébé, et dès lors toute la vie de ce pauvre vieux se concentra sur mon petit enfant. Comme les soins du ménage et la bonne tenue de l'auberge absorbent la plus grande partie de mes journées, le grand-père devint tout naturellement le gardien de son petit-fils. Il prit l'habitude de passer de longues heures dans le soleil assis où vous l'avez vu il y a un instant berçant le petit, dans ses bras, lui chevrotant doucement de vieilles chansons pour l'endormir. Il était pour lui comme la plus tendre des mères, et rien n'était plus touchant que la pieuse sollicitude dont le vieillard entourait le petit enfant... Un jour, mon fils commençait un peu à marcher, tous deux étaient là devant la porte, comme à l'ordinaire. J'étais moi-même occupée dans la maison et j'interrompais de temps à autre mon travail pour venir leur dire un petit bonjour... Tout à coup, j'entendis l'approche d'une auto mais je n'y prêtais aucune attention particulière : il en passe tellement par ici depuis quelques années ! Mais voici que soudain, comme la voiture se trouvait juste devant la porte, l'air fut traversé par un cri terrible. Comme une folle, je me précipitai... Mon fils, sanglant, gisait au milieu de la route... Je ramassai le pauvre petit, qui respirait encore... Mais tous les soins furent inutiles. Il mourut trois jours plus tard.

La jeune femme essuya quelques larmes, puis elle reprit :

— Pendant l'agonie du petit, mon père était comme un fou. Il s'accusait de l'avoir mal surveillé, comme si le pauvre vieux eût été capable de se rendre compte du danger. D'habitude, vous comprenez, mon fils faisait quelques pas, puis revenait vite vers son grand-père. Mais naturellement, il se fortifiait de jour en jour, il faisait des progrès que le vieil aveugle ne pouvait pas suivre. Cette fois-là, l'enfant avait eu la force d'aller jusqu'au milieu de la route. Et jusque au même moment... Ah !... mon père se désespérait, voulait se tuer... Pour le calmer, nous lui fîmes croire à une guérison prochaine. Puis, quand le petit mourut, aucun de nous n'eut le courage de lui dire la vérité. Je lui racontai que j'emmenais mon fils dans une maison de convalescence. J'espérais que plus tard je pourrais lui révéler... Mais son angoisse était telle que jamais je n'osai lui dire...

« Un jour, mon mari trouva ce petit nègre, abandonné au bord de la route. Il me l'apporta, pour le garder pendant qu'il ferait les démarches nécessaires. Mon père, entendant des cris d'enfant, crut au retour de son petit-fils. Déjà la joie éclatait sur son visage... Nous nous sommes regardés, mon mari et moi, et, sans rien nous dire, avons consenti au cruel mensonge. Pensez donc, le pauvre vieux n'y voit plus. Il n'y avait plus que cet enfant qui le rattachât à la vie... Et depuis nous jouons tristement cette comédie sinistre. Il me faut caresser ce petit monstre, l'embrasser, lui parler comme à mon enfant. Ah !... Enfin, le vieux est heureux ! »

À ce moment, le vieillard et l'enfant reparurent. Ce dernier brandissait triomphalement une lourde grappe.

— Tu es toujours là, Marie ? demanda l'aveugle. Oui... Eh bien, vous pouvez juger, monsieur, si l'enfant ressemble à la mère.

La jeune femme frissonna. Le touriste la vit essuyer une larme...

Il se leva, paya la bière et partit sans mot dire. Maintenant, il ne regrettait plus de s'être arrêté.

Sources bibliographiques

Anonyme, « ? », *L'Abeille de la Nouvelle-Orléans*, 2 décembre 1921.

ARAGO (Jacques), « La Reconnaissance d'un sauvage », *La Violette, revue musicale et littéraire*, mai 1849, p. 50-52.

CANONGE (Louis-Placide), « Fantômes », *L'Abeille de la Nouvelle-Orléans*, 15 fév., 21 fév., 8 mars, 1839.

DAUSSIN (Gustave), « Le Talisman de Gérard », *Le Diamant*, 17, 24, 31 juillet 1887.

DESDUNES (Pierre-Aristide), « Cœur d'artiste », *A. P. Tureaud Family Papers*, ms. 2007.0115., p. 210-217, The Historic New Orleans Collection, la Nouvelle-Orléans, LA.

————, « Joanna », The *A. P. Tureaud Family Papers*, ms. 2007.0115., p. 183-188, The Historic New Orleans Collection, la Nouvelle-Orléans, LA.

DESSOMMES (Edward), « Madeleine et Bertha », *Comptes-rendus de l'Athénée louisianais*, jan. 1891. p. 245-252.

DUFOUR (Cyprien), « Le Juif errant », *L'Impartial*, 23 fév. 1840.

JOBEY (Charles), « Une partie de pêche au lac Cathahoula », *Le Villageois*, 14 nov. 1857 – 16 jan. 1858. Republié par Jobey sous le titre « Le Lac Cathahoula » dans *L'Amour d'une Blanche*, Paris, Collection Hetzel, 1861, p. 193-272. Le texte que nous offrons est basé sur la version dans *Le Villageois*. Pour les numéros du journal introuvables, nous avons rétabli le texte en faisant référence à la version, légèrement différente, publiée par Jobey en 1861.

HUARD (Octave), « Le Triomphe d'une femme », *Comptes-rendus de l'Athénée louisianais*, nov. 1883, 464-467 ; jan. 1884, 507-510 ; mars 1884, 511-526.

LA HOUSSAYE (Sidonie de), « Cinq sous : Nouvelle américaine », *Journal des Demoiselles*, volume 58, 1890, p. 209-212.

MARINONI (Ulisse), « Mon oncle Jacques », *Comptes rendus de l'Athénée louisianais*, juillet 1916, p. 107-120.

MERCIER (Alfred), « L'Anémique », *L'Avenir*, 15-22 oct. 1871.

PIERRE-DE-TOUCHE, « Le Jubilé des trois copains », *L'Observateur louisianais*, III (1894) : 125-137.

ROUEN (Bussière), « L'Enfant et l'Image », *Comptes-rendus de l'Athénée louisianais*, 1 mars 1885, p. 57-62.

ROUEN (Bussière), « Rayon de soleil », *Comptes-rendus de l'Athénée louisianais*, mar. 1887, p. 310-316.

TUJAGUE (François), « Comment un malakoff peut sauver la vie », *Le Premier Pas : Essais littéraires*. Nouvelle-Orléans, L. E. Marchand, 1863, p. 5-9.